Eines Gamers Wunsch

Verborgene Wünsche Buch 1

Von

Tao Wong

Übersetzt von Philipp Bornschein

Copyright

Dieses Buch ist ein fiktionales Werk. Namen, Charaktere, Firmen, Orte, Ereignisse und Vorfälle sind entweder Produkte der Fantasie des Autors oder werden fiktiv eingesetzt. Jede Ähnlichkeit mit tatsächlichen Personen, lebendig oder tot, oder wirklichen Ereignissen ist reiner Zufall.

Dieses Buch ist nur für den persönlichen Gebrauch lizenziert. Dieses Buch darf weder weiterverkauft noch an andere verschenkt werden. Wenn Sie dieses Buch einer anderen Person schenken möchten, kaufen Sie bitte eine weitere Kopie für jeden Empfänger. Falls Sie dieses Buch lesen und es nicht gekauft haben (oder es nicht für Ihre alleinige Nutzung gekauft wurde), besuchen Sie bitte Ihren Buch-Händler und erwerben Sie eine eigene Kopie. Danke, dass Sie die harte Arbeit dieses Autors respektieren.

Ein Buch von Starlit Publishing

Veröffentlicht durch Starlit Publishing

PO Box 30035

High Park PO

Toronto, ON

M6P 3K0

Kanada

www.starlitpublishing.com

E-Book ISBN: 9781990491757

Broschiert ISBN: 9781990491764

Ein Buch von Starlit Publishing

Bücher in der Serie

Eines Gamers Wunsch

Eines Knappen Wunsch

Eines Dschinns Wunsch

Andere Serien von Tao Wong

Abenteuer in Brad

Ein Tausend Li

Die System-Apokalypse

Inhalt

Kapitel 1

Simple Neugier. Das war alles, was es brauchte, um meine Welt zu verändern.

Mein Leben änderte sich durch einen schwarzen Aktenkoffer an einem Abend im Frühling. Er hatte ein 1960er Design, ein perfektes Rechteck aus schwarzem Leder hergestellt mit einem Zahlenschloss, noch immer in einem makellosen Zustand. Er war das fünfte und letzte Gepäckstück, das ich vor ein paar Stunden auf der Kofferversteigerung erworben hatte — und das teuerste Stück. Sollte ich nicht regelrechtes Glück haben, würde ich aus all dem möglicherweise nur genug für die Lebensmitteleinkäufe einer Woche erzielen. Ich wusste, dass ich irgendwann einen neuen Job finden müsse, aber ich hatte Glück, Arbeitsplätze im Einzelhandel gab es gerade im Dutzend billiger. Wenigstens wenn man bereit wäre, Nachtschichten zu übernehmen. Dennoch war das eine Sache für mein zukünftiges Ich.

Bei solchem Gepäck war ich immer gespannt auf dessen Geschichte. Der Geruch des Leders, dieser schwache Hauch, als ich es an meine Nase hielt, sagte mir, dass es wahrscheinlich authentisch war. Vielleicht war es ein Rückblick zu den Hipstern, ein handgemachtes Stück für Menschen mit mehr Geld als Verstand, aber etwas sagte mir, dass er mehr als echt war. Ein authentischer

1960er Aktenkoffer. Das warf eine Reihe von Fragen auf: War er eine alte Anschaffung, die beiseitegelegt und bis vor kurzem nie genutzt worden war? Vielleicht einem neuen Hochschulabsolventen gegeben, ein Geschenk, um seinen Abschluss zu feiern? Hatte jemand den Koffer in einem Gebrauchtwarenladen gekauft, ein ausrangiertes Gepäckstück, das nicht gewollt oder gebraucht wurde, bis es kurzerhand wieder verloren und zurückgelassen worden war? So war er immerhin in meinen Besitz gekommen. Der Flughafen versteigerte verlorenes, nicht abgeholtes Gepäck alle sechzig Tage, nachdem es im System verbucht worden war.

Ich saß eine Zeit lang schweigend da, während ich meine Hände den Aktenkoffer entlang wandern ließ und Geschichten erfand über seinen früheren Besitzer, den Aktenkoffer und was ich möglicherweise darin finden könnte. Kleine Geschichten, Tagträume von Dingen, die ich darin finden würde – einen Laptop, ein Tagebuch, vielleicht einen Taschenrechner für einen Buchhalter. Visitenkarten, natürlich. Es war ein Aktenkoffer. Ich nahm mir Zeit, weil das die Hälfte des Spaßes war, verlorenen gegangenes Gepäck zu kaufen – die Geschichten, die ich erfinden konnte vor der unausweichlichen Enttäuschung der Realität. Und während ich darüber nachdachte, fuhr ich mit meinen Fingern über das Zahlenschloss und versuchte den Koffer zu öffnen.

Klick.

Vier-sechs-sieben. Träge vermerkte ich die funktionierende Nummer, bevor ich es auf der gegenüberliegenden Seite versuchte. Es dauerte weitere zwei Minuten, ungeduldige zwei Minuten, als ich plötzlich begierig darauf war zu sehen, was ich gekauft hatte. Als das Klicken kam, hielt ich für eine Sekunde den Atem an, bevor ich endlich den Aktenkoffer öffnete, um meinen Preis zu sehen.

Ein Ledertagebuch, ein einzelner kostbar aussehender Füllfederhalter, und eine verschlossene Flasche Tinte, die bequem in ein Tintenfass passen würde, dominierten eine Seite des Aktenkoffers. Auf der anderen Seite befand sich eine Reihe von neun kleinen Kisten mit darauf eingeschnitzten Runen in einem maßgefertigten Gehäuse. Ich runzelte die Stirn, während ich die Runen nachzeichnete. Ich hatte niemals zuvor etwas wie das gesehen. Nicht, dass ich ein Experte war, wohlgemerkt, aber sie waren wirklich hübsch. Auf der Unterseite des Aktenkoffers befand sich ein einfacher, mit Silber ausgekleideter Spiegel, der mein Ebenbild widerspiegelte.

Welliges braunes Haar, für das seit etwa zwei Wochen ein Haarschnitt überfällig war, schräg stehende braune Augen, über die mir gesagt worden war, dass sie mein bestes Merkmal wären, und dünne Lippen reflektierten zu mir zurück. Ich rieb mein Kinn und stellte fest, dass ich wieder vergessen hatte, mich zu rasieren. Dort wuchs nun ein spärlicher, stoppeliger Kinnbart. Es war eine schlechte Angewohnheit, aber Rasieren hat niemals Priorität, wenn man es nur alle paar Wochen machen musste. Bloß ein weiteres Geschenk, südchinesischer Abstammung zu sein. Mit achtundzwanzig war ich froh, dass ich endlich aus der Lebensphase des Babygesichts raus war, auch wenn ich noch ab und zu verspottet wurde, weil ich aussah, als wäre ich in meinen frühen Zwanzigern. Das war in Ordnung angesichts der Tatsache, dass einige dieser Spötter bereits ihr Haar verloren.

Nach der ersten Durchsicht begann ich den Prozess des Ausräumens des Aktenkoffers. Ich fing zuerst mit dem Buch an und fand zu meiner Überraschung heraus, dass es leer war. Es stand nichts auf der Vorderseite oder einer der folgenden Seiten. Jedoch war es sehr schön gebunden und aus hochqualitativem Leder. Ich würde wahrscheinlich ein paar Dollar verdienen, sollte ich es online verkaufen. Der Füllfederhalter war einer dieser vom Typ Tunken und Schreiben, er könnte für einen Sammler etwas wert sein. Ich schloss den Füller und packte ihn vorsichtig zurück. Die Tinte holte ich hervor und legte sie zum Rest des Krempels. Kein Geld für den Weiterverkauf gebrauchter Tinte.

Schließlich begann ich damit, die Kisten zu öffnen. Und das war der Moment, als es merkwürdig wurde. Die erste Kiste enthielt Schuppen; die zweite eine Reihe von toten Käfern; die dritte Federn einer einzigen Vogelart; und die vierte alte dunkle Erde. Nach der zweiten Kiste schnappte ich mir den Müll und warf sofort die Inhalte hinein. Vielleicht hatte dies einem Tierpräparator gehört? Oder einem Naturforscher?

»Auu!«, schrie ich auf und schüttelte meine Hand. Als ich die fünfte Kiste berührt hatte, war ich durch eine angesammelte statische Aufladung geschockt worden, die durch mein Leben in einer Kellerwohnung entstanden sein musste. Es war niemals zuvor so schlimm gewesen, aber ich machte mir gedanklich eine Notiz, einen Luftbefeuchter zu besorgen ... sobald ich das Geld dazu hätte.

Vorsichtig berührte ich die Kiste und als ich feststellte, dass die statische Ladung weg war, öffnete ich sie, bereit ihren Inhalt wegzuwerfen. Stattdessen fand ich einen einfachen Siegelring aus schwarzem Metall. Oder einer Legierung von Metallen. Ich runzelte die Stirn, als ich den Ring herausnahm und ihn rieb, um ihn zu säubern, neugierig darauf zu sehen, woraus er gemacht war.

Wie ich schon sagte, Neugier veränderte mein Leben.

***

»Bist du endlich fertig?«, fragte mich die blonde Frau, die sich in meiner Wohnung aus Rauch gebildet hatte. Gekleidet in einen pinken BH, eine winzige Weste und eine wogende hauchdünne Hose, erinnerte sie mich geradezu unheimlich an eine Schauspielerin einer alten kitschigen Fernsehserie. Ernsthaft, der blonde Flaschengeist, wie sie da vor mir stand mit ihrem sarkastischen Lächeln, hätte Anwälte für Urheberrecht dazu gebracht, bei den Gebühren zu sabbern, die sie damit verdienen würden. Wenn sie den Flaschengeist sehen könnten. Und wenn sie die Anwälte nicht wegwünschen würde.

»Du ... du bist ein Flaschengeist! Aber das war ein Ring, keine Lampe!«, stotterte ich, den Ring, aus dem der Rauch geströmt war, mit meiner Hand noch immer in einem Todesgriff umklammernd.

»Dschinn! Und ja, bin ich. Was kann ich für dich tun, Meister?«, fragte der Flaschengeist. Ihren Kopf drehend, schaute sie sich mit einem Anflug von Abneigung in meiner Junggesellenbude um. »Vielleicht eine größere Behausung?«

»Du bist ein Flaschengeist ...« Ich starrte die Blondhaarige an, mein Verstand war gefangen in einer kreisförmigen Falle, als er mit dem Wahnsinn vor ihm konfrontiert wurde. Flaschengeister gab es schließlich nicht. Aber dort, vor mir, war ein Flaschengeist.

»Oh, verdammt. Ich kann es kaum erwarten, dass diese ganze Phase der ›Erleuchtung‹ vorbeigeht«, sagte der Flaschengeist mit einem Augenrollen, nachdem ich sie einfach weiterhin nur verblüfft anstarrte. Sie drehte sich von mir weg und lief im Raum umher, bis sie bei meiner Mikroküche anhielt, um den Kühlschrank zu öffnen. Vorgebeugt fischte sie darin, bis sie mehrere Tage alten gebratenen Reis herauszog und einen Bissen in ihren Mund steckte. Einen beschworenen Löffel später vergrub sie sich in das Abendessen von letzter Nacht und stupste meinen Ofen, Flachbildfernseher und Laptop an. »Was ist das?«

»Gebratener Reis.«

»Ich weiß, was gebratener Reis ist. Und der ist nicht schlecht«, lobte sie mich, mein gemurmeltes Danke ignorierend, während sie auf den Fernsehbildschirm und danach den Laptop zeigte. »Das. Und das.«

»Fernseher und Laptop.«

»Aha.« Sie kehrte zum Fernseher zurück, bevor sie ihn noch einige Male anstupste und zwangsläufig seinen Winkel verstellte. »Das ist unglaublich. Ich schätze, eure Wissenschaft hat tatsächlich einen Nutzen. Nun, außer Toiletten. Die sind nicht so gut.

Mein Gehirn hörte endlich auf, sich im Kreis zu drehen, nachdem ich mit dem Versuch aufgehört hatte, tatsächlich zu verstehen, was vor sich ging. Wenn ich einen Flaschengeist in meinem Haus hatte, hatte ich einen Flaschengeist. »Also, dein Name ist nicht Jeannie, oder?«

»Sehe ich für dich wie eine Jeannie aus?«

»Na ja ...«

»Bei den Sieben Siegeln!« Der Flaschengeist flackerte und die bis dahin blonde Kreatur verwandelte sich in eine schwarzhaarige falkennasige Frau aus dem Nahen Osten ... mit deutlich weniger Kleidung als vorher, was eindeutig eine Herausforderung war. »Nenn mich Lily. Was ist dein Name?«

»Ähm ...«

»Aaargh!« Lily starrte ihre Kleidung und danach mich für einen Moment an. Eine Sekunde später war sie mit einem T-Shirt mit dem Aufdruck »Schlechtes Benehmen ist meine Absicht« und einer Jeans bekleidet. Ich musste zugeben, dass ich die neue Kleidungswahl noch ablenkender fand, besonders weil sie eine exakte Kopie von dem war, was ich trug.

»Ich bin Henry. Und was war das gerade?«

»Nichts. Gar nichts«, schnauzte Lily mich an und wedelte mit ihrem Löffel in Richtung meines Laptops. »Was ist ein ›Laptop‹?«

»Ein portabler Computer«, erklärte ich.

»Nein, ich habe schon zuvor einen Computer gesehen. Sie nehmen Räume ein, dreimal so groß wie deine ... Behausung«, sagte Lily, meinen Laptop anstupsend.

»Computer waren seit den Fünfzigern nicht mehr so groß. Okay, vielleicht Sechzigern. Und ich schätze, es gibt Supercomputer, die heutzutage so groß sind«, plapperte ich weiter. »Aber die meisten Leute brauchen keinen Supercomputer. Ich meine, alles was ich mit meinem mache ist ein paar Spiele spielen und ins Internet gehen.«

»Internet?« Lily hob ihren Löffel. »Warte. Stopp. Zwei Dinge: Welches Jahr ist das, und hast du noch mehr Essen?«

»2018, und dort ist noch etwas Pizza im Gefrierfach«, sagte ich. »Welches Jahr dachtest du wäre das?«

»Das erklärt, warum die Verzauberungen schwächer wurden«, sagte Lily, als sie das Plündern meines Kühlschranks beendete. Sie blickte erstaunt auf die Pizza und schaute dann Hilfe suchend zu mir. Ich seufzte und half ihr, sie in die Mikrowelle zu stecken, die ich ihr dann erklären musste. Das datierte sie allerdings weiter zurück, mindestens in die 1960er, was ungefähr in die Zeit des Aktenkoffers passte. Sobald die Pizza fertig war und der Flaschengeist aß, kam ich zurück auf die wichtigen Fragen.

»Welche Verzauberungen?«

»Alle von ihnen natürlich. Sie hätten wirklich die Runen zwischen den Tarnungs- und Defensivverzauberungen abriegeln sollen. Wenn sie mich gefragt hätten, hätte ich es ihnen sagen können. Aber natürlich tun sie das nie«, sagte Lily und schüttelte ihren Kopf. »Als die Verzauberung nicht regelmäßig aufgeladen wurde, begann die Tarn-Rune den Rest aufzuzehren. Hat ungefähr fünfzig Jahre oder so gebraucht, vermutlich. Gut für dich, dass sie so schlampig waren; sonst wärst du tot.«

»Tot?«

»Oh ja. Eine Herzattacke, wenn du das dritte Mal beim Öffnen des Aktenkoffers versagt hättest«, sagte Lily.

»Immer ein guter Abwehrzauber – nur wenige Kreaturen können ohne ein Herz überleben. Nun, mit Ausnahme der Untoten, aber sie würden nicht einmal in der Lage sein, den Aktenkoffer mit den Abwehrmaßnahmen gegen sie überhaupt zu berühren.«

»Ich hätte sterben können«, sagte ich schwach, während ich zu meinem Bett taumelte und mich mit einem Bums hinsetzte.

»Gleißende Sonne.« Lily setzte sich mir gegenüber. »Ihr Menschen seid so verdammt empfindlich gegenüber eurer Sterblichkeit.«

Ich saß schweigend da und starrte die ferne Wand an. Mein Gehirn weigerte sich, bei dieser Offenbarung weiterhin zu arbeiten. Flaschengeister. Magie. Mein Tod. Es gibt einen bestimmten Punkt im Leben eines Individuums, an dem man einfach nicht mehr weitermachen kann, und ich hatte diesen Punkt erreicht. Ohne zu sprechen fiel ich auf mein Bett, griff meine Steppdecke und rollte mich zu einem Ball.

***

Als ich Stunden später aufwachte, war die Sonne untergegangen und meine Kellerwohnung in Dunkelheit gehüllt. Ich atmete vor Erleichterung aus, dankbar, aber leicht enttäuscht, dass der blonde/brünette Flaschengeist nichts als ein schräger Traum gewesen war. Papier raschelte und ich drehte meinen Kopf zur Seite, um ein Paar leuchtend roter Augen zu entdecken, die über ein Buch gebeugt waren.

»Nun, das war ein sehr männlicher Schrei«, sagte Lily, ein Grinsen versteckend.

»Du ... was machst du?« Ich schluckte und schlang die Steppdecke um meinen Körper, nachdem ich es endlich geschafft hatte die Nachttischlampe anzuschalten. Die zusätzliche Beleuchtung trieb das Feuer aus ihren Augen und ließ sie wieder menschlich aussehen. Ich entsann mich der Flammen, die ihr Gesicht von innen erleuchteten, und bezweifelte, dass ich sie je vergessen könnte. Immerhin nicht dämonisch ... zumindest fühlte sie sich nicht dämonisch an. Nur von außerhalb dieser Welt.

»Hmmm? Ich lese. Du hast hier eine schöne Auswahl.« Lily nickte in Richtung der Bücherregale, die die Wände meiner Wohnung säumten. Ich muss zugeben, Bücher sind eine meiner Schwächen. Die Bücher sind breit gefächert und decken alles ab von Geschichte bis Fiktion. Ehrlich, ich habe einfach gegriffen, was auch immer interessant klang, sobald ich auf einen Flohmarkt traf.

»Es war kein Traum«, murmelte ich zu mir selbst und steckte den Kopf zwischen meine Knie.

»Ja, ja. Wirst du wieder zusammenbrechen oder kommen wir endlich zu dem Punkt, an dem du einen Wunsch aussprichst?«, fragte Lily gelangweilt. »Wenn du warten möchtest, hätte ich noch immer zwei Bücher in dieser Serie, um sie abzuschließen.«

»Nicht nötig. Der Autor ist nach sechs Jahren noch immer nicht fertig mit Buch Sechs. Also, Magie ist wirklich real?«, fragte ich mit meiner durch die Steppdecke gedämpften Stimme. »Und du bist ein Flaschengeist. Wie der ›Reibe die Lampe und bekomme drei Wünsche‹ Typ von Flaschengeist.«

»Ja, und ich bin ein Dschinn, kein Flaschengeist, mehr oder weniger«, sagte Lily abwesend, während sie weiterlas.

»Mehr oder weniger?« Ich stockte bei dieser Wischiwaschi-Aussage.

»Ich bin nicht verpflichtet, alle drei Wünsche zu erfüllen, weil das, was ich tun kann, durch den Ring und meine Kräfte begrenzt ist«, sagte Lily. Als ich nichts sagte, schaute sie anschließend hoch und führte es weiter aus. »Wenn du möchtest, dass die Sonne erlischt, wäre ich nicht in der Lage, dies zu tun und du hättest meine Kraft beim Versuch verschwendet. Und ungefähr hundert

Götter gleichzeitig verärgert. Ich bin außerdem an den Ring gebunden, keine Lampe, anders als es Antoinne vielleicht geschrieben hatte.«

»Antoinne?« Ich schüttelte meinen Kopf. Nein. Ich würde mich nicht ablenken lassen. Es war schwer genug, meinen Kopf aufrecht zu halten. »Magie ist real.« Ich konnte die Verwunderung nicht aus meiner Stimme verdrängen, als ich das sagte. In einer Welt von Mittelmäßigkeit und Banalität war Magie real.

»War sie schon immer.«

»Aber warum wusste ich nichts davon?«

»Deine Welt der Wissenschaft und des rationalen Denkens machte dich blind für das Arkane. Was nicht erklärt werden kann, wurde in verborgene Winkel der Welt verbannt und so selten, wie die Begabung ist, ist es kein Wunder, dass die Menschheit sie vergessen hat. Magie wird noch immer in Seitengassen und Dörfern praktiziert. Die übernatürliche Welt existiert weiterhin, aber sie ist mehr als froh darüber, vergessen worden zu sein. Letzten Endes war die Menschheit nie freundlich zu dem, was sie als anders ansieht.«

»Du hast diese Rede schon einmal gehalten«, sagte ich und Lily nickte. »In Ordnung, also Magie ist real und du bist ein Flasch...« Bei ihrem scharfen Blick korrigierte ich mich. »Dschinn, und ich habe drei Wünsche. Gibt es etwas, das ich mir nicht wünschen sollte?«

»Leben. Tod. Das Schicksal von Ländern. Zeitreisen. Ich kann die psychischen und physischen Reaktionen von anderen manipulieren, aber nicht ihre Seelen. Ich kann niemanden dazu bringen, dich zu lieben oder davon abzuhalten, dich zu hassen, nur Lust auf dich zu bekommen oder vielleicht ihre physischen Reaktionen auf deine Anwesenheit zu provozieren«, antwortete Lily prompt. Als ich dabei nickte, öffnete sie ihren Mund und schloss ihn dann.

»Du wolltest etwas sagen.«

»Ich wollte.«

»Was war es?«

»Es spielt keine Rolle.«

»Warum nicht?« Ich beugte mich in meinem Stuhl vor. Ich wünschte, das Licht würde stärker auf ihr Gesicht strahlen. Wenigstens hätte ich dann eine bessere Sicht darauf. Da war etwas in ihrer Stimme.

Lily blieb für einige Zeit stumm, offensichtlich irgendetwas innerlich bekämpfend. Am Ende verzerrten sich ihre Lippen ironisch und sie schwenkte eine Hand vor meinen Bücherregalen hin und her, wodurch diese leicht leuchteten. »Weil du nicht zuhören würdest.«

»Das ist ein bisschen beleidigend. Du kennst mich nicht«, sagte ich und sie lachte, ihr Lachen kühl und hoch.

»Ich kenne dich. Ich habe hunderttausende wie dich gekannt. Meine Meister hören niemals zu«, sagte Lily mit einem Lächeln. »Also nenne mir deinen Wunsch.«

Ich schnauzte fast zurück, dass ich mir wünschte, sie würde mir erzählen, was sie sagen wollte. Fast. Aber verärgert oder nicht, ich würde meine Chance auf echte Magie nicht verschwenden, eine reale Chance meine Welt zu verändern. »Du kennst mich nicht und ich kenne dich nicht. Also warum erzählst du es mir nicht, und vielleicht, vielleicht lernen wir uns dann kennen.«

Lily schaute mich eine lange Zeit erstaunt an, ihre Augen glühend rot, bis sie endlich mit müder Stimme sprach: »Ich bin durch den Ring verpflichtet, deine Wünsche zu erfüllen, aber ich bin nicht allwissend. Ich kann nur verändern, was ich verstehe und ich bin nicht verantwortlich für die Konsequenzen irgendwelcher Veränderungen. Nicht, dass dich das aufhalten würde, mir die Schuld zu geben.«

Ich starrte Lily für einige Zeit an und nickte dann langsam. »Du sagst damit, sollte ich einen Wunsch aussprechen, wärst du gezwungen ihn zu erfüllen, selbst wenn es ein dummer Wunsch sein sollte. Wie wenn ich mir jetzt in dieser Sekunde eine Million Dollar wünschen würde. Du wärst gezwungen, das Geld genau in diesem Raum erscheinen zu lassen. Vielleicht als Geldscheine, vielleicht als Münzen, was möglicherweise total mies wäre.«

»Ich bin nicht bösartig, ganz gleich, was ihr Leute erzählt«, sagte Lily. »Aber die meisten Wünsche nach Reichtum sind nicht gut durchdacht. Ich habe einst einem Ziegenhirten einen Berg voll Gold gegeben und er und seine Familie wurden deswegen getötet. Vor hundert Jahren fragte ein Gentleman nach einer Million Pfund. Natürlich hatte ich niemals diese Art von Geldscheinen gesehen, die sie nutzten, also machte ich die Banknoten für ihn, eine Million Dollar wert, alle exakt identisch. Darüber war er sehr unglücklich.«

Ich nickte langsam und blickte sie an. »Du bist nicht allmächtig und allwissend, nur mächtig. Wie ein riesiger Hammer, von Kleinkindern genutzt.

»Ja!«, rief Lily begeistert für eine Sekunde.

Ich grummelte, meine Augen schließend. Der schlimmere Teil war, dass ich dieses verdammte Kleinkind war. Aber dennoch ... Magie war real.

Ich hatte nicht realisiert, dass ich den Gedanken laut ausgesprochen hatte, bis das Flüstern durch den Keller widerhallte. Sie sprach langsam in die Stille: »Dann begehrst du also Magie?«

»Mit jeder Faser meines Selbst«, antwortete ich aufrichtig. »Aber ich kann eine Million, Milliarde Wege sehen, wie es falsch laufen könnte. Wünsch dir Magie und ich könnte die Fähigkeit bekommen ohne das Wissen, wie ich sie einsetze. Wünsch dir Wissen und die Fähigkeit und du steckst das alles in meinen Kopf und ich werde verrückt, während ich es benutze. Wünsch dir einen Mentor und, nun, es könnte ein Schwarzmagier sein, der hereinkommt.«

»Du hast zugehört.« Lilys Lippen verzerrten sich zu einem schiefen Lächeln. »Aber nochmal, nicht direkt bösartig. Wenn du dir das Wissen wünschst, Magie zu handhaben und nur das, würde ich möglicherweise nur so viel hineinstecken, dass du nicht in den Wahnsinn getrieben wirst.«

»Das kannst du?« Ich blinzelte, nachdem meine Worte ohne nachzudenken hinausgeschossen waren. Ich hatte wirklich nicht erwartet, dass sie wusste, wie man Informationen in meinen Kopf injiziert.

»Natürlich. Ich bin ein Dschinn, der im Dienst einiger der großartigsten Magier stand, die diese Welt je gekannt hat. Ich bin keine demente Greisin«, prahlte Lily. »Wissen direkt hinzuzufügen wäre nicht anders als die Erschaffung eines magischen Lehrbuches. Tatsächlich wäre es ohne die Schutz- und Eindämmungszauber sogar einfacher.«

»Aha«, sagte ich, mein Kinn reibend und das Mädchen anstarrend. »Also ist es nicht die Menge an Wissen, sondern die Geschwindigkeit.«

»Nah dran«, sagte sie und ich grummelte.

»Ich schätze, ich muss erst einmal mein Level steigern.«

»Level steigern?«, fragte Lily, und ich deutete mit meiner Hand auf das Bücherregal, in dem meine RPG-Bücher ordentlich gestapelt waren, von der ersten Edition von D&D zu aktuelleren Rollenspielen von Indie- und Mainstreampublishern. »Eine Sekunde.« Sie murmelte ein Wort und schimmerte dann für einen kurzen Moment, höchstens eine Sekunde lang, und plötzlich waren alle Bücher feinsäuberlich um sie herum gestapelt. »Wie interessant. Ganze Universen, geschrieben und beherrscht durch Regeln und Würfel.«

»Hast du gerade alle davon mit Supergeschwindigkeit gelesen?«, fragte ich.

»Nicht Supergeschwindigkeit. Das bringt immer mehr Ärger, als sie wert ist. Du musst dich mit Reibungskräften und Luftwiderstand und Hitze auseinandersetzen. Ich bevorzuge es, die Zeit zu verlangsamen«, sagte Lily lässig.

»Ich sehe, was du meinst. Diese ›Level‹-Charaktere haben ihr Wachstum begrenzt und bekommen Wissen und Stärke, sobald sie den jeweiligen Meilenstein absolvieren.«

»Du sagst, es ist möglich? Für mich, Magie auszuüben, wenn wir sie in ein Spielsystem verpacken?«, fragte ich aufgeregt und meine gesunkene Hoffnung stieg mit ihren Worten wieder wie eine Rakete auf.

»Natürlich. Was denkst du, mit wem du sprichst?«, fragte Lily.

»Perfekt!« Ich hielt stirnrunzelnd inne, während ich über die Auswirkungen nachdachte. Eventuell hatte ich einen Weg gefunden, das System zu überlisten. »In Ordnung. Eine letzte Frage – wie weiß ich, dass alles, was du gesagt hast, wahr ist?«

Bei diesen Worten, selbst in diesem gedimmten Licht, sah ich, wie Lilys Gesicht sich vor schnell verborgener Kränkung verzog. Sie schaute für eine Sekunde weg und dann zurück zu mir. »Nun, das ist das Problem, stimmt's? Das weißt du nicht.«

Das war das Problem. Es war nicht so, als ob ich das auf Snopes nachgucken könnte oder bei Quora, nach Expertenratschlägen suchend. Die Geschichten, die ich kannte, waren widersprüchlich. Die originalen Geschichten der Dschinn sagten, sie wären wie wir, weder gut noch böse, Kreaturen mit freiem Willen wie die Menschheit selbst. Seitdem wurden sie sowohl Freund als auch Feind in einer Vielzahl von Geschichten. Natürlich war es nicht so, dass ich unterscheiden könnte, welche wahr und welche falsch sind.

Am Ende kam es auf Vertrauen an. Könnte ich, sollte ich Lily vertrauen? War es denn wichtig? Ihrem eigenen Geständnis nach erforderte alles, was ich mir wünschte, ihre Interpretation. Natürlich hätte das auch eine Lüge sein können. Aber für eine Chance auf Magie, so gering sie auch sein mochte, würde ich diese Chance ergreifen.

Bei diesem Gedanken lächelte ich und beugte mich vor. »In Ordnung, also hier ist, was ich mir gedacht habe.«

Kapitel 2

Nach Stunden und – durch Lilys Beharrlichkeit – einer Menge thailändischen Essens zum Mitnehmen später, waren wir mit dem Spielsystem, das wir implementieren könnten, vor und zurückgegangen. Über Pad Thai, rotem Curry und gebratenem Ananasreis hockend, debattierte ich mit dem Dschinn mit den rabenschwarzen Haaren über die Vorzüge von Spielsystemen.

»Wir sollten die Charaktererstellung gänzlich überspringen«, sagte Lily und wedelte mit einem Paar Essstäbchen, die noch immer eine Frühlingsrolle hielten. »Du wirst nicht den ehrlichsten Weg auf diese Weise...«

»Ich lasse dich nicht um meine Attribute würfeln. Ich werde es nicht riskieren, eine Drei auf Intelligenz zu bekommen«, unterbrach ich sie.

Lily fuhr trotz meiner Unterbrechung fort, ohne eine Pause einzulegen. »Wir sollten sie einfach nur ganz und gar umgehen. Unbeabsichtigte Konsequenzen, du erinnerst dich?«

»Aber eine Basis 10 bei den Statuswerten mit der Fähigkeit zur Steigerung und Verringerung der Attribute würde mir die Befähigung geben, mich individuell anzupassen«, argumentierte ich zurück.

»Ja, ja. Nicht nur riskieren wir, die Götter zu verärgern, wenn wir es so machen, es ist außerdem echte Arbeit involviert. Ich muss dich noch immer physisch verändern, um das geschehen zu lassen. Falls du deine vorhandene Stärke verdoppelst, müsste ich verschiedene Muskeln, Sehnen und Bänder ausgleichen, um sicher zu sein, dass du dich nicht selbst zerreißt, sobald du dich bewegst. Und Stärke ist das Einfachste dabei. Ich meine Konstitution? Was ist das? Dein Immunsystem?«, fragte Lily. »Und lass mich gar nicht erst mit Weisheit anfangen.«

»Das sagtest du bereits. Und natürlich ist Willenskraft die Seele, welche du nicht berühren kannst«, murmelte ich.« Ich vermute mal, dass ich keine sich ändernden Attribute beim Levelaufstieg bekomme? Schön. Wir überspringen die Charaktererstellung und direkte Änderungen an meinem Körper, ich bekomme nur pures Wissen.«

»Nun, eine Änderung – ich muss deine magischen Bahnen öffnen«, verbesserte Lily sich und hielt einen Finger hoch.

»Ah. Richtig ...« Ich runzelte die Stirn, zog die Augenbrauen zusammen und starrte sie an. »Wie kompliziert ist das?«

Lily hielt ihre Hand horizontal hoch und schwenkte sie seitwärts, dann schnappte sie sich das letzte Stück Hühnchen vom Curry. Als sie meinen leeren Blick sah, sagte sie: »Es kommt darauf an, wie begabt du von Natur aus bist. Je begabter, desto schwerer wird es sein.«

»Ist es nicht andersherum?« Ich zog die Stirn in Falten und sie schüttelte ihren Kopf.

»Nein. Denn wenn du schon begabt bist, solltest du bereits Magie nutzen können. Bist du es nicht, hast du einfach eine Blockade, die ich entfernen muss«, erklärte Lily.

»Das wird wehtun, oder nicht?«

»Yup!«, sagte Lily viel zu vergnügt, während sie Curry auf ihren Reis goss. »Wir sollten mehr bestellen.«

»Was ist das mit dir und dem Essen? Kannst du es nicht einfach beschwören?«, fragte ich.

»Beschworenes Essen schmeckt niemals richtig. Da ist immer etwas, das fehlt. Was jetzt, ich habe eine Speisekarte vom Griechen gesehen?«

Für einen allmächtigen Dschinn, welcher meine Welt verändern sollte, schien sie mich allerdings mehr zu kosten, als sie mir einbrachte. Während ich in Richtung des Kühlschranks lief, um die Speisekarte zu holen, zog ich meine Geldbörse heraus und starrte auf die letzten paar Dollar, die ich besaß. Nun, das würde es wert sein.

»Das ist ein Computerspiel?«, fragte Lily und stupste meinen Bildschirm an.

Ich schlug ihren Finger weg und knurrte. »Lass das. Du wirst Fingerabdrücke hinterlassen.«

»Erstens, auuu!« Lily winkte mit ihrer Hand. »Zweitens, ich hinterlasse keine Fingerabdrücke. Dieser Körper ist nicht genauso materiell wie deiner.«

»Trotzdem. Fass den Bildschirm nicht an. Und ja, das ist eine Art der Spiele, über die wir geredet haben. Das ist ein Singleplayer-Spiel, bei dem du eine Gruppe kontrollierst. Das ist heutzutage ein bisschen veraltet, macht aber durchaus Spaß«, erklärte ich. »Das ist mein Speicherstand, der mich dort anfangen lässt, wo ich aufgehört habe. Die Charaktererstellung ist fertig, und das ist mein Inventar ...«

***

»Keine Fähigkeiten?«

»Zu kompliziert. Ich müsste dir entweder alle oder keine geben. Was würden wir als Grundlage nutzen? All diese Systeme sind zu umfassend; außer du willst vergessen, wie man schwimmt, weil deine Athletik bei Null liegt. Ich meine, wer entwirft diese Dinger? Schwimmen, Gymnastik, Hürdenlauf und Sprinten, alle unter der gleichen Fähigkeit?« Lily klickte auf meinem Computerbildschirm herum.

»Kannst du mir nicht einfach eine niedrige Stufe für ein Bündel von Fähigkeiten geben, die ich kennen sollte?«

»Nein. Du kannst damit nicht umgehen.« Lily wedelte mit ihren Händen, ihre Finger flatterten zur Seite. »Ein Punkt, sagen wir mal, in Wissenschaft könnte das tun. Oder wir könnten die Sprachfähigkeit wählen und dann bemerken wir, dass wir eine wichtige Fähigkeit wie das Schreiben vergessen haben. Du wärst nicht in der Lage, deinen Computer zu nutzen, weil du automatisch bei jedem Versuch scheitern würdest.«

»Ähm ... okay.«

***

»Vorteile?«

»Mein Ring könnte das als Schummeln ansehen.« Lily rieb ihr Kinn. »Ich könnte dir Schwächen erstellen.«

»Definitiv nein.«

Lily kicherte über meine Reaktion und blätterte zur nächsten Seite im Buch, während sie eine Portion Tiramisu aufspießte.

»Ausrüstung ist raus, genauso wie Vorteile.«

»Nun ja, scheiße.« Ich rieb meine Schläfen und blickte ins Leere. »So wie ich das sehe, bekomme ich nur die Fähigkeit, Magie auf einem abgestuften Level zu nutzen.«

»Nur?«

»Schön, schön. Es ist viel«, sagte ich und winkte mit meinen Händen in ihre Richtung. Ich wusste, dass es viel war. Es war mehr, als ich einen Tag zuvor gehabt hatte. Und trotzdem fühlte ich mich betrogen. Meine Augen brannten und mein Herz schmerzte, die Erschöpfung schlug schließlich in meinen Körper ein.

»Verdammt richtig, es ist sehr viel. Wenn wir das richtig machen, könntest du möglicherweise der erste Erzmagier werden, den ich jemals mit meinen Wünschen erschaffen konnte«, sagte Lily. »Du musst dich ausruhen.«

»Ja ... ja.« Ich blickte auf das Einzelbett in der Wohnung. »Musst du ... ich meine, also ...«

»Ich werde mich in meinem Ring ausruhen, wenn ich muss«, sagte Lily und winkte mich zum Bett.

Ich nickte wie betäubt und legte mich hin. Während ich langsam in den Schlaf sank, fragte ich mich, ob es eine gute Idee war, ein ungebundenes magisches Wesen – das manche als böse erachten könnten – ungehindert und alleine herumlaufen zu lassen. Als ich mich auf die Seite drehte, starrte ich den schwarzhaarigen Dschinn mit trüben Augen an. Sie kaute träge auf einer Haarsträhne, die Augenbrauen zusammengezogen, während sie mit der Maus klickte, Kühe tötete und Beute aufsammelte.

***

Licht strömte in das einzige Kellerfenster, als ich langsam aufwachte. Das kontinuierliche *Klick, Klick, Klick* einer Maus, das gelegentliche Hämmern auf eine Taste der Tastatur und ein sich wiederholender Fantasy-Soundtrack durchbrachen die Stille und ließen mich glauben, ich wäre zurück im Studentenwohnheim mit Wynn. Dieser Mann war besessen von seinen 4X-Spielen. Ich drehte mich herum, um ihm zu sagen, er solle die verdammte Lautstärke leiser drehen und erblickte weggeworfene Essensbehälter, einige ungewaschene Gläser mit dem letzten Bisschen meines Orangensaftes darin und einen Stapel Bücher. Wie auch immer, anstatt eines übergewichtigen Gamers mit schlechter Körperpflege sah ich einen straffen und sehr weiblichen Körper über meinen Laptop gebeugt mit einem Gesicht, das ein Promi-Magazin hätte zieren können.

»Warst du die ganze Nacht wach?«, murmelte ich, als ich meine Füße über den Rand des Bettes schwang.

Tageslicht traf meine Augen und ich riss automatisch meinen Kopf zur Seite – versteckte mich in den Schatten – und korrigierte mich selbst. »Tag.«

»Ja. Ich bin jetzt Level 47. Ich habe gerade das Portal zurück in die Stadt genommen. Mein Inventar ist voll ...«

»Du weißt, dass du eigentlich recherchieren solltest.«

»Das ist Recherche. Und du benötigst ein Bad«, sagte Lily schnuppernd.

»Ich? Du ...« Also, wenn sie keine Fingerabdrücke hinterließ, wer sagte dann, dass sie schwitzen würde oder irgendeinen der anderen ekelhaften Nebeneffekte hätte, die ein physischer Körper mit sich brachte? Heimlich schnupperte ich an mir selbst und rümpfte meine Nase. Nun, sie hatte Recht.

Nach einer schnellen Dusche stand ich an meiner Kaffeekanne, während ich über die Reste in meiner Küche nachdachte. Was eine Woche lang halten sollte, war über Nacht verzehrt worden und ließ mich zurück mit zwei Scheiben Brot und der dazugehörigen Marmelade. Als ich mein mageres Frühstück zubereitete, fragte ich: »Hast du irgendetwas gelernt?«

»Eine Menge. Ich mag diese Computerspiele mehr als deine Tabletop-Spiele. Keine Fähigkeiten, die Charaktererstellung ist vereinfacht und es ist nicht nötig, eine Hintergrundgeschichte oder einen besonderen Aufhänger für den Spielleiter zu erschaffen ... Erfahrung wird durch Quests gewonnen, die klar definiert sind, und die Entwicklung von Fertigkeiten ist übersichtlich«, sagte Lily, ohne aufzuschauen. »Ich denke, wir können damit arbeiten. Ich kann dir sogar diese ganzen Balken geben, aber sie wären Schätzungen. Etwas wie Gesundheit wäre also nicht echt. Du könntest noch immer durch einen zu harten Schlag auf den Kopf sterben.

»Wirklich? Du denkst, wir sind bereit?« Ich setzte mich neben sie und platzierte mein Sandwich auf dem Tisch neben mir. Ohne auch nur den Blick vom Computer abzuwenden, schnappte sie sich die Hälfte meines Sandwichs.

»Sicher. Sicher ... hey, wie kommt man in den Raum des Level-47-Bosses?«

»Ähm ...« Ich blinzelte, starrte auf das Spiel und zermarterte mir mein Hirn. »Äh, such im Internet nach einem Guide.«

»Guide«, sagte Lily langsam und bedächtig.

Ich griff hinüber, pausierte das Spiel und wechselte dann zu einem Browser. Ein paar Sekunden später hatte ich einen Guide geöffnet. Bevor ich überhaupt runterscrollen konnte, wurde der Laptop zurückgerissen und Lily nahm das Level genau unter die Lupe.

»Ooh ... ich habe diesen Abschnitt völlig verpasst.«

Ich hustete in meine Hand, ihre Aufmerksamkeit wieder auf mich ziehend. »Mein Wunsch?«

»Sicher, sicher. Keine Charaktererstellung, keine Fähigkeiten. Magie und Kenntnisse, die durch Level eingestuft sind und dem Level entsprechende Quests, so wirst du nicht an deinem ersten Tag durch einen Drachen sterben«, sagte Lily abwesend, während sie auf ihren Haaren herumkaute. »Ich frage mich, was ich schon alles verpasst habe ...«

Oh, verdammt. Sie war ein Komplettist. Ich rieb meine Augen. »Und die Fertigkeit, Patches einzuspielen, wenn wir merken, dass wir etwas vergessen haben.«

»Patches. Richtig. Richtig. Klar. Das ist dein Wunsch?«

»Ja, ich muss nur ...«

»Großartig!« Ihre Hand hob sich und schwenkte zu mir, bevor ich meinen Satz beenden konnte ... und dann ... Schmerz.

Meine Nerven fühlten sich an, als wäre flüssiges Feuer über sie gegossen worden, mein ganzer Körper wurde steif, als die Muskeln blockierten. Ich schmeckte Blut, nachdem ich aus Versehen auf meine Zunge gebissen hatte, wobei sich der Geschmack des Kupfers und der Blaubeermarmelade vermischten. Einen Moment später schlug ein Eispickel in mein Gehirn und die Welt flimmerte und verzerrte meine Sicht. Das Licht veränderte sich und brach auseinander und durch meine Schreie hörte ich eine Glocke läuten, bevor mich eine neue Welle des Schmerzes traf. Meine Existenz wurde der Schmerz, meine Knochen und Nerven verdrehten sich, bevor ich endlich fiel und bewusstlos wurde.

***

Als ich aufwachte, sah ich den Dschinn mit dem rabenschwarzem Haar über mich gebeugt. Sie betupfte mein Gesicht mit einem nassen Lappen, der mit Blut besprenkelt war. Mein Kopf fühlte sich an, als hätte sich jemand entschieden, ihn als Sandsack zu benutzen, jedoch war zumindest der Schmerz in meinem Körper zu einem dumpfen, aber konstanten Trommeln abgefallen, das entfernt an einen tiefen muskulären Schmerz erinnerte. Als ich meine Augen öffnete, bot Lily mir ein paar Pillen an, welche ich dankbar nahm und mit der Tasse Wasser hinunterspülte, die sie mir reichte.

Erst nachdem ich sie heruntergeschluckt hatte, dachte ich daran, sie zu überprüfen. »Was war das?«

»Schmerztabletten. Es heißt, nur eine nehmen, aber ich dachte mir, du brauchst eher zwei«, sagte Lily und bot mir die Möglichkeit, einen Blick auf die Schachtel Naproxen zu werfen. Ich seufzte vor Erleichterung, dankbar für die eindeutige pharmazeutische Beschriftung. Immerhin wollte ich nicht, dass sie stattdessen nach meinem Imodium griff. »Wie geht es dir?«

»Schmerzt«, sagte ich und achtete darauf, mich stets langsam zu bewegen, als ich sie prüfend anschaute. »Wofür war denn all das?«

»Ich habe deinen Wunsch erfüllt«, sagte Lily und sah etwas schuldbewusst aus.

»Aber ich ...« Ich spürte einen Anflug von Wut, die meinen Schmerz teilweise beiseite schob. »Ich war nicht bereit ...«

»Ja, das tut mir leid«, sagte Lily.

»Das tut dir leid?! Du hättest mich töten können. Und wir haben noch nicht einmal über Erfahrung, Levelaufstiege, Quests und andere Dinge gesprochen.«

»Ich weiß. Ich weiß!«, schrie Lily, das laute Geräusch ließ mich zusammenzucken. Sie stand auf und warf ihre Hände gen Himmel. Sie wurde rot vor Scham, bis sie sich beruhigte und neben mich kauerte. »Tut mir wirklich leid. Ich ... wurde abgelenkt.«

»Abgelenkt? Du warst besessen«, knurrte ich und sie nickte. Ich sank mit geschlossenen Augen nach hinten und zwang mich, einen weiteren tiefen Atemzug zu nehmen. »Erzähl mir, was du getan hast.«

»Was wir gesagt haben, was wir tun würden. Ich habe deine arkanen Bahnen geöffnet und die Grundlagen der Magie in deinen Kopf gesteckt. Ich habe meine eigenen Zauber, die deinen Fortschritt aufzeichnen werden. Und wenn du bereit bist, werde ich dein Level steigern und du wirst deine nächste Dosis Wissen bekommen.«

»Das andere.«

»Was?«

»Das Level steigern. Wie bekomme ich Erfahrung?« Ich runzelte die Stirn, als ich mich langsam aufsetzte. »Ich meine, ich will nicht rausgehen und Dinge töten, wenn ich es nicht muss, und ...«

»Der Levelaufstieg ist nur eine Abstraktion deines Wachstums und deiner Entwicklung als Magier. Du gewinnst Erfahrung durch das Lernen oder Praktizieren deiner Magie. Obwohl ...« Bei meinem scharfen Blick fuhr Lily fort. »Situationen mit hohem Stress sind extrem starke Methoden, Wissen zu erlangen. Es geht nicht nur darum, den ganzen Tag in deinem Turm zu sitzen und Bücher zu lesen. So wie wir es festgelegt haben, würdest du wahrscheinlich auf diese Weise mehr lernen.«

Ich ächzte. »Also Quests absolvieren.«

»Definitiv«, sagte Lily. »Aber mach dir keine Sorgen. Ich werde sicherstellen, dass sie dem Level angepasst sind.«

»In dieser Konversation ist viel von dir die Rede«, sagte ich argwöhnisch und Lily ließ ein unschuldiges Lächeln aufblitzen. Sie ging sogar so weit, mit ihren Wimpern zu klimpern. »Lily ...«

»Nun, jemand muss dein Klassentrainer und Spielleiter sein«, sagte Lily.

Ich starrte die Schönheit mit den rabenschwarzen Haaren einige Zeit an, während ein Gedanke durch meinen pochenden Kopf ging. »Was passiert normalerweise, wenn ein Wunsch erfüllt worden ist? Oder alle drei Wünsche?«

»Nun ... ähm ...« Lily schaute zur Seite und seufzte dann. »Schön. Normalerweise werde ich in den Ring verbannt, wann immer ich nicht gebraucht werde.«

»Aber als mein Spielleiter wirst du immer gebraucht werden«, sagte ich, den Gedanken vervollständigend, der sich seinen Weg hinein geschlängelt hatte. »Also selbst wenn ich meine anderen zwei Wünsche aussprechen sollte, wirst du immer noch frei sein.«

»Nicht frei. Nur außerhalb des Rings«, sagte Lily ernst und zeigte auf den Ring, den ich auf den Mittelfinger meiner linken Hand gesteckt hatte. »Ich bin noch immer verpflichtet, meine Kräfte in keiner bedeutungsvollen Art und Weise einzusetzen.«

Ich grübelte einige Zeit über die Gedanken nach, Lilys Eingeständnis und die Art und Weise, wie sie es geschafft hatte, etwas aus all dem herauszuschlagen. Ich sollte mich betrogen fühlen, aber wenn ich für fünfzig Jahre in einem Ring gefangen sein würde, wäre ich vielleicht genauso manipulativ. Schlussendlich kam es ganz auf das Vertrauen an ... und die Tatsache, dass sie nur so lange draußen blieb, wie ich am Leben war.

»Henry?«, sagte Lily. Ich schaute hoch und sah sie nervös sitzend und darauf wartend, dass ich etwas sagen würde. Ich runzelte die Stirn. Warum war ein unbeschreibliches, uraltes Wesen mit der Kraft, die Realität zu ändern, nervös. Was könnte sie in all dieser Zeit erlebt haben, um diese Stufe von Angst zu erreichen?

»Es ist okay«, sagte ich letztendlich. Auf alle Fälle hatte ich wichtigere Dinge, auf die ich mich konzentrieren musste. »Ich kann jetzt Magie ausüben, richtig? Wie?«

»Denk einfach daran«, sagte Lily wenig hilfreich.

Anstatt sie zu tadeln, verfiel ich in Schweigen und konzentrierte mich. Erst waren meine Gedanken zerfahren und durcheinander, als ich darüber nachdachte, über Magie nachzudenken, aber schließlich kamen sie zur Ruhe. In diesem Moment realisierte ich, dass ich davon nicht als abstraktem Konzept denken müsse; es war mehr wie die Bewegung eines Muskels, den ich lange Zeit nicht genutzt hatte. Ich musste einfach nur das Bedürfnis haben, ihn zu benutzen.

»Licht«, murmelte ich vor mich hin und stellte fest, dass meine Hand sich bewegte und die benötigten arkanen Zeichen wirkte.

Beschwörung Lichtball

42% Synchronität

Der *Lichtball*, der aus meiner Handfläche herausfloss, war schwach und zauberte ein blasses, unbeständiges, gelbes Licht, das nicht einmal so stark wie eine 60-Watt-Glühbirne war. Andererseits war das mein *Lichtball*.

»Was war das?« Ich starrte auf die Stelle, an der sich Worte in der Ecke meines Sichtfeldes befunden hatten und jetzt verschwunden waren.

»Die Benutzeroberfläche, die ich eingebaut habe. Sie wird dir Informationen geben, über deine Magie und wie du sie anwenden kannst«, sagte Lily grinsend.

»Und die Synchronität?« Gerade als ich fragte, poppte die Antwort in meinem Verstand auf.

Trotzdem fühlte Lily das Bedürfnis, mir zu antworten. »Wie du weißt, kann Magie auf viele Arten gewirkt werden, genau wie ein Gemälde mit verschiedenen Farben gemalt werden kann. Diejenige, welche du gelernt hast, ist älter und direkter. In ihrer frühesten Form benötigt sie eine geistige und eine physische Komponente ...«

»Je näher ich sowohl geistige als auch physische Handlungen synchronisiere, desto mächtiger wird der Zauberspruch«, sagte ich, ihren Satz beendend. »Und in späteren Stufen brauche ich nicht einmal die physischen Handlungen.«

»Korrekt.« Lily lächelte mich an, als ich anfing, mehr Bälle zu dem einzelnen schwebenden Ball hinzuzufügen. Jedes Mal, wenn ein neuer Ball beschworen wurde, erschien die gleiche Nachricht und berichtete mir von meinem Fortschritt. Nach meiner ursprünglichen Beschwörung waren die meisten in der 60-Prozent-Region und hüpften hoch und runter, während ich übte.

Sobald nahezu zwei Dutzend Bälle aufgetaucht waren, flackerte der erste und erlosch. Als ich meine Hände gen Himmel erhob, tauchte ein blauer Balken am oberen Rand meines Sichtfeldes auf, er war beinahe leer. »Ist das mein Manabalken?«

»Nah dran«, sagte Lily, bevor sie ihre Hand auf meinen Arm legte. Es war das erste Mal, dass wir uns tatsächlich berührten und ich fand, dass ihre Haut weich und überraschend warm war. Warm wie ein frisch aus dem Ofen gezogenes Brötchen, eine behagliche Hitze, die meinen Arm hinunter wanderte. »Du solltest jetzt aufhören. Mana, die arkane Energie, die du nutzt, sollte niemals vollständig aufgebraucht werden. Das Arkane befeuert dich, deine Lebenskraft und deine Seele. Stell immer sicher, dass du ein klein wenig übrig hast.«

Gerade als sie aufhörte, bemerkte ich meine Kopfschmerzen, das Feuer in meinen Nerven war zurückgekehrt. In meiner Begeisterung und Konzentration hatte ich den ansteigenden Schmerz nicht wahrgenommen. Als ich mich wieder auf das Bett setzte, ging Lily weg und kehrte mit etwas Wasser zum Trinken für mich zurück. Ich bedachte die Tragweite von dem, was sie gesagt hatte und staunte über meinen ersten Zauber. Während mein Herz hämmerte, unternahm ich ein paar

Versuche, meinen Charakterbogen aufzurufen. Status. Statusbildschirm. Charakter. Am Ende realisierte ich, dass ich mich wie bei meiner Magie einfach auf das Gewollte fokussieren musste.

Klasse: Magier
Level 1 (4% Erfahrung)
Bekannte Zauber: Lichtball, Machtpfeil, Wärme, Kälte, Glockenläuten, Windbrise

Es war seltsam, das System und das Wissen in meinem Verstand zu haben. Auf der einen Seite waren diese Zaubersprüche fest eingebaut, ausgeprägte Artefakte, die ich mit einem Gedanken beschwören konnte. Auf der anderen Seite erklärte das mir vermittelte Wissen, dass alle Zauber Manifestationen ein und derselben Formel durch geringe Abänderungen waren. Bei *Lichtball, Wärme, Kälte, Glockenläuten* und *Windbrise* ging es um die Veränderung von Energie, ein Beschwören und Verlagern von physischer Energie. Es war wie ein Schlag – du könntest einen Stoß, Aufwärtshaken, Schwinger und mehr ausführen, aber letztendlich waren es meist die gleichen Muskeln, die auf unterschiedliche Weise verwendet wurden und für die leichtere Anwendung in eigenständige Begriffe aufgeteilt waren.

Im Laufe der Zeit und mit mehr Grundlagen könnte ich möglicherweise meine eigenen Zaubersprüche erschaffen. Jedoch bräuchte ich viele weitere Grundlagen, bevor ich überhaupt darüber nachdenken konnte. Der einzig wahre Unterschied zu meinen anderen Zaubern war der *Machtpfeil,* mein einziger offensiver Zauberspruch und außerdem mein am weitesten entwickelter. Auch wenn ich nur an die einzelnen Teile dachte, aus denen der Zauber bestand, schmerzte mein Kopf – im übertragenen Sinne. Vermutlich brauchte ich mehr Übung, bevor ich ihn verstehen konnte. Andererseits war meine Mietwohnung nicht der Ort, mit zerstörerischer Magie herumzuwerfen.

Im Laufe der Zeit wurde die Stille, die durch meine Gedanken entstand – nur durchbrochen durch das Klicken des Laptops, nachdem Lily zum Computer zurückgegangen war – durch mein Magenknurren unterbrochen.

»Ich wollte nichts sagen, aber deine Küche ist leer«, sagte Lily hinter dem Computerbildschirm. »Wir sollten mehr zum Mitnehmen bestellen.«

»Ha. Das wird nicht geschehen.« Ich schüttelte meinen Kopf und stand auf. Der Schmerz ebbte ab, als sich mein

Manabalken füllte. »Wir haben mein Budget für die Woche schon überzogen. Ich muss etwas Zeug von der Auktion verkaufen, wenn wir etwas essen wollen. Vielleicht dieses Buch...«

»Dein Zauberbuch? Das würde ich nicht empfehlen«, sagte Lily.

Ich sah auf die Stelle, an der das Buch abgelegt war. Das Buch sah nicht mehr irdisch aus, es leuchtete in einem blassen blauen Licht. Ich hob es auf und bemerkte, dass die Seiten mit Wörtern und Diagrammen gefüllt waren, alle in einer engen, kursiven Schrift geschrieben, die vorher nicht dort gestanden hatte.

»Das ... woher kam das denn?«, murmelte ich.

»Es stand schon immer dort. Du warst nur nicht in der Lage, es mit deiner inaktiven arkanen Sicht zu sehen.«

»Ich habe eine arkane Sicht?«

»Ja. Die verborgene Welt wird jetzt offen für dich sein. Schau auf den Aktenkoffer.«

Verblichene Runen liefen kreuz und quer über den Aktenkoffer, jeden Zoll des Leders bedeckend. Absonderlich genug war, dass ich jetzt einige der Runen verstand – unverdientes Wissen aus den einzelnen Teilen eines Alphabets – auch wenn ich die Wörter selbst nicht verstand. Ich schlug den Aktenkoffer auf und starrte auf seinen Inhalt, die hölzernen Kisten waren ordentlich ersetzt worden und die Worte waren mir jetzt bekannt.

»Waren das Zauberkomponenten?« Ich zeigte auf die leeren Kisten, deren Inhalte ich in den Müll geworfen hatte.

»Ja. Weißt du, wir könnten einige von denen für gutes Geld verkaufen. Allein die Tintenfischeier wären eine Menge wert für den richtigen Alchemisten«, sagte Lily.

»Sind sie nicht schon ausgetrocknet?« Ich zog die Augenbrauen zusammen und entspannte mich dann, als das Wissen der Runen in meinen Verstand floss. »Präservationsrunen. Aber werde ich sie nicht brauchen?«

»Nicht wirklich. Die sind für Heckenmagier. Sie brauchen die Komponenten als Starthilfe für ihre Zaubersprüche. Die dir bekannte Magie überspringt das.«

»Aha. Cool«, sagte ich, während ich das Buch und den Rest der Kisten wegstellte. Nun, ich kannte keine Alchemisten, also war das Verkaufen der Zauberkomponenten aussichtslos. Stattdessen legte ich den Aktenkoffer zur Seite und fuhr damit fort, ein paar Kleidungsstücke zu einem Bündel zu packen, bevor ich es in einen Müllsack warf. »Okay, Zeit zu gehen.«

»Wohin gehen wir?«, fragte Lily und sah plötzlich aufgeregt aus.

»Nora's. Jetzt komm schon.«

Kapitel 3

Ich schielte ein wenig, als ich ins Sonnenlicht ging, meine Augen passten sich an die Helligkeit an. Hochsommer, wir hatten massig Zeit, bevor die Sonne untergehen, aber nicht so viel bis Nora's schließen würde. Neben mir schaute Lily sich mit großen Augen um, als sie die Stadt wahrnahm. In der Ferne griffen Wolkenkratzer nach dem Weltraum, metallene Finger stießen in den Boden des blauen Himmels. Autos fuhren vorbei, teilten sich den Platz mit Fahrrädern und Motorrädern, das konstante Grollen der Stadt stürmte auf unsere Ohren ein. Als ich mich vorwärts bewegte, griff Lily meinen Arm und hielt mich zurück, während sie fortfuhr, die veränderte Welt in sich aufzunehmen.

»Sorry. Nur eine Menge zu verarbeiten«, murmelte Lily und ich nickte.

Das Gleiche galt für mich. Ich stellte fest, dass die Welt sich ein bisschen geändert hatte, seit ich das letzte Mal herausgekommen war. Ein kleines Wohnhaus leuchtete durch arkane Runen und weiter die Straße hinunter bewegten sich einst dekorativ gewesene Wasserspeier und schauten uns an. Als eine Fußgängerin an uns vorüber schritt, klappte mein Kiefer herunter, als ich realisierte, dass sie eine Echsenfrau war und Schuppen ihr Gesicht und ihren breiten Körper bedeckten. Etwas weiter hastete eine humanoide Hundekreatur die Straße entlang, gefolgt von ihrem größeren, mit Fell überzogenen Führer. »Was ist all das?«

»Die verborgene Welt«, sagte Lily. »Deine Sicht lässt dich sehen, was schon vorher da war, verborgen durch Zaubersprüche und den Glamourzauber.

»Wie stelle ich das aus?«, murmelte ich und schüttelte meinen Kopf. »Ich meine, wie weiß ich, was sie versuchen mir zu zeigen?«

»Lass deine Augen etwas unscharf werden und wende den Blick leicht von ihnen ab. Nutze deine periphere Sicht«, coachte Lily mich und ich fokussierte mich auf die Hundekreatur und deren Halter. Ich mühte mich für ein paar Sekunden ab, bevor ich den Trick erlernt hatte, meine Augen unscharf zu stellen, um den *Glamour* zu sehen. Für eine Sekunde sah ich, was sie der Welt zeigten – ein Kind und seinen Vater – und nicht, was sie waren.

»Aha«, sagte ich. Ich drehte mich zu Lily um, aber der schwarzhaarige Dschinn sah genauso aus, ob ich nun blinzelte, meine Augen unscharf stellte oder wegschaute. Ich hörte erst damit auf, als ich bemerkte, dass Passanten mir befremdliche Blicke zuwarfen und einen weiten Bogen um uns machten.

»Bemüh dich nicht. Du kannst noch nicht durch meinen Zauber sehen, jedoch wirst du mit Training und höheren Leveln besser werden«, erklärte Lily.

Ich drehte mich schließlich von ihr weg, um weiter zu trainieren. Lily stieß mich leicht an. Ich wendete mich vom 2,5 Meter großen Giganten ab, den ich angestarrt hatte, und begann mit dem 30-minütigen Fußmarsch zu Nora's mit dem Sack über meine Schulter geworfen.

***

Der Weg zu Nora's dauerte länger als sonst und ich musste den Müllsack mehrmals zwischen meinen Händen wechseln.

Lily und ich starrten uns gegenseitig an, der Dschinn stellte Fragen über die moderne Welt und ich über das Verborgene. Smartphones, Elfen, In-Ear-Kopfhörer und alchemistische Tränke – alles wurde beantwortet und erklärt. Am Ende des Fußmarsches war ich mir nicht sicher, wem mehr Ehrfurcht eingeflößt worden war.

Ich stand außerhalb des Gebrauchtwarenladens und bemerkte eine Reihe von geschnitzten Runen entlang der Tür, in blauem Licht leuchtend, das ich als eine aktive Verzauberung erkannte, die um das schlichte Schild

›Nora's‹ wogte. Ich stellte meine Augen für einen Moment unscharf und sah den gewöhnlichen alten Laden, den ich schon dutzende Male besucht hatte. Für einen Moment zögerte ich, aber letztendlich trat ich ein. Ich brauchte das Geld.

»El?«, rief ich, als ich eintrat. Die Glocke läutete, als die Tür aufschwang.

»Hey, Henry ...« Els Stimme verstummte, während mich eine fremde Person mit großen Augen musterte.

Eine Sekunde später, als Lily in den Laden trat und die Runen passierte, leuchtete der gesamte Raum rot auf. Die Augen der Ladenbesitzerin verengten sich und konzentrierten sich auf den Dschinn mit den rabenschwarzen Haaren.

»Wer bist du?« Ich starrte die Person an, die Els Stimme hatte. Fort war die freundliche 1,52 Meter große, schwarzhaarige und leicht pummelige Ladenbesitzerin. Stattdessen stand eine schlanke Schönheit mit flammenrotem Haar und spitzen Ohren an ihrem Platz. Als ich meine Augen unscharf stellte, realisierte ich, dass sie El war. Wie sie wirklich war. »El ...?«

» Du bist ein Magier geworden«, sagte El in einem enttäuschten Ton. »Hast du sie dafür genutzt? Hast du einen Handel mit einem von ihnen getroffen?«

»Was bist du?«, fragte ich, meinen Kopf schüttelnd und ihre Fragen ignorierend.

»Pixie. Sie ist eine Pixie«, sagte Lily, schlenderte zur Ladentheke und lehnte sich daran. Der Dschinn ließ seinen Blick im Shop umherwandern und betrachtete die Runenverzauberungen an den Wänden und die leuchtenden Glasvitrinen, die immer verschlossen waren. »Und das ist nicht nur ein Laden für gebrauchte Kleidung.«

»Was willst du, Dämon?« Els Hand kam unter der Theke hervor, einen Zauberstab haltend. Selbst ich, unerfahren wie ich war, konnte erraten, dass er nicht dafür da war, Kürbisse in Kutschen zu verwandeln. Obwohl sie möglicherweise versuchen könnte, Lily in eine Ratte zu verwandeln.

»Nichts. Ich unternehme nur einen Ritt«, sagte Lily und El knurrte, den Zauberstab hebend.

»Nicht diese Art von Reiten!«, fügte ich hastig hinzu und schritt vorwärts. »Und Lily ist kein Dämon. Sie ist ein Dschinn. Und ich habe keinen Handel abgeschlossen. Ich habe mir etwas gewünscht.«

»Das nimmt sich nichts«, sagte El. Trotzdem schienen meine Worte sie etwas zu beruhigen. Ihr Blick wanderte zu meiner Hand, an der der Ring ruhte. »Wünsche an einen Dschinn gehen niemals gut aus.«

»El, alles wonach ich strebe ist, ein paar Klamotten zu verkaufen. Ich habe nicht erwartet ...« Ich wedelte mit meinen Händen, um all das zu umschreiben.

»Henry, du bist ein netter Junge. Also hier ein kleiner Ratschlag. Wenn du noch einen Wunsch übrig hast, wünsch dir, dass die Dinge so werden, wie sie vorher waren«, sagte El.

»Eigentlich ist das ein schrecklicher Wunsch«, ging Lily dazwischen und schüttelte ihren Kopf. »Die Zeit abzuändern ist unmöglich, also müsste ich dir deine Gaben entwenden, ohne dir all dein Wissen zu nehmen.

El schaute Lily finster an, während ich den Sack mit den Klamotten auf der Theke ablegte. Ich hustete und zog ihre Aufmerksamkeit wieder auf mich. »Schau, El, Ich benötige wirklich deine Hilfe. Frau Nimmersatt hier hat sich durch all mein Essen gefuttert und mein Budget gesprengt. Sie hat sogar meine drei Jahre alten Büchsen mit Dosenfleisch gefunden.«

»Wie lange lebst du schon mit ihr?«, fragte El, ihren Kopf zur Seite geneigt.

»Ähm ... anderthalb Tage?« Ich seufzte. »Komm schon, El. Du weißt, ich bringe keinen Ramsch.«

»Henry«, seufzte El und deutete zu den Klamotten. »Hast du jemals auf die Preise geschaut, für die ich die Klamotten verkaufe, die du mir bringst?«

»Nein.«

»Ich verdiene kaum Geld mit der Kleidung, die ich verkaufe. Die gesamte Seite der Gebrauchtwaren ist ein Schwindel, eine Täuschung«, sagte El und schwenkte eine Hand in Richtung der Glasvitrinen. »Das ist, womit ich mein Geld verdiene.«

»Okay.« Das ist in Ordnung, aber ...« Ich zeigte auf die Kleidungsstücke. »Kannst du sie nicht wie sonst auch nehmen?«

»Nein. Weil du jetzt in meiner Welt bist«, insistierte El und ich ächzte ernüchtert.

»Gut.« Ich fing an, den Müllsack wieder zu bepacken. Die zweite Chance befand sich eine Busfahrt entfernt und würde wahrscheinlich nur ein Drittel meines Bestandes annehmen, aber wenigstens hätten wir dann genug Geld für das Abendessen. »Was verkaufst du überhaupt?«

»Zauberformeln und Runenkomponenten«, sagte El.

Ich schluckte und starrte auf die zierliche Pixie. So normal wie ich konnte, fügte ich hinzu: »Und kaufst du solche Dinge auch?«

El lachte, mit ihrem Kopf nickend. »Natürlich. Aber das gewissenhafte Sortieren und die Pflege dieser Zauberkomponenten ist eine Kunst. Den ersten Atemzug des Sonnenlichts einfangen, die Lebenskraft eines gestorbenen Käfers abfüllen, das ist nichts, was du mal eben so tun kannst.«

Lily grinste einfach nur neben mir und ich wurde mit dem Packen der Kleidungsstücke fertig.

»Richtig. Richtig. Danke schön, El. Bis bald.«

Draußen drehte ich mich zu Lily um, die leise in sich hineinlachte. Nach ein paar Metern fragte Lily: »Ist der Keller nicht in der anderen Richtung?«

»Ja. Aber ich habe immer noch einen Sack voller Kleidung, den ich loswerden will«, antwortete ich und hob ihn hoch.

»Du weißt, dass eine einzige Zauberkomponente mehr wert ist als zehn Säcke gebrauchter Kleidungsstücke?«, fragte Lily.

»Woher weißt du das?«, schoss ich zurück. »Du saßt in einem Ring fest.«

»Ich habe mir die Kleidungsstücke angeschaut«, sagte Lily. »Und selbst bei vollem Preis ist eine Zauberkomponente zehn Säcke wert. Mindestens.«

»Wie auch immer. Ich muss das immer noch loswerden.« Ich hob den Sack hoch. »Ich will nichts wegwerfen.«

***

Es war spät am Abend, bevor wir uns erneut an Els Tür wiederfanden. Die namensgebende Nora war natürlich nicht in der Nähe, aber El war noch immer im Laden, um den Arbeitstag zu beenden. Ich runzelte die Stirn – in der Versuchung, nicht zu klopfen – aber ich entschied mich, es trotzdem zu tun. Es war ohnehin schon ein langer, langer Tag und ich wollte es einfach hinter mich bringen. Neben mir aß Lily Schawarma, ihr Fuß klopfte ungeduldig auf den Boden.

»Wir sollten wirklich zuhause sein«, sagte Lily. »Du bist für die Nacht noch nicht wirklich bereit.«

»Ja, ja«, murmelte ich und klopfte erneut.

El öffnete schließlich die Tür und starrte uns beide zornig an. »Was willst du?«

»Ich habe möglicherweise etwas, das du willst«, sagte ich.

»Henry ...«

53

Ich schüttelte meinen Kopf. »Nicht Kleidung«, antwortete ich schleunigst. Ich blickte mich rasch um, griff dann in meine Jacke und zog eine der von Runen überzogenen Kisten heraus. »Eine Zauberkomponente.«

»Wo hast du ...« El schloss ihren Mund. »Schön. Komm rein.«

Ein paar Minuten später waren wir über einen Tisch im hinteren Teil des Ladens gebeugt, in einem Raum, den ich niemals zuvor gesehen hatte. In der Mitte des Tisches dominierte die geöffnete, verzauberte Kiste unsere Konversation. El hob kleine, grüne Kristalle mit einer Pinzette heraus und legte sie beiseite. Sie prüfte jedes Stück, das sie herausnahm.

»Woher hast du die?«, murmelte El, ihren Kopf schüttelnd. »Ich habe seit Jahren nicht mehr solche Qualität gesehen.«

»Nun, kannst du uns einen guten Preis machen?«, fragte ich fast hüpfend vor gespannter Erwartung.

»Definitiv«, sagte El und schloss dann ihren Mund, ein Ausdruck von Frustration flackerte auf ihrem Gesicht. »Verdammt, Henry. Ich habe viel zu viele Kleidungsstücke von dir gekauft.«

Ich gluckste und lehnte mich zurück, während sie die Kristalle vorsichtig in eigene Glasbehälter legte. Sobald sie damit fertig war, wog sie die Behälter, bevor sie sich wieder mir zuwendete. »Würdest du die Kiste auch verkaufen?«

Aus dem Augenwinkel sah ich, wie Lily ihren Kopf zu einem Nein schüttelte, aber ich benötigte ihren Rat dabei nicht. Ich hatte nicht die Absicht, die Kisten zu verkaufen und das sagte ich El auch. Die Pixie fuhr sich mit einer Hand durch ihr rotes Haar, ehe sie das Tablet nach vorne schob und mir ihr Angebot zeigte.

»Wow ...« Mein Kiefer fiel etwas herunter, als ich die Summe sah. Das Zehnfache von dem, was ich vorher verdient hätte, war das nicht. Offenbar hatte Lilys Zeit im Ring mehr Veränderungen gebracht, als der Dschinn erwartet hatte.

»Ich nehme an, das ist angemessen«, sagte El mit einem Schmunzeln und ich konnte nur stumm nicken.

***

Außerhalb von Nora's, eine Zauberkomponente weniger und ein neu gezähltes, in meine Tasche gestopftes Bündel Geldscheine mehr, drehte ich mich um und begann zurück zu meiner Kellerwohnung zu laufen. Lily schloss sich mir an, beäugte die Geschäfte mit Interesse und murrte über das Abendessen. Es war keine Überraschung, dass ich die Hand nicht sah, die sich aus der Gasse herausstreckte und mich hineinriss. Ich war durch die neue, verborgene Welt und meinen neu entdeckten Reichtum beduselt.

Eine große, grüne und raue Hand packte mich und zog mich tief in die Gasse hinein. Sie hielt mich an der Jacke fest, während ich die Hand kratzte und sie zum Loslassen bringen wollte. In der Dunkelheit schlug mich der Angreifer an die Wand, erst einmal und dann ein zweites Mal, Sterne vor meine Augen treibend, während eine zweite Hand meine rechte Hand an der Wand festhielt.

»Gib mir, was du gekauft hast, Zauberer«, fauchte das grüne mit Stoßzähnen ausgestattete Gesicht nur wenige Zentimeter vor meinem. Um seine Wörter zu unterstreichen, drückte der Ork meinen Hals zusammen und nahm mir den Atem.

Ich schlug mit meiner linken Hand wirkungslos auf seine Hand, die Sterne tanzten noch immer vor meinen Augen. Die wiederholten Schläge und der Mangel an Sauerstoff ließen meine Augen unscharf werden und für einen Moment sah ich den massigen Skinhead, den er dem Rest der Welt zeigte.

»Du weißt, dass er nicht antworten kann, wenn er nicht in der Lage ist zu atmen«, sagte Lily.

Der Ork blinzelte und drehte sich zu der Stelle um, wo der Dschinn stand und uns gleichgültig beobachtete. Neben ihr schwebten zwei seiner Gefährten in der Luft, ihre Glieder fanden keinen Halt.

»Du bist auch ein Zauberer!«, knurrte der Ork, die gelben Augen verengten sich.

Er griff mit einer Hand nach hinten, aber er hörte auf, als Lily »Tsk« machte.

»Nein, nein. Ich bin nicht dein Ziel. Er ist es«, sagte Lily und zeigte auf mich. »Nun, das ist ein angemessener und zufälliger Zusammenstoß, aber mit allen Dreien von euch nicht dem Level entsprechend, also nehme ich deine Freunde aus der Gleichung heraus. Du, Henry, wirst dich darum kümmern. Ist das nicht richtig, Henry?«

Ich gerate selbstverständlich nicht in Kämpfe. Davon abgesehen bedeutet das nicht, dass ich nicht schon vorher in Kämpfen gewesen wäre. Eine der Hauptregeln: lass dich nicht ablenken und wenn dein Gegner es tut, nutze es aus. Ein unregelmäßiger Atemzug gab mir genug Klarheit, um mich zu konzentrieren und meinen einzigen offensiven Zauber mit meiner freien Hand zu beschwören. Ich wirbelte meine Hand herum und ließ die

Finger tanzen, bevor ich sie in seinen Körper stieß, der leuchtende *Machtpfeil* schlug in die Rippen des Straßenräubers.

Beschwörung Machtpfeil
Synchronität 41%
Der Machtpfeil erzeugt 9 Schadenspunkte am Ork-
Straßenräuber.

Der Überraschungsangriff brach einen Knochen und zwang den Ork, seinen überraschend minzigen Atem in mein Gesicht auszustoßen, und er ließ meinen Hals reflexartig los. Jetzt auf meinen Knien stürzte ich auf den Ork zu, obwohl er deutlich schwerer als ich war, meine Schulter traf seine gebrochenen Rippen und trieb das Monster zurück. Aus Reflex zuckte er zusammen, was mir die perfekte Möglichkeit gab, ihm meinen Ellbogen ins Kinn zu rammen. Ich schob mich von ihm weg und verschaffte mir selbst mehr Platz, während ich meinen Arm ausschüttelte, der Ellbogen schmerzte nach dem Stoß.

»Du weißt, dass du jetzt ein Magier bist«, sagte Lily beiläufig. »Keine Erfahrung für das Schlagen.«

Ich brummte zur Antwort und hustete dann, keuchend durch die neu geformten Blutergüsse auf meinem Hals. Der Ork stand auf und rieb sein Kinn mit einem Schimmer Respekt in den Augen.

»Ein Zauberer mit einigen körperlichen Fähigkeiten«, sagte der Ork, seine Stimme ein tiefes Knurren. Er ließ einen flüchtigen Blick über Lily streifen, welche mit ihrer Hand wedelte, damit er weitermachte. »Das könnte möglicherweise interessant werden.«

»Ja ... nein«, sagte ich und meine rechte Hand schleuderte und verdrehte sich, als ich einen weiteren *Machtpfeil* formte. Bevor ich ihn beenden konnte, griff der Ork mich an, was mich zwang, rückwärts zu tanzen und den Zauber zu unterbrechen. Ich drehte und wendete mich, während der Straßenräuber sich weigerte, mir Zeit zum Beenden des Zaubers zu geben. Immer und immer wieder begann ich mit dem Zauberspruch, bevor er jedes Mal unterbrochen wurde.

»Du musst lernen, wie man unter Druck zaubert«, coachte Lily von der Seite. Ein geworfenes Messer von einem der anderen Orks, die mitten in der Luft hingen, blieb in dem Augenblick stehen, in dem seine Hand das Messer losließ. Mit Lily als Ziel. »Lass dich nicht durch seine Attacke ablenken. Der Zauberspruch ist das Wichtigste.«

Eine Faust streifte meinen Kiefer und ließ mich zu Boden gehen. Der Ork rannte vorwärts, aber ich hob meine Füße hoch und hielt die Kreatur damit zurück. Während das Monster versuchte zu mir zu kommen, begann ich wieder den *Machtpfeil* zu beschwören, trotz meines pochenden Kopfes. Zwei Sekunden waren alles, was ich benötigen würde. Gerade als der Ork meine Beine zur Seite drückte, beendete ich zu guter Letzt den Zauberspruch und sandte ihn hämmernd in das Monster.

Beschwörung Machtpfeil

Synchronität 53%

Der Machtpfeil erzeugt 10 Schadenspunkte am Ork-Straßenräuber.

Auf meinem Rücken, die Füße hoch in der Luft, formte ich den nächsten Zauber, welchem der Straßenräuber auswich. Zwei weitere Zauber folgten, hinter meinem Rücken beschworen, von denen nur einer traf. Mein Kopf pochte weiterhin. Der Schmerz wuchs und ich ersparte mir einen Blick nach oben, um festzustellen, dass mein Mana fast aufgebraucht war. All diese misslungenen Versuche hatten Mana verlangt, selbst wenn ich sie nicht beendet hatte.

Der Ork umklammerte den Arm, der den Aufschlag des letzten Zaubers abbekommen hatte, und knurrte mich an. Ich hatte das Brechen eines weiteren Knochens gehört, dennoch war er auf seinen Beinen. Aber der Straßenräuber versuchte nicht mehr, auf mich zuzustürzen. Ich stand langsam auf und ging auf Distanz zu ihm.

»Sind wir fertig?«, fragte ich und versuchte meine Stimme selbstbewusst klingen zu lassen.

»Zauberer, ich bin enttäuscht. Du hast einige Fähigkeiten. Warum weigerst du dich, ehrenvoll zu kämpfen?« Der Ork knurrte und sah mich argwöhnisch an.

»Ich muss mein Level steigern.«

»Du sprichst selbst für einen Zauberer eigenartig.«

»Ja, ja. Machen wir weiter oder sind wir fertig?«, knurrte ich und hob meine Hand, um das Monster zu täuschen.

»Wir sind fertig, wenn du das so willst, Zauberer.«

»Geh.«

»Ich bin Ulrik von den Gelben Augen«, sagte der Ork. »Du wirst bei unserem nächsten Treffen nicht so viel Glück haben.«

Ich winkte Ulrik fort und Lily ließ die beiden Orks fallen. Das Trio kroch davon, während es den Dschinn misstrauisch beäugte. Gleich darauf waren Lily und ich allein in der Gasse.

»Danke für die ganze Hilfe«, maulte ich sie an.

»Du musst dein Level steigern. Ich habe sichergestellt, dass es dem Level angepasst war«, sagte Lily und entschuldigte sich nicht. »Diese Technik war nicht sehr orthodox. Aber effektiv.«

»Also, habe ich Erfahrung dafür bekommen oder hätte ich ihn töten müssen?«, fragte ich, als ich mich gegen die Wand lehnte und die Hand an meinen pochenden Kopf hielt.

»Was habe ich über Erfahrung gesagt? Es geht um das Lernen und das Wachstum deiner magischen Stärke, nicht deine Fähigkeit, Monster zu töten. Schau dir deinen Status an.«

Klasse: Magier

Level 1 (48% Erfahrung)

Bekannte Zauber: Lichtball, Machtpfeil, Wärme, Kälte, Glockenläuten, Windbrise

»All das von nur einem Kampf?«, fragte ich, als ich auf den aktualisierten Charakterbogen schaute.

»Nein. Du hast etwas Erfahrung beim heutigen Herumlaufen mit deiner arkanen Sicht erlangt. Aber eine Menge davon kam durch den Kampf.«

Ich nickte langsam, etwas besänftigt. Obgleich ich verletzt war, Kopfschmerzen hin oder her, der zufällige Zusammenstoß war es wert gewesen. »Gut.«

»Also, ich habe eine wichtige Frage«, sagte Lily lächelnd, während sie vorwärtsging. »Ist das äthiopische Restaurant gut?«

Kapitel 4

Die Antwort auf diese wichtige Frage war Nein. Ein großes Nein. Das hinderte Lily nicht daran, alles zu verputzen, während sie meinen Computer in Beschlag nahm. Komischerweise machte es mir nicht so viel aus, da ich meine Zeit grübelnd über dem Zauberbuch verbrachte, das ich bekommen hatte. Das Meiste davon war unverständlich, Reihen arkaner Wörter und Konzepte, bei denen mir das Grundverständnis fehlte, doch einiges davon ergab Sinn. Es war, als wollte ich ein Doktorandenlehrbuch in Physik lesen, obwohl ich nur einen Grundschulabschluss hatte. Trotzdem befasste ich mich damit.

Während ich las, bemerkte ich die Wiederherstellung meines Manas, wenn auch nur langsam. Zu langsam für meinen Geschmack. »Lily, gibt es einen Weg, Mana schneller wiederaufzuladen?«

»Natürlich. Bestimmte Tonika, Nahrungsmittel und alchemistische Tränke sind die gängigsten. Das Verweilen auf Kraftlinien oder -knoten würde helfen«, sagte Lily und machte sich nicht die Mühe aufzuschauen. »Meditieren natürlich.«

Ich nickte langsam und schloss das Buch. Nun, in Ordnung. Wir mochten mir keine Fähigkeiten gegeben haben, aber Grundschullektionen in Aufmerksamkeit könnten dennoch helfen. Als ich meine Beine auf dem Bett kreuzte, verlangsamte ich meine Atmung und versuchte meinen Kopf frei zu bekommen. Nicht überraschend war es viel schwerer als die letzten Male, als ich das getan hatte. Die letzten Tage waren ziemlich hektisch gewesen – ein Dschinn, Magie, eine verborgene Welt und eine alte Freundin, die nicht das war, wofür ich sie gehalten hatte. Und dann der erste Kampf, an dem ich seit Jahren teilgenommen hatte.

Schon bald verlangsamten sich meine Gedanken und entspannten sich. Meine Augen schlossen sich, meine Atmung wurde langsamer, und dann kam die Dunkelheit.

***

»Morgen«, grüßte mich Lily beim verlockenden Duft von gebratenem Speck, Tomaten, Rührei und dem Nektar der Götter – Kaffee. Der Dschinn stand am Herd und wurde gerade damit fertig, das Essen auf Teller zu tun. Mit offenem Haar beugte sich der schwarzhaarige Dschinn vor, in einer pinken Bluse, einer blumigen Weste und einer engen, blauen Jeans, die verblüffend vertraut aussah. Bei alltäglichen Dingen wie diesen könnte ich beinahe denken, dass der Dschinn nur eine weitere wunderschöne Frau wäre und keine mächtige, übernatürliche Kreatur.

»Frühstück?« Ich schwang meine Füße vom Bett und lief hinüber, um mir einen Teller von der Theke zu schnappen. Hoch gestapelte, benutzte Teller erinnerten mich daran, dass ich wirklich den Abwasch machen musste. »Sind diese Klamotten aus Els Laden?«

»Ich habe einige davon zur Verwendung kopiert. Deine Garderobe ist nicht sehr modisch«, sagte Lily und schüttelte ihren Kopf. »Ernsthaft? Ein Dutzend Shirts von diesem *Firefly*-Ding?«

»Sag nichts darüber, bis du es nicht gesehen hast«, murmelte ich mit dem Mund voller Essen. »Also, was jetzt? Ich wandere in der Stadt herum und suche nach Ärger?«

»Nein. Ich habe eine Quest für dich.« Lily schwenkte ihre Gabel in Richtung des Schreibtischs. Ich brauchte ein paar Minuten, um die verstreuten Blätter zu durchsuchen, bevor ich das Richtige fand. Darauf stand mit roter Tinte eingekreist: ›Quest Eins‹.

»Ratten?« Ich stieß das Blatt weg, während ich losging, um mehr Kaffee zu holen.

»Ratten. Es ist Tradition.«

»Du veralberst mich doch«, murrte ich und schlürfte an meinem Kaffee. »Und was hast du mit meinem Kaffee gemacht? Er ist richtig geschmeidig.«

»Kalt aufgebrüht«, sagte Lily. »Deine Kaffeemaschine ist erbärmlich. Und ich bin es nicht. Teufelsratten sollten perfekt für deine erste Quest sein. Dem Level gemäß.«

»Wie weißt du, dass das Teufelsratten sind? Der Zeitungsbericht sprach von einem Anstieg des Verschwindens von Haustieren in der Nachbarschaft«, sagte ich. »Könnten Kojoten sein.«

Lily schüttelte ihren Kopf. »Spielleiter. Ich habe einen Teil meiner Kraft erweitert, um unsere Umgebung zu überwachen. Jetzt geh und töte ein paar Ratten. Obwohl, vielleicht erst eine Dusche?«

Ich brummte leise, bevor ich ins Badezimmer ging. Jetzt war die eigentliche Frage: was zieht man an, wenn man übernatürliche Ratten in der Kanalisation jagen geht?

***

Es dauerte ein bisschen, aber ich fand ein Paar Gummistiefel, Wollstrümpfe und eine Sporthose neben meinen ausgeblichenen Shirts. Eine einfache Polyester-Regenjacke, um die Kälte und Nässe fernzuhalten, und ich war bereit zum Aufbruch. Oder so bereit wie ich nur sein konnte in Anbetracht dessen, dass ich keine Ahnung hatte, worauf ich mich einließ.

Eine U-Bahn- und eine Busfahrt später fand ich mich in der von Teufelsratten geplagten vorstädtischen Wohngegend wieder. Ich verstand nicht, wie Menschen in diesen identisch aussehenden Häusern mit ihren sorgfältig gepflegten Rasenflächen und neugierigen Nachbarn leben konnten. Jedes Mal, wenn ich hierher kam, wurde ich daran erinnert, wie fad und künstlich sich alles anfühlte. Ein Wohnsitz, der eher vom Aussehen als von der Notwendigkeit geprägt war, ein Ort zum Ausruhen und Verstecken vor dem Rest der Welt. Als ich mich von der Bushaltestelle entfernte, schaute ich auf den Boden und suchte nach einem Gully. Erst, als ich einen in einer menschenleeren Sackgasse fand und versuchte ihn zu öffnen, bemerkte ich eine Schwachstelle in meinem Plan – mein Mangel an Oberarmstärke und Hebelkraft. Nach ein paar Minuten vergeblichen Greifens und Anspannens setzte ich mich neben den Gully und wandte etwas Hirnschmalz für das Problem an. Vielleicht ...

Ich hielt meine Hand über den Gullydeckel, nicht meinen Blick auf meine Hand fokussierend, sondern leicht dahinter. Ich konzentrierte mich tief im Innern und sprach den Zauber aus, wobei ich die Ströme leicht veränderte, sodass sich der Zauber nicht direkt in meiner Hand formte und dann herausschoss, sondern sich unter dem

Deckel bildete. Drei misslungene Versuche später formte sich der Zauber endlich, der *Machtpfeil* krachte in die Unterseite des Deckels und schleuderte ihn einige Zentimeter in die Luft.

»Auuuu«, murmelte ich, als ich vorsichtig den Gullydeckel von meinem Fuß hob, den ich in die Öffnung geschoben hatte. Das wird eine Beule hinterlassen. Genau. Brecheisen. Ich werde meiner Abenteuerausrüstung definitiv ein Brecheisen hinzufügen.

Ich ließ den Schacht weitestgehend geöffnet und kletterte hinunter in die Kanalisation, endlich bereit, meine Quest zu bestehen. Wenigstens war der schwere Teil vorbei. Wie schwierig konnten Ratten sein?

***

»*Machtpfeil* in dein Gesicht, Micky!«, knurrte ich, als mein Zauber sich fertig formte und die Teufelsratte zur Seite schleuderte. Zerfetzt durch den blauen Pfeil arkaner Energie, hinterließen die mit Blut bespritzten Überreste meines Angreifers einen roten Fleck an der grauen Wand des Kanalisationstunnels. Über mir strahlte ein schwebender *Lichtball* – ich hatte herausgefunden, wie ich ihn an meinen Körper binden konnte – ein unbeständiges Licht aus und warf überallhin Schatten. Glücklicherweise

70

war das Kanalisationssystem, an das diese Vorstadt angeschlossen war, eigentlich ein Teil des Hochwasserschutzes, somit war der Abwasserkanal hoch und breit genug, um eine große Menge Wasser aufzunehmen. Es bedeutete, dass ich meistens aufrecht stehen konnte, während ich umherjagte.

Ich sackte gegen die Wand und wühlte in meinem Rucksack, nach den Verbänden suchend, die ich wohlüberlegt mitgebracht hatte. Nach einer Dosis Jod wickelte ich meine verletzte Wade eng ein und hoffte, die Teufelsratten würden nicht so krankheitsübertragend sein wie ihre irdischen Kollegen. Irgendwie hatte ich das Gefühl, das war reines Wunschdenken.

»Gut, dass Lily nicht hier ist, um das zu sehen«, sagte ich zu mir selbst. Ich stellte mir vor, der Dschinn würde grinsen, während ich mich damit abquälte, Teufelsratten in der Dunkelheit zu bekämpfen. In Wahrheit war ich mir nicht sicher, was ich bei dieser Quest erwartet hatte. Sie sagte, dies war dem Level gemäß. Und mein vorheriges Leben als Mitarbeiter im Einzelhandel und Teilzeit-Schnäppchenjäger hatte nur wenig dazu beigetragen, mich für die Monsterjagd vorzubereiten. Ich schaute zur Seite und beäugte meinen Manabalken, welcher zu einem Viertel voll war. Genug für einen weiteren Kampf.

Mit schnellen Bewegungen packte ich mein Erste-Hilfe-Set ein und stand auf, prüfte meinen Fuß und befand ihn für gut genug. Dass es derselbe Fuß sein musste, den ich mir schon zuvor verletzt hatte, machte das Laufen noch schwieriger, aber nicht unmöglich. Als ich um die nächste Ecke der feuchten, widerlichen Kanalisation bog, achtete ich darauf, nicht daran zu denken, worin ich mich bewegte. Glücklicherweise hatten mich Jahre des Babysittings für Onkel und Tanten und zusätzliches Geld gegen das Konzept der Fäkalien als Ganzes abgehärtet, auch wenn das Waten durch die Kanalisation die Grenzen meiner Einstellung auf die Probe stellte.

Ein weiterer verstümmelter Körper empfing mich, als ich um eine Ecke trat, ein Pudel mit seinen verstreuten Innereien und eine Teufelsratte, die ihren Kopf von innen herausstreckte. Der Bursche vor mir war typisch für die Teufelsratten, denen ich begegnete – von der Größe einer Hauskatze mit leuchtend roten Augen und einem aggressiven Temperament. Als sie ihren Rücken zur Verteidigung ihres Mahls wölbte, beendete ich meinen Zauberspruch und zeigte mit meinen Fingern auf sie. Der Pfeil erwischte das Monster in der Mitte seines Körpers und zerschmetterte dessen Herz.

Beschwörung Machtpfeil

Synchronität 67%

Der Machtpfeil erzeugt 11 Schadenspunkte an der Teufelsratte.

Beim Kadaver zusammensackend, atmete ich vor Erleichterung aus und versuchte die Zunahme des Adrenalins wieder unter Kontrolle zu bringen. Glücklicherweise war ich es diesmal, der die Ratte überrascht hatte. Die Monster hatten die Tendenz, aus einem Versteck heraus anzugreifen, aus dunklen Ecken kriechend, um auf mich loszugehen. Dennoch waren mit meinem fast leeren Manabalken die Kopfschmerzen zurückgekehrt und so ließ ich mich nieder, um zu warten und mich auszuruhen.

Das würde nicht leicht werden.

***

Ich stand nach einer Weile auf, die Meditation hatte meinen Manabalken langsam wieder zur Hälfte aufgefüllt. Ich wäre länger geblieben, aber es gab eine Grenze in meiner Fähigkeit, zu ignorieren, wie widerlich das alles war, selbst wenn meine Nase sich schon vor langer Zeit verschlossen hätte. Ein leises Quieken hatte mich in einen Seitenkorridor geführt und ich war gezwungen, mich hinzukauern, während ich vorwärts krabbelte. Ein kleiner Wurm der Sorge kroch durch meine Eingeweide, die Geräusche vor mir wurden lauter und zahlreicher, als ich sie zuvor gehört hatte.

»Oh, Scheiße«, murmelte ich leise, als mein Licht schließlich das Nest vor mir erleuchtete. In einem Haufen Knochen, Rattenexkrementen und abgestoßenem Fell lag eine zusammengerollte Mutterratte, die doppelt so groß war wie irgendeine der vorherigen. Sie stillte eine Gruppe von Teufelsrattenwelpen, jeder so groß wie meine Faust. In ihrer Nähe hockte eine weitere Teufelsratte, an einem fahlen Knochen nagend. Als mein Licht ihre Aufmerksamkeit erweckte, drehte sich das rattige Unheil um und sie betrachteten mich mit ihren höllisch roten Augen. Den größten Teil meines Heldenmutes zusammennehmend, begann ich mich langsam zurückzubewegen, während ich einen *Machtpfeil* vorbereitete.

Zuerst betrachteten die Ratten nur meinen schleppenden Rückzug und bewegten sich nicht. Als mein Licht zurückwich, quiekten sie lauter und lauter, der Krach dröhnte durch die beengten Räume. Mit trockenem Mund konnte ich spüren, dass die Monster sich zum Angriff bereitmachten, während ich mich rückwärts schleppte. Angst ergriff meinen Körper und ich wusste, ich hatte nicht genügend Mana, um sie alle zu töten. Ich musste dafür sorgen, dass ich Zeit hätte, etwas zu unternehmen, sobald sie auf mich losstürmten.

Die Inspiration überkam mich, als ich rückwärts schritt. Ich schnippte und verdrehte meine Finger, dann deutete ich nach unten und sandte arkane Energie in das Wasser. Ich kühlte es ab und zog mich zurück. In Sekunden entstand eine leichte Eiskruste auf dem Wasser und breitete sich schneller und schneller aus, als die arkane Energie Hitze aus dem schon gekühlten Wasser herauszog. Als ob meine Magie das Signal war, herrschte eine plötzliche Stille, während die Ratten vorwärts rasten.

Ich kletterte nach hinten, während ich Mana in das Wasser strömen ließ, eine glatte Oberfläche erzeugend, auf welche die erste Teufelsratte ohne Vorwarnung traf. Ihre Vorderkrallen erreichten das glatte, nasse Eis und sie drehte sich und wirbelte mit einem Knall an die Wand. Die Ratte schüttelte ihren Kopf, um wieder klar zu werden, während die Welpen mit wackligen Beinen auf meiner improvisierten Eisbahn herumrutschten und sich zerstreuten.

Als ein Schmerzensschub in meinem Kopf ausbrach, stoppte ich den Zauber und konnte nicht mehr weitermachen. Ich wich so schnell aus, wie ich konnte. Sobald ich aus dem schmalen Tunnel heraus war, drehte ich mich um und rannte los. Die Geräusche der größeren Mutterratte, als sie in mein Eis stürmte und es zerschlug, dröhnten durch den Tunnel.

Ich schaute nicht mehr zurück, rannte so schnell ich konnte zur nächsten Leiter und kletterte so schnell wie möglich hinaus. Ich stieß den Gullydeckel mit meiner Schulter an, Adrenalin und eine bessere Hebelkraft erlaubten es mir, ihn aufwärts zu bewegen.

Draußen wehten das Gefühl von Sonnenlicht auf meinem Gesicht und der Duft von erblühten Blumen, die im Wind getragen wurden, einen Teil meiner Angst weg, einen Teil des Alpträume auslösenden Wahnsinns unter mir. Als ich den Gullydeckel wieder an seinen Platz brachte, lächelte ich ein Kind an, das auf dem Bürgersteig spielte, dankbar, dass ich meine erste Quest überlebt hatte.

Kapitel 5

Wechselsachen. Das war es, was ich vergessen hatte mitzubringen. Das wurde mir klar, als ich auf der Rückfahrt in meinem eigenen, übel riechenden Dunstkreis saß. Ich hielt mein Gesicht vor Verlegenheit gesenkt, während mir andere Passagiere angewiderte Blicke zuwarfen, selbst die der verborgenen Welt. Als ich zurückkam, war diese Lektion tief in meiner Seele verwurzelt. Bring immer Wechselsachen mit!

Lily hockte vor meinem Laptop, als ich zurückkam. Sie klickte und tötete Monster, die ganze Zeit, während ich mich mit echten Monstern herumgeschlagen hatte. Anstatt mit meinem selbsternannten Spielleiter zu sprechen, ging ich in das Badezimmer, um zu duschen und mich so gut es ging zu säubern. Bleierne Stille hing in der Luft, als ich in frischer Kleidung herauskam und begann, das Abendessen zu kochen.

Erst beim Servieren des Abendessens sprach ich, meine Stimme angespannt und kontrolliert. »Nun, ich habe ein paar Teufelsratten getötet.«

»Das hatte ich gehofft«, sagte Lily und nahm den Teller mit Schweinekotelett, Kartoffelbrei und Rosenkohl von mir. »Hast du die zehn Ratten getötet?«

»Nein«, sagte ich, als ich in mein Kotelett stach und das Stück zersägte. »Dort gab es eine Mutterratte von der Größe eines mittelgroßen Hundes.«

»Hässliche kleine Kreatur, nicht wahr?, sagte Lily, nachdem sie bereits zum Laptop zurückgelaufen war.

»Sie hätte mich fast umgebracht. Sie haben mich fast umgebracht!«, brüllte ich, holte tief Luft und zwang mich selbst zur Ruhe. Der Ork von letzter Nacht war beängstigend, aber es war nur ein Überfall gewesen. Ich war schon früher überfallen worden, und obwohl es nie Spaß gemacht hatte, waren Straßenräuber nicht wirklich dazu da, dich zu töten. Dich grob anzupacken, dich vielleicht zu verletzen, aber nicht zu töten. Solange die Dinge nicht außer Kontrolle geraten. Zumindest bei denen, die nicht auf Drogen sind. Die Ratten kümmerten sich jedoch nicht um juristische Konsequenzen oder moralische Normen, jemanden nicht zu töten. Für sie war ich einfach nur Nahrung.

»Natürlich. Du hast versucht, sie zu töten, oder nicht?« Lily seufzte und legte ihr Besteck nieder, bevor sie mich, meine zitternden Finger und meinen flachen Atem betrachtete. Für einen Moment sah ich einen Anflug von Sympathie, bevor Lily fortfuhr. »Das ist es, was Quests und Kämpfe sind. Situationen mit hohem Stress, die erfordern, dass du deine Fähigkeiten erlernst und erforschst.«

Ich schluckte, als ich meine Hände sah, die nicht zu zittern aufhörten, meinen Körper, der sich weigerte mit dem Schlottern aufzuhören. Ich konnte nicht anders, als über die Tatsache nachzudenken, dass ich beinahe lebendig gefressen worden wäre. Über den Schmerz, gebissen worden zu sein und über die scharfen nadelartigen Zähne.

»Es ist deine Wahl, Henry. Wir können damit fortfahren, Quests wie diese zu absolvieren, oder wir können zuhause bleiben, Zauber beschwören und langsam lernen. Du kannst so im Level aufsteigen, wie du das willst«, sagte Lily sanft, aber ich konnte sie kaum hören, während ich über meine Sterblichkeit nachdachte.

Zum ersten Mal hatte ich die Vermutung, dass es beim Erlernen und Praktizieren von Magie möglicherweise nicht nur darum ging, einen coolen Trick zu können. Hier gab es echte Konsequenzen.

***

Als ich am nächsten Morgen aufwachte, waren meine Wunden auf wundersame Weise geheilt und an den Stellen war nun neues, leicht vernarbtes Gewebe. Ich atmete vor Erleichterung aus. Ich war froh, dass wir das geschafft hatten. Natürlich hatte es mich heißhungrig gemacht, weil Essen den Heilungsprozess beschleunigte. Aber ich würde lieber eine höhere Lebensmittelrechnung in Kauf nehmen, als tagelang zu hinken.

Überraschenderweise fand ich Lily nicht am Laptop wieder, als ich aufwachte. Eine sehr flüchtige Überprüfung ergab, dass der Dschinn nicht in der Wohnung war. Das brachte mich dazu, den Ring anzustarren. Natürlich könnte sie die Wohnung vollständig verlassen haben. Ich erwog kurz, den Ring zu reiben, um sie zu mir zu bringen, bevor ich den Kopf schüttelte und die Idee verwarf. Stattdessen genoss ich den Umstand, dass ich meine Wohnung wieder für mich selbst hatte.

Schon seit Jahren als Junggeselle lebend, hatte ich vergessen, wie es war, einen Mitbewohner zu haben, die konstante Präsenz, die sich in meine täglichen Routinen einmischte. Ich könnte in meiner Unterwäsche herumliegen. Ich könnte miese Fernsehsendungen schauen oder einfach auf meinem Computer spielen. Und ich tat all das mit einer Schüssel Fertignudeln in meiner Hand.

Alle paar Minuten wanderte mein Blick trotzdem zurück zu den Gummistiefeln, die ich letzte Nacht so sorgfältig geputzt hatte. Ablenkungen, die mich sonst stundenlang von meinem Leben abhielten, sogar tagelang, hielten meine Aufmerksamkeit jetzt kaum noch für Minuten. Selbst das Wirken eines Zaubers fühlte sich bedeutungslos an, eine Übung, die keinen Sinn hatte.

Keinen Sinn ... das war der Punkt, oder nicht? In meinem Leben gab es keinen Sinn darin. Es war ein Unwohlsein, das ich schon zuvor gefühlt hatte und das dafür sorgte, dass ich von Einzelhandelsjobs gefeuert wurde, als ich mich einfach nicht mehr darum kümmerte. Es gab keinen Sinn darin, in Fernsehsendungen, die kein Ende hatten, in Computerspielen, die keine Herausforderung besaßen, und in Jobs, die keine Zukunft hatten. Aber Magie und diese Quest? Wenigstens tat ich dort etwas. Ich machte Fortschritte, verbesserte mich. Ich hatte mein ganzes Leben davon geträumt, Magie wirken zu können und jetzt war ich dazu in der Lage. Selbst wenn alles, was ich tat, nur Quests erfüllen und Monster töten war, ich machte Fortschritte.

Ich starrte auf meine Gummistiefel, die anklagend bei der Tür standen, und schlussendlich seufzte ich und stand auf.

»Gut. Auf geht's.«

***

Natürlich war es nicht ganz so leicht. Zuerst musste ich mehr wegwerfbare Klamotten finden. Wenn das so weiterging, würde ich selbst Kunde bei Nora's werden. Ein versiegelter Plastikbeutel enthielt ein zweites Set Kleidung, wohingegen Sandwiches und Wasser, ein Brecheisen, ein Hammer und ein altes Jagdmesser für später in meiner Tasche landeten. Eine zusätzliche Taschenlampe und einige Lichtstäbe wurden hinzugefügt, ebenso eine neue Verbandsrolle. Ich runzelte die Stirn, versuchte zu bestimmen, ob ich irgendetwas vergessen hatte, und stellte fest, dass ich nur Zeit totschlug, um den nächsten Schritt zu vermeiden.

Gerade als ich aus der Tür gehen wollte, klingelte mein Telefon. Ich blickte finster drein, fischte es heraus und starrte auf die leuchtende Rufnummer. Ich tat einen tiefen Atemzug und fühlte, wie sich mein Magen zusammenzog, als ich den Anruf annahm.

»Mama«, grüßte ich.

»Wann wolltest du anrufen?« Sofort anklagend erklang die vertraute Stimme meiner Mutter durch das Telefon.

Ich spürte, wie sich meine Schultern krümmten und mein ganzer Körper durch den Vorwurf zusammenschrumpfte. Berechtigt. Ich hatte mit ihr und meinem Vater seit Monaten nicht mehr gesprochen.

»Bald. Tut mir leid, ich war sehr beschäftigt«, antwortete ich entschuldigend.

»Hast du einen neuen Job gefunden?« Hoffnung lag in ihrer Stimme, selbst nach all diesen Jahren.

»Nein. Ja. Gewissermaßen«, sagte ich und war mir nicht sicher, wie und ob ich die Dinge erklären sollte. Genau genommen nein. Ich wusste es besser und erklärte es nicht.

»Oh.« Enttäuschung. Ich zuckte zusammen und wusste, dass ich sie mal wieder enttäuscht hatte. Wie üblich – das schwarze Schaf der Familie, der Nutzlose, besonders im Vergleich zu meiner Doktorinnenschwester und meinem Buchhalterbruder.

»Es ist ein Teilzeit-Ding«, stellte ich klar und dachte mir, das war zumindest wahr genug. »Übrigens ... Ich war gerade dabei rauszugehen.«

»Ich wollte fragen, ob du für den Geburtstag deines Vaters nach Hause kommst? Du weißt, dass er es schätzen würde.«

»Ich weiß es nicht«, antwortete ich ehrlich. Ich wollte wirklich nicht zurück und Hunderte von Kilometern reisen, um ständig still anklagenden und enttäuschten Blicken ausgesetzt zu sein. Das war schließlich der Grund, warum ich Vancouver verlassen hatte.

»Brauchst du Geld? Ich kann dir ein bisschen schicken.«

»Ich kann es selbst bezahlen. Es ist einfach nur ein neuer Job ...«, erklärte ich eilig und blickte dann wieder auf die Tür. »Ich muss jetzt wirklich los ...«

»In Ordnung. Aber denk bitte daran, uns anzurufen und es uns mitzuteilen.«

»Werde ich. Es werden nicht wieder Monate!«, sagte ich. »Tschüss!« Ich beendete eilig den Austausch von Höflichkeiten und legte schließlich auf, mein Magen verspürte Phantomschmerz. Bescheuerte Familie. Das niemals endende Drama zur Seite schiebend, verließ ich die Wohnung.

Eine Zug- und Busfahrt später war ich zurück in der Vorstadt. Ich kontrollierte mein Telefon und das GPS-Tracking, wo genau ich mich befand – was nebenbei bemerkt irgendwie gruselig war – und fand mich am Gully wieder, aus dem ich am vorherigen Tag hinausgekrochen war. Im Gegensatz zum ersten, den ich betreten hatte, war dieser Gully in der Mitte der Straße, aber zu diesem Zeitpunkt hatte ich es aufgegeben, zurückhaltend zu sein. Ein Brecheisen und einen beinahe überstrapazierten Rücken später war ich zurück in der Alpträume erzeugenden Dunkelheit.

»Licht«, murmelte ich, als ich meinen Zauber aussprach. Eine stimmliche Komponente wurde nicht benötigt, aber ein mir bekannter Aspekt dieser Magie war, dass ›nicht benötigt‹ nicht das Gleiche wie ›nicht wichtig‹ war. Ich war mir nicht ganz sicher, ob es das Hinzufügen eines vokalen Rhythmus oder das Hinzufügen des vokalen Aspekts selbst war, aber die Ergebnisse konnten sich sehen lassen.

Beschwörung Lichtball
93% Synchronität

Als zusätzliche Vorsichtsmaßnahme holte ich einen Leuchtstab hervor und band ihn an die Leiter. Die Nase rümpfend vom Gestank, stand ich dort und lauschte, um zu erkennen, ob ich eine Willkommensparty bekam. Als ich nichts hörte, näherte ich mich langsam dem Korridor, den ich einen Tag zuvor so würdelos verlassen hatte.

Während ich lief, wischte ich meine schwitzenden Handflächen an meiner Jogginghose ab und schluckte den kupfernen Geschmack von Adrenalin in meinem Mund hinunter. In meiner linken Hand hielt ich das Brecheisen, bereit mich einer Teufelsratte zu erwehren, während meine Rechte sich bereitmachte, einen *Machtpfeil* zu beschwören. An der Mündung des Korridors hob ich meine Hand und beschwor einen weiteren *Lichtball*, diesmal schweigend, und lenkte ihn zu den Rändern meines schon beleuchteten Bereiches. Immer und immer wieder tat ich das, ich beleuchtete den gesamten Korridor, bis das erregte Quieken der durch meine Präsenz alarmierten Teufelsratten meine Ohren erreichte.

Die erste ausgewachsene Teufelsratte flog aus den Schatten heraus und sauste auf mich zu, dichtauf gefolgt von einer weiteren. Direkt dahinter rannten die Welpen, um ihre größeren, schnelleren Brüder einzuholen. Aus meiner Hand flog ein *Machtpfeil*, um die führende Teufelsratte zu treffen. Der *Machtpfeil* zertrümmerte die Vorderbeine des Monsters und bewirkte dessen Fall und ein jämmerliches Wimmern. Es war keine Bedrohung mehr und ich drehte mich zur nächsten ausgewachsenen Ratte um.

Sekunden waren vergangen und das Monster war bereits auf halbem Wege zu mir, die Welpen nur ein kleines Stück dahinter. Ich knurrte wütend, als mein zweiter *Machtpfeil* nutzlos vorbeiging und der dritte das Monster nur verletzte, aber nicht tötete. Zu nah für einen Folgezauber schwang ich stattdessen das Brecheisen und schlug das Monster fort, Blut und Gehirnmasse spritzten dank meines erfolgreichen Schlages um mich herum.

Und dann, als die Welpen mich umschwärmten, waren die Ratten am Zug. Die nächsten paar Sekunden waren verschwommen, als ich auf die winzigen Monster einschlug, eintrat, einstampfte und das Brecheisen schwang, während sie auf mich zu krabbelten, mich bissen und an mir rissen. Ich hatte keine Zeit für Zaubersprüche, nur Zeit für den Tanz des Überlebens. Aber Monster oder nicht, sie hatten nur die Größe von normalen Ratten. Eine nach der anderen fielen sie vor meiner Waffe und meinen stampfenden Füßen nieder, bevor sich ein sengender Schmerz in meine Wade schnitt.

Ich ging zu Boden, die Mutterratte umklammerte meinen Fußknöchel und weigerte sich, ihn loszulassen. Jede Bewegung riss die Wunde weiter auf. Unter Schmerzen hob ich mein Brecheisen, um damit auf sie einzuschlagen, aber ein letzter Welpe biss in den Ansatz meines Trizeps. Meine Hand öffnete sich zuckend und ich schrie erneut.

Die Mutterratte verdrehte ihren Kopf ein letztes Mal und riss meine Wade auf, bis sie zurückwich und auf meinen Oberkörper losstürzte. Ihre Zähne schlugen sich in meine Hüfte, scharfe Zähne, die sich in das zarte Fleisch schlugen. Ich drosch auf den Boden, ein wilder Schwung, der den letzten Welpen weg und die Mutter zur Seite schlug.

»Stirb!« Ich blickte finster drein, als ich versuchte davonzukommen und mich zu drehen, mein verletzter Fuß krachte gegen das Monster.

Zähne schlugen sich in meine Stiefel, scharfe Zähne, die jedoch den Gummi nicht sofort durchbohren konnten. Meine Hand drehte sich, deutete auf die wütende Bestie und ein *Machtpfeil* flog frontal auf sie zu.

»Aaarggh!«, schrie ich und der Zauber riss die Mutterteufelsratte auf, als der Pfeil in sie und meinen Fuß einschlug. Knochen brachen unter dem Aufprall des Zauberspruchs, Schmerz weitete meine Augen. Die Mutterratte stürmte mit blutigem Maul und ohne Zähne ein weiteres Mal auf mich zu. Ich schob meine Hand vor, die Finger tanzten schneller als jemals zuvor, und ich sandte den Zauberspruch in ihr Maul, als sie auf meinen Hals zustürzte.

Der *Machtpfeil* ging ihre Kehle hinunter, riss sie auseinander und warf sie nach hinten. Blut spritzte und sprühte, als die Kreatur zu Boden fiel, tot, aber noch immer zuckend. Ich hustete, meine Kehle wund und trocken vom Schreien, während Blut aus meinen Wunden tropfte.

Blut, so viel Blut. Ich ächzte und mühte mich ab, meine Tasche unter mir hervorzuziehen. Ihr Inhalt war getränkt vom Abwasser, aber glücklicherweise war das Erste-Hilfe-Set wasserfest. Mit zitternden Fingern zog ich langsam meine Erste-Hilfe-Ausrüstung aus der Tasche und begann mit dem langen und schmerzvollen Prozess, meine Wunden zu säubern.

***

Die Rückreise war diesmal weniger ein soziales Problem, da Feuchttücher und eine neue Garnitur Kleidung mich weniger wie einen Penner aussehen und riechen ließen. Sie verbargen zwar nicht, wie ich mich bewegte, oder den Schmerz, der über mein Gesicht glitt, aber wenigstens behelligte mich niemand. Der Mangel an öffentlicher

Beschämung ließ mir mehr Zeit, mich mit den Schmerzwellen zu beschäftigen, die mit jedem Stoß und Schritt auf dem Weg nach Hause an- und abschwollen.

Ich ging die zwei Blocks vom Bahnhof zu meinem Haus und zog aus irgendeinem Grund wieder Blicke auf mich. Ich lächelte und nickte, zu müde, Fragen über meine Gesundheit zu beantworten, während die Welt vor meinen Augen schimmerte.

»Ich sehe dich. Und ich habe einen *Machtpfeil* für dich, falls du ihn willst«, sagte ich zum Gargoyle-Wasserspeier, der sich drehte, um mich anzustarren, als ich an seinem Hochsitz vorbeiging.

Jeder Schritt auf der Treppe zwang mich, tief Luft zu holen, als ich mich nach unten quälte. Ich drückte die Klinke herunter und öffnete die Tür, ich stolperte hinein und winkte mit der Hand triumphierend in den leeren Raum. »Der siegreiche Held kehrt zurück!«

Das Bett, kaum 2 Meter von der Tür entfernt, empfing mich, als ich raufplumpste. Und endlich ergab ich mich der Dunkelheit.

Kapitel 6

Ich wachte mit trockenem Mund, angeschlagen und schlotternd auf. Mein Shirt war mit Schweiß befleckt und als ich mich umdrehte, sah ich Lily neben mir am Computer sitzen. Da ich mich bewegte, schaute der Dschinn zu mir und lächelte mich an. Sie half mir, mich aufzusetzen, um ein Glas Wasser zu trinken und ein paar Schmerztabletten hinunterzuspülen. Im Unterschied zum letzten Mal, als ich mich im Schlaf geheilt hatte, tat meine Wade weh und pochte mit jedem Herzschlag vor Schmerz.

»Was ...?«, knurrte ich, schüttelte meinen Kopf und stupste meinen Fuß an. »Warum wurde er nicht geheilt?«

»Wer auch immer das getan hat, führte eine magische Krankheit mit sich. Die verbesserte Heilung, die ich dir verliehen habe, kann sie nicht entfernen«, erklärte Lily.

»Kannst du sie heilen?«, fragte ich und sie schüttelte den Kopf, ihre Hände übereinander kreuzend, als ob sie zusammengebunden wären. Richtig. Richtig. Keine Erlaubnis zum Eingreifen. Ich schätzte, meine Stiefel abzustreifen und mich zu säubern wurde nicht als unzulässiges Eingreifen betrachtet. Oder meine Unterhose auszuziehen. Ich errötete, der Anstieg des Blutflusses ließ mich für eine Sekunde schwindelig fühlen. Oder war es das Fieber?

»Henry?«, fragte Lily, eine Hand auf meinen Arm legend. »Du benötigst Hilfe. Magische Hilfe.«

Ich nickte stumm und starrte auf das Telefon, auf das der Dschinn direkt blickte. Richtig. Telefon. Hilfe. Außer dass ich mit Ausnahme von Lily niemand Magischen kannte. Ich sackte zurück in meine Kissen, meine Augen schlossen sich halb. Ein plötzlicher Schrei schreckte mich auf und ließ mich auf den Computer starren, wo Lilys Avatar auf grausame Weise in einer Grube gestorben war.

»Schlaf nicht wieder ein. Du musst dir Hilfe rufen.«

Hilfe. Richtig. Ich griff nach dem Telefon und wählte schon 9-1-1, ohne den Anruf abzuschließen. Magische Hilfe. Für einen Moment starrte ich an die Zimmerdecke und wunderte mich, warum alle ihre Decken immer in einem langweiligen Weiß strichen. Sie hätten sie etwas interessanter einfärben können, etwas fröhlicher. Lebhaft. Rot. Rot wie Els Haare ...

Ich hielt mich an diesem Gedankenfaden fest, wischte zur Nummer des Ladens und drückte auf Anrufen, dann lauschte ich dem aufdringlichen Klingeln.

»Nora's, Ihr alltäglicher Gebrauchtwarenladen. El am Apparat.«

»Henry am Apparat«, sagte ich und grinste bei meiner Antwort.

»Henry, was kann ich für dich tun?«

»Nichts. Nein. Nicht nichts. Ich hatte etwas ...« Ich runzelte die Stirn und versuchte mich zu erinnern, warum ich sie angerufen hatte. Es war lustig, die Art, wie sich das Gesicht des schwarzhaarigen Dschinns verzerrte, als sie mir beim Telefonieren zuhörte. »Oh, ich liebe deine Haare. Deine echten Haare. Sie passen besser zu dir.«

»War das alles, wofür du mich angerufen hast?«, fragte El, ihre Stimme klang blechern durch das Telefon.

»Ja. Sie sind hübsch. Genau wie du.« Ich lächelte, beendete den Anruf und war froh, dass ich mich daran erinnerte, was ich getan hatte. Das Telefon fiel aus meiner Hand, landete auf dem Rand des Bettes und sprang weg. Sprang, sprang. Das sah lustig aus, also ließ ich mich auch fallen und schaukelte auf dem Bett herum, bevor ich meine Augen schloss.

✳✳✳

»Was hast du ihm angetan, Dschinn!« Ich hörte Els Stimme in der Ferne.

»Nichts, du verrückte Pixie. Ich war diejenige, die ihm gesagt hat, dich anzurufen!«

Schreie und Rufen, das Knistern von Elektrizität, und dann Stille.

***

»Oh, Henry. Du Idiot«, sagte El, als sich meine Augen öffneten. Meine pummelige Freundin, in ihren nichtssagenden, grauen Pulli gekleidet, wandelte sich zu einer elfengleichen Erscheinung in Grün und Braun. Hände, die über mein Bein gehalten wurden, strömten Farbe aus, arkane Energie, die ich jetzt sehen konnte. Sie trieb die Kälte hinfort, die sich um mein Bein gewickelt hatte. Wärme erfüllte es zum ersten Mal seit einer gefühlten Ewigkeit.

Dann Schmerz.

Ich schrie, starke Hände hielten mich fest.

»Halt ihn ruhig!«

»Ich versuche es, aber ich kann nicht viel tun. Ich habe dir doch gesagt, wir hätten ihn festschnallen sollen!« Diesmal kam Lilys Stimme aus einer Kreatur aus Flammen und Rauch, einer mit Klauen versehenen, atemberaubenden Schönheit, die mich fast zum Weinen bringen könnte, und sich mit dem Dschinn, der Schönheit mit den rabenschwarzen Haaren, vermischte.

Ein weiterer Kraftstoß erreichte mich mit Schmerz und Dunkelheit.

***

Ich wachte dieses Mal langsam auf, frei von Schmerz und erneut mit trockenem Mund. Ich setzte mich mit einem verhaltenen Stöhnen langsam auf, brachte ein nahestehendes Glas Wasser an meine Lippen und bemerkte Els beunruhigtes Gesicht. Ich nippte erst und schluckte dann, trank gierig das ganze Wasser und fragte nach mehr. Nach dem zweiten Glas drückte ich mich auf dem Bett hoch, um Lily am Laptop zu erblicken, fokussiert auf ihr Spiel.

»Was machst du hier, El?«, fragte ich schließlich. Glücklicherweise schien ich wenigstens zur Hälfte angezogen zu sein. Obwohl ich mich weigerte, darüber nachzudenken, wer mir die frischen Boxershorts angezogen hatte.

»Dein Anruf hatte mich beunruhigt. Besonders, als du nicht geantwortet hattest. Wer weiß, in welche Art von Schwierigkeiten du dich einmischst, besonders weil du SIE hast.« El nickte in Richtung Lily, die ihre Zunge herausstreckte, ohne aufzuschauen. »Deswegen kam ich hierher.«

»Oh ...« Ich legte die Stirn in Falten und berührte meinen Unterschenkel. Keine Schmerzen. Selbst nicht, wenn ich mein Fußgelenk anspannte. »Hast du?«

»Dich geheilt? Ja«, antwortete El, bevor sie mit den Achseln zuckte. »Pixies haben einen Funken Heilmagie. Jetzt steh auf. Ich will dich untersuchen.«

Meine anfänglichen Proteste und meine Verlegenheit ignorierend, brachte mich die Pixie mit den flammenroten Haaren auf die Beine. Für die nächsten Minuten ließ mich El stehen, beugen, dehnen und drehen, während sie meinen frisch geheilten Körper inspizierte. Endlich zufriedengestellt platzierte sie mich am Esstisch, auf dem sie Speisen anhäufte, die gewissenhaft im Ofen erhitzt worden waren, und befahl mir zu essen. Lily, vom Tisch angezogen, erntete einen wütenden Blick, aber keinen weiteren Tadel, als sie sich auf das Essen stürzte.

Jeder Versuch einer weitergehenden Konversation wurde unterbunden, bis ich mich selbst vollgestopft hatte. Als ich meinen Teller wegschob, hob El einen Finger und sagte langsam und drohend: »Jetzt erzähl mir, was passiert ist. Alles.«

Ich schauderte, als ich die Pixie anschaute, das Feuer in ihren Augen erinnerte mich an das eine Mal, bei dem ein Ladendieb versucht hatte, aus dem Laden zu entkommen.

Der Blick, den sie ihm dort zugeworfen hatte, war ähnlich dem, den sie mir jetzt zeigte. Und genauso effektiv. Ich plauderte die Details meiner Quest aus, den gescheiterten ersten Versuch und den zweiten. Lily blieb während der Erzählung untypisch schweigsam, das Klirren ihrer Gabel war das einzige andere Geräusch in der Wohnung. Welche, wie ich im Stillen bemerkte, einige neue Löcher hatte.

»Männer«, schnaubte El, als ich fertig war, und rollte mit verschränkten Armen ihre Augen gen Himmel. »Du hast dich fast töten lassen wegen einer ... Quest?«

Ich hielt inne und dachte wirklich über die Frage nach. Am Ende antwortete ich langsam: »Es war nicht die Quest selbst. Nicht wirklich. Es war die Entscheidung. Zuhause zu bleiben, langsam zu trainieren oder rauszugehen und etwas zu tun. Irgendetwas. Wenn ich es nicht geschafft hätte, wäre es genauso gut gewesen, wie es geschafft zu haben. Verstehst du?«

»Nein.«

Lily lächelte leicht, als El mich mit über ihren kleinen Brüsten gekreuzten Armen anfunkelte. Sich vorlehnend, zog Lily die Aufmerksamkeit auf sich, als sie endlich sprach. »Nun, das war nett. Lass dich nicht von der Tür treffen, wenn du rausgehst.«

»Warum, du ...«, fauchte El.

»Lily! Hör auf. Sie ist meine Freundin und du musst ihr etwas Respekt zollen«, blaffte ich Lily an.

»Diese kleine Baumfee? Weißt du, was sie getan hat, während du krank warst?«, zischte Lily und ich schüttelte meinen Kopf.

»Das ist mir egal. Sie ist meine Freundin und du wirst respektvoll zu ihr sein, sonst musst du halt im Ring bleiben, wenn sie in der Nähe ist«, sagte ich und funkelte Lily an, die mein Funkeln erwiderte. Wir blickten uns eine Weile an, bevor der Dschinn den Blickkontakt abbrach und sanft lachte.

»Gut, gut. Ich werde nett sein zu der ... zu El«, sagte Lily. »Aber ich muss mit dir sprechen. Allein.«

»Das wird nicht passieren«, sagte El.

»Das ist nichts für dich, Pixie«, blaffte Lily und ich seufzte.

»Worum geht es?«, fragte ich Lily, die das Wort ›Quest‹ mit den Lippen formte. Oh. Ich hatte eine Quest absolviert, was bedeutete ...

Klasse: Magier

Level 1 (208% Erfahrung)

Bekannte Zauber: Lichtball, Machtpfeil, Wärme, Kälte, Glockenläuten, Windbrise

»Super. Ich kann mein Level steigern!«, rief ich aus und Lily zuckte zusammen, ihren Kopf schüttelnd.

»Level steigern?« Els Augen verengten sich misstrauisch in unsere Richtung.

»Mein Wunsch ...«

»Henry!« Lily blaffte mich an und lehnte sich nach vorne. »Nichts über den Wunsch.«

»Oh, komm schon, Lily. El hat gerade mein Leben gerettet. Ich denke, wir können ihr vertrauen«, sagte ich, was El etwas erröten ließ. Lily funkelte mich noch mehr an. »Es ist mein Geheimnis.«

»Aaargh!« Lily warf ihre Hände hoch in die Luft und verfiel dann in Schweigen, was ich für eine stille Übereinkunft hielt.

»Ich wollte ein Magier sein, aber nicht, dass mein Gehirn herauströpfelte. Also sprach ich einen Wunsch aus, der mir Magie verlieh, aber der die Zaubersprüche nur bröckchenweise herausrücken würde, sobald ich lernte, sie zu handhaben. Wir haben basierend auf, nun ...« Ich zögerte, meine Hände in Richtung meiner Bücher deutend.

»Deine Rollenspiele. Ich verstehe«, sagte El und rieb ihre Schläfen. Es ist der idiotischste und ...«

»Genialste Plan überhaupt«, beendete Lily den Satz und nickte nachdrücklich. »Ich weiß, oder? Er umgeht den Großteil der Probleme, die Wünsche für magische Kraft innehaben, und behindert sein Wachstum nicht. Nicht sehr.«

»Nicht sehr?« Ich warf Lily einen finsteren Blick zu.

»Sie spricht vom Magierkonzil. Es ist unwahrscheinlich, dass sie von deinen Fähigkeiten beeindruckt sind«, stellte El klar. »Der Dschinn hat Recht. Du hättest mir das nicht erzählen sollen. Du solltest das niemandem erzählen.«

Ich blinzelte und ließ an El gerichtet mein patentiertes Lächeln No. 3 aufblitzen, das eine, welches mich wie ein Kind aussehen ließ. Okay, es war mein gewöhnliches Lächeln, dennoch funktionierte es normalerweise. »Aber du wirst es niemandem erzählen, oder?«

»Oh, Henry«, sagte El verärgert. »Werde ich nicht. Nur ... hör damit auf, so verdammt vertrauensselig zu sein. Die verborgene Welt ist nicht dieselbe wie deine irdische. Du kannst nicht einfach Dinge wie diese tun.«

»Okay, okay. Ich verspreche es. Nie wieder Geheimnisse erzählen«, sagte ich, machte ein Kreuz vor meinem Herzen und ließ ein weiteres Grinsen aufblitzen. El rollte nur mit den Augen, während ich mich zu Lily umdrehte. »Also, Zeit für den Levelaufstieg?«

»Ja. Halt bitte still. Das sollte nicht so sehr wehtun wie das letzte Mal«, sagte Lily tröstend. Das war der Zeitpunkt, als ich mich erinnerte, wie weh es letztes Mal getan hatte.

Oh, Hölle.

***

»Das war nicht so schlimm«, sagte ich, als ich Blut von meiner Nase rieb und dankbar die Schmerztabletten von El nahm, die eine seltsame Miene aufgesetzt hatte.

»Mach es nächstes Mal auf dem Bett«, sagte El und ich nickte entschieden. Das Bewusstsein zu verlieren und meine Nase am Esstisch zu brechen, war eine nicht so angenehme Erfahrung gewesen.

»Ich hörte, dass Küchentische ziemlich populär sind«, sagte Lily. El errötete und schaute weg.

»Warte. Hast du gerade einen Sexwitz gemacht?«, fragte ich, bevor ich meinen Kopf schüttelte. »Vergiss es. Ich will es nicht wissen. Jetzt werde ich mir erst einmal anschauen, was du heruntergeladen hast.«

»Heruntergeladen?«, fragte Lily verwirrt.

Ich blendete beide aus, als El ihr den Fachjargon erklärte, und konzentrierte mich auf mein Inneres. Das Wichtigste zuerst, mein Charakterbogen.

Klasse: Magier

Level 3 (8% Erfahrung)

Bekannte Zauber: Lichtball, Machtgeschoss, Hitze, Frost, Glockenläuten, Windbrise, Geringer Schild, Heilen, Verbinden, Ausbessern

Als Erstes fiel mir auf, dass viele meiner vorhandenen Zaubersprüche ihren Namen geändert hatten. Eine flüchtige Betrachtung zeigte, dass ich noch immer die einfachen Versionen der Zauber kannte, aber dafür stärkere Formeln gelernt hatte. Diese Zauber wiederum erlaubten es mir, die Zaubersprüche zu verändern, was mir mehr Möglichkeiten gab. Ein Beispiel: Ich war mir ziemlich sicher, dass ich jetzt sogar zwei *Machtpfeile* beschwören konnte statt eines einzelnen *Machtgeschosses*. Jedoch würde das Kontrollieren beider *Machtpfeile*, und wo sie auftreffen würden, etwas kniffliger werden.

Der *Lichtball* hatte sich nicht verbessert, jedoch war die Intensität und die Dauer des Zaubers gestiegen. Es war keine richtige Überraschung – der Lichtzauber war ein ziemlich elementarer Zauberspruch und während Modifikationen dafür zur Verfügung standen, waren die meisten Varianten mehr eine Frage der Kraft als der Formel. Die Zauber, die ich nicht genutzt oder praktiziert hatte, *Glockenläuten* und *Windbrise*, hatten sich überhaupt nicht verändert.

Am interessantesten war es jedoch, dass ich jetzt vier neue Zaubersprüche kannte. Der erste war ein defensiver Zauber, der eine dünne Schicht aus verdichteter Luft und arkaner Energie vor mich legte. Instinktiv wusste ich, dass mir das Üben mit der *Windbrise* und dem *Geringen Schild* zusammen ein besseres Verständnis beider Zauber bieten würde. Es war kein mächtiger Defensivzauber, aber wenn ich bedachte, dass ich ganz ohne einen begonnen hatte, war ich dankbar für seine Existenz. Wenn mir der Zauber vielleicht von Anfang an bekannt gewesen wäre, hätte ich mich nicht so sehr verletzt.

Der Heilzauber war traurigerweise erbärmlich. In der Zauberformel, die in meinem Kopf saß, tat der Zauberspruch nur wenig mehr als das Erhöhen der Geschwindigkeit meiner Heilung um einen geringfügigen Anteil und beinahe alles auf einen kleinen Bereich konzentriert. Er war ein nützlicher Zauber, um

Blutergüsse zu entfernen und Blutungen zu verlangsamen, sogar aufzuhalten, indem die natürlichen Gerinnungseigenschaften des Körpers schneller wirkten, aber er war nicht so gut wie der geringe Heilungszauber eines Klerikers. Andererseits war er ein kanalisierter Zauber, dessen Heilungsgrad von der Dauer abhing, in der er aktiv war. Wäre es nicht so, dass ich mit Heilungsfähigkeiten niemals Fortschritte machen würde, wenn ich sie nicht nutzte, würde ich mich wahrscheinlich nicht einmal damit abmühen, den Zauber überhaupt zu beschwören. Denn bloßes Ausruhen hatte einen viel stärkeren Effekt.

Der dritte Zauberspruch war der Grundlagenzauber der Vorhersage. In diesem Stadium war alles, was er tat, Verbindungen zwischen zwei Objekten hervorzuheben. Je enger die anfängliche, positive Verbindung, desto größer die Reichweite des Zaubers. Unglücklicherweise würde auf meinem Level sogar eine direkte Verbindung wie Blut nur für ein paar hundert Meter markiert werden. Mit Übung würde das arkane Wissen es mir jedoch erlauben, hunderte Meter entfernte Orte vorherzusehen. Sobald ich natürlich den dazugehörigen Zauberspruch erhielt.

Der letzte Zauberspruch war ein Hilfszauber, den man nicht oft in Rollenspielbüchern sieht, weil es interessanter war, die Macht von Göttern umher zu schleudern, als ein Loch in deinen Hosen zu flicken. Für einen armen Gamer wie mich konnte mir der Zauberspruch andererseits tatsächlich ein paar Dollar ersparen. Ich hatte hier sogar einige alte Elektronikteile rumliegen, die ich immer mal wieder ordnungsgemäß entsorgen wollte. Vielleicht würde der Zauber sie reparieren?

»Hast du irgendetwas gelernt, das so viel wert ist wie dein Leben?«, fragte El. Ich konzentrierte mich wieder auf die Pixie und meine Lippen verzerrten sich zu einem halben Lächeln.

»Gewissermaßen. Einige dieser Zauber könnten mich vielleicht länger am Leben erhalten«, sagte ich, was El dazu brachte, wieder mit den Augen zu rollen.

»Ich muss gehen. Ich muss den Laden wieder aufmachen«, sagte El schließlich, stand auf und fixierte mich mit einem Blick. »Du wirst nicht rausgehen und irgendetwas Dummes anstellen, oder?«

»Nein. Ich habe einen Haufen neuer Zaubersprüche in meinem Kopf. Ich will sie zuerst ausprobieren«, antwortete ich und El starrte mich in einem Versuch an, die Wahrheit aus meinen Wörtern zu ermitteln. Gut, dass ich die Wahrheit sagte.

»Schön«, sagte El und lief zur Tür, auf dem Weg nach draußen ihren Mantel greifend. »Sei einfach vorsichtig, Henry. Du verstehst die Welt nicht, die du betreten hast.«

»Verstanden!«, sagte ich und winkte der Pixie zum Abschied.

Lily schnaubte bei unseren Mätzchen, schon tief in ihrem Spiel versunken. Ich starrte den Dschinn für eine Sekunde an und versuchte zu entscheiden, ob ich irgendwelche Fragen an sie hatte, die sie beantworten konnte, doch ich fand keine, die dringlicher waren als das Ausprobieren meiner neuen Zauber.

Als ich zurück zu meinem Bett ging, rieb ich mein Kinn und überlegte, wie ich meine Zaubersprüche in meiner 55-Quadratmeter-Wohnung testen konnte, ohne irgendetwas zu zerstören. Während ich die neuen Löcher in den Wohnungswänden beäugte, fügte ich ›noch‹ hinzu.

***

Es stellte sich heraus, dass die Antwort auf diese Frage das Badezimmer war. Ein Topf Wasser im Bad könnte dampfen und überkochen, ohne irgendwelchen Schaden anzurichten, und Eis, nun, bei einem Topf voller Eis würde es keinen Unterschied machen, wo man ihn fabriziert hat. Der knifflige Teil, zumindest für mich, war es zu lernen, wie ich die Menge an Mana kontrollieren könnte, die ich in den Zauber steckte. Anders als seine schwächeren Varianten, die sich anfühlten, als ob ich Sitzsäcke durch Kaninchenlöcher presste, hatten die neuen Zaubersprüche einen Hunger nach Mana wie der Magen eines Dschinns nach Essen.

Zwischen dem Warten auf die Wiederherstellung meines Manas und dem Stochern in meinem neuen Wissen verließ ich das Bad, um mit Lily zu reden. Fragen, die bis jetzt nicht wichtig waren, begannen in meinem Verstand umherzukriechen.

***

»Dieser Ork nannte mich einen Zauberer, aber du nennst mich einen Magier. Was ist der Unterschied?«

»Das kommt darauf an, wen du fragst, aber die einigermaßen offizielle Definition ist, dass Magier ausgebildet werden, um ihre Gaben zu nutzen, und sie starten normalerweise als Lehrling. Zauberer hingegen sind nicht ausgebildete, arkane Nutzer, die gelernt haben, ihre Kräfte mittels Ausprobieren auszuüben.«

»Irgendwelche anderen Begriffe, die ich kennen sollte?«

»Hexenmeister sind generell diejenigen, welche ihre Kräfte durch dämonische Hilfsmittel erlangt haben. Verzauberer sind spezialisierte Magier – und sie sind fast immer Magier – die Gegenstände und Orte verzaubern. Alchemisten tun das Gleiche mit Tränken, aber sie können auch Zauberer sein. Es gibt wahrscheinlich in Wirklichkeit mehr alchemistische Zauberer als Magier.«

»Wahrscheinlich?«

»Dinge ändern sich. Und wenn ich meine Kräfte nicht nutze, habe ich keine Möglichkeit zu ermitteln, was in der ganzen Welt passiert.«

»Richtig.«

***

Später, nach dem Einfrieren des Topfes, der nun voller Eis war, bemerkte ich, dass ich statt eines einzelnen Eiswürfels irgendwie den Zauber verstümmelt und Eisstückchen erschaffen hatte. Ich musste definitiv an der Synchronität für diesen Zauber arbeiten.

»Was ist mit diesem Magierkonzil?«, fragte ich.

»Es besteht hauptsächlich aus Magiern, aber es gibt dort auch einige Zauberer. Und einen Hexenmeister. Oder wenigstens gab es ihn.«

»So wie ich das sehe, sind sie nicht zufrieden mit mir, weil ich das System austrickse, ihre Geheimnisse von dir erlerne und mich weigere, Abgaben zu leisten.«

»Teilweise.« Lily schaute vom Laptop auf. Für einen Moment tanzten in ihren Augen Flammen, während sie sprach. »Aber es ist mehr als das. Die vergangene Geschichte mit Dschinns und Magiern war voller Tragödien. Um ein Magier zu werden, ein mächtiger Magier, musst du bereit sein, alles zu opfern. Die Lehrlingsausbildung selbst dauert Jahrzehnte und Lehrlinge werden während ihrer Ausbildung von Freunden und Familie isoliert. Die Schwachen fallen; nur die Ehrgeizigen überleben.«

»Und wenn du so ehrgeizig bist, dann bist du möglicherweise nicht der Netteste unter den Menschen.« Ich rieb mein Kinn und stellte fest, dass ich mich nicht rasiert hatte.

»Ja. Die meisten Magier kennen unsere Einschränkungen bis zu einem gewissen Grad. Ihre Wünsche sind meist sehr behutsam. Trotzdem sterben viele. Diejenigen, die es nicht tun, werden häufig verrückt.«

»Machtverrückte Arschlöcher mit Wünschen«, sagte ich für sie. »Und ich werde als einer von ihnen angesehen. Juhu für mich.«

***

Mein Zauberbuch lag vor mir, ein Fenster war aufgeschoben und der Ventilator im Badezimmer angeschaltet, als wir versuchten, den Geruch von geschmolzenem Metall und Plastik zu ignorieren. Ich würde meine Schadenskaution auf keinen Fall zurückbekommen.

»Das ergibt sogar ein bisschen Sinn«, murmelte ich, als ich die Zeile nochmal las. Vier von elf Wörtern. Wenn jetzt nur diese Wörter nicht die arkanen Äquivalente von ›und‹, ›aber‹ und ›dann‹ wären. Manchmal kannte ich alle Wörter in einem Satz. Nur nicht, was er selbst bedeutete.

»Das ist das Äquivalent eines Level-9-Zaubers«, sagte Lily, ohne aufzublicken, eine Strähne ihres Haares in ihrem Mund.

»Wofür ist er?«

»Sag du es mir.«

»Die arkanen Runen sind die Gleichen wie bei meinem Machtzauber, also ist es ein Macht-Irgendwas. Aber es gibt Teile davon für die Entfernung, die keinen Sinn ergeben – es gibt dort Entfernungen und Grenzen, Definitionen von Höhe und Breite.« Ich blätterte die Seite zurück und wieder vor, meinen zerebralen Motor für wenige Minuten etwas mehr prügelnd, und atmete aus. »Es ist ein Machtwall.«

»Guter Junge«, sagte Lily und zeigte auf das Buch. »Jetzt zurück ans Lesen.«

Ich putzte mir nochmal die Nase, das geschmolzene Plastik ließ meine Nase laufen und mich unbehaglich fühlen, weil es sich mit meinen Manakopfschmerzen vermischte. Ah, der Glanz des Zauberns.

***

»Du ignoranter Mistkäfer!«, schnauzte Lily den Computer an, als sie die Maus gegen den Beistelltisch knallte, den sie nutzte. Der Lärm reichte, um das leise Nachsinnen über die Zaubersprüche in meinem Kopf zu unterbrechen. Das sehr stille, lautlose Nachdenken mit geschlossenen Augen über die Zauber.

»Hmmmm ...?« Ich drehte meinen Kopf, um Lily anzuschauen, die auf den Computer zeigte.

»Sie haben mich umgebracht!«

»Und? Du bist schon zuvor gestorben. Fang neu an oder geh zurück zu deinem letzten Spielstand.«

»Nein. Nicht das Spiel. Die Spieler. Sie haben mich getötet! Einfach außerhalb der Stadt«, sagte Lily, schon wieder sitzend und die Maus kontrollierend.

»Was spielst du?«, fragte ich und schlenderte hinüber, um auf den Bildschirm zu gucken. Ich stöhnte leise, als ich die vertrauten Cartoon-artigen Bilder und den halbwüchsigen Zwerg die idyllischen grünen Hügel entlang rennen sah. »Oh nein. Du ziehst nichts davon in meinen Wunsch.«

»Es ist lustig!«, sagte Lily und schaute mich an, die Augen verengend.

»Naja. Dutzende von Erweiterungen sind darin, sie mussten jeden fortwährend nerfen und immer wieder Erweiterungsinhalte hinzufügen, nur um das Interesse der Leute aufrechtzuerhalten.«

»Ich wette, du wünschst dir, ich hätte dich so heilen lassen, wie es diese Charaktere tun!«

Ich seufzte und setzte mich neben sie, um dagegenzuhalten. Einige Dinge konnte man so nicht im Raum stehen lassen!

»Und was bedeutet nerfen?«

Kapitel 7

Nach meiner desaströsen ersten Quest besaß El ein aktives Interesse an meinen Aktivitäten. Am nächsten Abend tauchte sie an meiner Tür mit einem Tagesprogramm und der Weigerung auf, ein Nein als Antwort zu akzeptieren. Lily war auf diesen Ausflug nicht eingeladen, eine Tatsache, die dem Dschinn nichts auszumachen schien, anders als eine Anfrage nach mehr Schawarma. Innerhalb der nächsten Stunde wurde ich den Bewohnern der verborgenen Welt in meiner Nachbarschaft vorgestellt. Es schien, als wäre ich unwissentlich in ein Zentrum der übernatürlichen Gemeinschaft gezogen. Obwohl es nicht zwangsläufig besser war, lebten und arbeiteten die meisten Übernatürlichen der Einfachheit halber zusammen. Durch die Leistungen und Fertigkeiten, die sie möglicherweise benötigten – von der Ganzkörperhaarpflege für Minotauren bis zur spezialisierten Diät von Dryaden – ergab es Sinn, örtlich konzentriert zu leben.

Vor jeder Begegnung drückte El meinen Trizeps und knurrte eine Warnung, mich zu benehmen, und in genau der Hälfte der Fälle besann ich mich, nichts Dummes im Affekt zu sagen. Bei der anderen Hälfte wechselte ich zwischen kreischendem Fanboy-Gehabe und kleinen

Schreckmomenten, in einigen Fällen sogar Angst mit weit aufgerissenen Augen.

»Denkst du, du kannst dich beim nächsten Treffen benehmen?«, zischte El mich an, als wir eine Treppe hochliefen.

»Es würde helfen, wenn du mir vorher sagen würdest, was wir treffen«, sagte ich.

»Ha! Du bist fast weggerannt, als ich dir erzählte, dass wir Leda treffen würden.«

»Sie war eine Medusa!«, sagte ich, meine Stimme erhob sich aufbegehrend.

»Und die beste Frisörin in der Stadt. Du hast mich fast meinen nächsten Termin gekostet«, blaffte El zurück und schüttelte ihren Kopf. »Was? Du denkst, wenn sie die ganze Zeit Menschen in Stein verwandeln würde, würde es niemand bemerken? Leda hat ihr Geheimnis jahrelang bewahrt, aber es wird offenbart, wenn es ein gewisser Jemand die ganze Zeit herausschreit.«

»Sorry. Sorry.« Ich senkte meine Stimme. »Du musst mir eine Pause einräumen. Das Treffen von Kreaturen aus Mythen liegt außerhalb meiner Komfortzone.«

»Krieg dich ein. Das ist jetzt dein Leben«, sagte El, als wir schließlich das Stockwerk erreichten. Ich legte für eine Sekunde eine Pause ein, um zu Atem zu kommen, bevor

El uns zum richtigen Eingang brachte. Sie machte es diesmal besser und fügte hinzu: »Shane ist ein Zwerg.«

»Oh ...« Ich entspannte mich. Mit Zwergen kam ich klar. Ich meine, vertikal benachteiligte Individuen waren nicht ganz ungewöhnlich. Als die Tür aufschwang hatte ich ein Lächeln auf meinem Gesicht und wollte wirklich höflich sein. »GIMLI!«

Ups. Aber ernsthaft, neben der Tatsache, dass es Shane an der Rüstung, Axt und dem Helm fehlte, könnte er als der berühmte Zwerg durchgehen. Wenigstens wie er in den Filmen dargestellt wurde – dunkelrotes Haar und ein geflochtener Bart derselben Farbe mit tief liegenden Augen und einem durch und durch nicht amüsierten Blick auf seinem Gesicht.

»Shane, das ist Henry. Er ist ein Neuling in unserer Welt. Ich habe ihn ein wenig herumgeführt«, sagte El, nachdem sie damit fertig war, ihren Ellbogen aus meinen Rippen zu ziehen.

»Hi. Tut mir leid«, sagte ich. »Es ist nur, du weißt schon, du siehst aus wie ...«

Der stechende Blick, den er mir zuwarf, ließ mich verstummen. Shane nickte El ernst zu, bevor er mich finster anblickte, als er sprach. »Dafür habe ich keine Zeit.

Charlie wird wieder vermisst. Ich wollte gerade gehen und nach ihm suchen.«

»Du musst deine Fenster geschlossen halten«, sagte El. Auf meinen verwirrten Blick hin fügte sie hinzu: »Charlie ist Shanes Kater.«

»Oh.« Ich hielt inne und entdeckte eine Möglichkeit, wie ich es wiedergutmachen konnte. »Hey. Ich kann helfen. Wenn du etwas Fell hättest, könnte ich ihn möglicherweise für dich lokalisieren.«

El fügte schnell hinzu: »Er ist ein neuer Zauberer.«

»M... Zauberer.« Ich nickte und rieb heimlich meine Rippen. Verdammt, die Pixie hatte scharfe Ellbogen.

»Ein neuer Zauberer«, sagte Shane verhalten, bevor er die Tür vor uns zuknallte.

El und ich tauschten Blicke aus, während wir drinnen laute Bewegungen hören konnten. Gerade als ich wieder klopfen wollte, flog die Tür auf und Shane hielt seine Hand heraus. Dank des Haarballs, den er in meine Hand fallen ließ, rümpfte ich angewidert die Nase.

»Geht das?«

»Sollte ...« Ich rief das Wissen über den Zauber *Verbinden* ab. Ein paar Handgesten später leuchtete der Haarball und eine rote Linie erschien vor meinen Augen.

Beschwörung Verbinden

Synchronität 63%

»Also?«, fragte Shane und ich blinzelte.

»Da lang.« Ich drehte mich um und nahm die Treppe nach unten. Die Linie führte diagonal abwärts, den kürzesten Weg von mir zur Katze zeigend, nahm ich an. Was natürlich Kleinigkeiten wie Stockwerke, Wände und die Schwerkraft nicht berücksichtigte. Während ich lief, blitzten rote Ranken für eine Sekunde vom Haarball ausgehend auf, bevor sie erstarben. Jede neue Ranke, jede Sekunde, in der ich die ursprüngliche Verbindung hielt, zehrte mein Mana auf, während ich mich darauf konzentrierte, den Zauber auf Charlie abzustimmen.

Wir liefen die Treppen hinunter und um die Ecke, durch eine Gasse und aus einer Seitenstraße in eine weitere Gasse. Ich achtete kaum auf meine Umgebung, nur darauf, dass ich beim Überqueren der Straße keine metallischen Todesmaschinen kreuzte. Als wir es über die Straße geschafft hatten, begann sich ein langsam wachsender Kopfschmerz zu bilden, während sich mein Mana in einer erstaunlichen Geschwindigkeit dezimierte. Gerade als ich den Zauber auflösen wollte, hörte ich einen Glücksschrei hinter mir.

»Charlie! Da bist du ja, du fürchterliches Biest!« Shane schob mich zur Seite, während er nach vorne stürmte. Anstelle eines lebhaften Katers mit einer Augenklappe war Charlie eine elegante Perserkatze, die nicht aufhörte, sich in Shanes Bart zu schmiegen und dabei fast in den Armen des Zwergs verschwand. »Ich danke dir. Charlie macht das immer, aber seit diese verdammten Werwölfe die Straße runter eingezogen sind, wage ich es nicht mehr, ihn draußen herumrennen zu lassen. Man weiß nie, wann sie hungrig werden!«

»Fressen Werwölfe Katzen?«, fragte ich. Shane schaute mir direkt in die Augen und nickte.

»Aye. Und lass dir von ihnen nichts anderes erzählen! Warum sonst hat Frau Brindle am Ende des Flurs ihre Angie verloren, nur eine Woche, nachdem die Werwölfe eingezogen waren?«

El verzog das Gesicht, als Shane zu reden fortfuhr und der übersah es, weil er seine Katze liebkoste. »Also, wir sollten dann wieder weiter. Ich muss Henry noch ein bisschen herumführen.«

»Natürlich, natürlich. Ich sollte Charlie wieder reinbringen.« Als Shane sich mir näherte, blickte er auf und sagte: »Gibt's einen Weg, dich zu kontaktieren,

Zauberer? Wenn ich Charlie nochmal finden muss, mein' ich.«

»Du könntest mich anrufen«, warf El ein, bevor ich irgendetwas sagen konnte. Shane nickte einfach nur und nahm sein neues Stück Wissen mit Gleichmut auf. Erst als er gegangen war, drehte ich mich zu El um und hob eine Augenbraue. »Du bist nicht bereit, sie wissen zu lassen, wo du wohnst«, erklärte sie. »Erst brauchst du ein paar Schutzzauber auf deinem Zuhause.«

»Habe ich noch nicht gelernt«, sagte ich und El schnaubte.

»Das hoffe ich doch. Es dauert Jahre, bis ein Verzauberer ausreichend Wissen erlangt, um ein Gebäude richtig schützen zu können. Jetzt komm schon. Lass uns das hinter uns bringen.«

Ich folgte der zierlichen Pixie, ein halbes Lächeln auf meinem Gesicht, als ich über den Zwerg und seinen Kater nachdachte. Es war vielleicht nicht viel gewesen, aber meine Magie für etwas anderes als das Töten von Ratten und für das Üben zu nutzen, fühlte sich gut an. Nützlich.

✳✳✳

»El, warum tun wir das?«, fragte ich die Pixie Stunden später. Wir teilten uns eine Schüssel Nachos zum Abendessen.

»Weil ich hungrig bin«, sagte El, während sie mit einem Nacho mit Jalapeño und Käse winkte.

»Nein, nicht das Abendessen. Das Kennenlernen.« Ich nickte mit dem Kopf in die Richtung, wo unsere Kellnerin, eine lange, dünne, wie eine Gottesanbeterin aussehende Humanoide Bestellungen von zwei Jungs aus einer Studentenschaft annahm. Ich musste innerlich darüber lächeln, wie sie sich gegenseitig anspornten, mit der Kellnerin zu flirten, als sie gehen wollte. Meine Augen unscharf stellend, konnte ich verstehen warum – die große, langbeinige und blonde Schönheit war ein ziemlicher Hingucker.

»Sicherheit«, sagte El und wedelte mit ihrer Hand herum. »Wir müssen dich vorstellen und deine Geschichte geraderücken. Bis du lernst, deine Aura zu kontrollieren, leuchtest du wie ein Weihnachtsbaum mit all der arkanen Energie, die du ausstrahlst. Jeder mit der Sicht oder einer Verzauberung, jemanden *sehen* zu lassen – und das kann nahezu jeder – kann auch sehen, dass du ein neuer ... Zauberer bist.«

»Oh.« Ich lehnte mich zurück und dachte darüber nach. Falls sie recht hatte und ich wie ein Flutlicht strahlte, dann gab es keinen Weg für mich, meine Magie zu verstecken. Da ich nicht ausgebildet war, konnte ich nicht als Magier vorgestellt werden, also musste ich ein Zauberer sein, sogar ein neuer – was meine Geschichte bestätigte und andere über mich hinwegsehen ließ. »Danke.«

»*De nada.*« El fegte meine Hand beiseite.

»Warum hilfst du mir, El?«, fragte ich. »Nach dem ersten Mal ...«

»Oh, Henry«, sagte El leise. »Ich wollte nicht, dass du ein Teil dieser Welt bist. Aber da du darauf aus bist, dich uns anzuschließen, kann ich auch sicherstellen, dass du es überlebst. Wenigstens für eine Weile.«

Die letzten paar Worte wurden leise gesagt, so leise, dass ich dachte, El wollte sie mich nicht hören lassen. Ich verstand noch immer nicht ihre Vorsicht, auch Lilys nicht. Bisher war jeder, den wir getroffen hatten, nett und zivilisiert gewesen. Nun, außer den Orks, aber Straßenräuber waren nunmal Straßenräuber. Man erwartet nicht, dass sie nett sind. Trotzdem ... »Danke schön.«

El blitzte mich lächelnd an, bevor sie sich wieder ihrem Bier und ihren Nachos zuwendete.

Kapitel 8

Die nächsten Wochen waren ausgefüllt mit kleinen, unbedeutenden Quests, die von den übernatürlichen Bewohnern meiner Nachbarschaft generiert wurden. Nachdem ich mich an diesem Abend überall vorgestellt hatte, wurde ich nur ein weiteres Inventarstück, ihr eigener Zauberer. Es hatte mir niemand erzählt, dass Zauberer relativ selten waren und sich des Öfteren nützlich machen konnten. Jedoch waren nur wenige Magienutzer erreichbar, sie waren oft das übernatürliche Äquivalent von zu Hause Eingesperrten. Im Grunde genommen mussten die meisten, anders als ich, stundenlang die Zauber auswendig lernen und praktizieren, immer und immer wieder. Zeit mit dem Erledigen unbedeutender Aufträge zu verbringen, war das Letzte, was sie im Kopf hatten.

Die Quests, die mir angeboten wurden, erstreckten sich nicht auf die Art ›Hole zehn von Silber bedeckte Pilze aus dem Wald der niemals endenden Qual‹, sondern waren mehr wie ›Mein begehbarer Gefrierschrank ist kaputtgegangen. Könntest du mein Fleisch kühlen, bis der Techniker kommt?‹ oder ›Kannst du bitte meine Brut von einem halben Dutzend hyperaktiver Werratten babysitten?‹ Nebenbei bemerkt, falls jemand dich jemals nach Letzterem fragen sollte, ist die Antwort ›Zur Hölle, nein«. Es gibt einen Grund, warum Frau Umber einen arbeitslosen, kaum ausgebildeten Zauberer fragen musste.

Anders als meine Rattenquest boten diese unbedeutenden Quests – oder Aufträge, wenn man es so nennen möchte – nicht viel in Sachen Erfahrungsgewinn. Einen Abend damit zu verbringen, zu lernen, wie ich meinen Lichtzauber anpassen konnte, um verschiedenfarbige Lichter für eine Nur-Vampire-Abendgesellschaft zu beschwören, war vielleicht nicht besonders aufregend, sobald man über die Tatsache hinweg war, dass die Vampire kein Verlangen hatten, dein Blut zu trinken, aber es war lehrreich. Und ich, wenn ich das selbst sagen durfte, machte das hervorragend. Interessanter Fakt – Vampire waren allergisch gegen Sonnenlicht aufgrund des gezielten Fluches eines Sonnengottes. Es bedeutete, dass Licht, selbst ultraviolettes Licht, Vampiren nichts tat. Deshalb hatten die meisten Vampire eine ordentliche Bräune, sogar im Winter. Gab es eine bessere Art und Weise, Jäger vom Weg abzubringen, als nicht wie ein blasses, schlaksiges Monster auszusehen?

Unglücklicherweise erwies sich der Zauber *Ausbessern* als deutlich weniger nützlich, als ich mir erst ausgemalt hatte. Der Zauber setzte in Wirklichkeit zuvor getrennte

Teile wieder zusammen und besserte Knochenbrüche und Rippen aus. Er war in gewisser Weise dem Zauber *Heilen* sehr ähnlich. Dennoch benötigte er ebenso ein Diplom in Geschicklichkeit, um vernünftig zu funktionieren. Den Ausbesserungszauber auf einen losen Knopf anzuwenden würde die Fadenenden flicken, aber möglicherweise nur auf der Außenseite des Knopfes. Darin, wie in so vielen anderen Dingen, war Magie unbrauchbarer als ein bisschen harte Arbeit mit Nadel und Faden. Nach Wochen des Arbeitens mit Magie war ein großer Teil meiner ursprünglichen Begeisterung mit der Erkenntnis verflogen, dass Magie zwar cool war, aber meistens die irdischen Lösungen gewannen. Es war enttäuschend, aber erklärte wenigstens teilweise, warum Magier nicht die Welt regierten; Magie war nützlich, aber einfache, bewährte Wissenschaft war es auch.

Alles in allem bemerkte ich in den nächsten Wochen einen langsamen, aber allmählichen Anstieg meiner Stärke und meiner Fähigkeiten, weil ich mein eigenes magisches Wissen verbesserte. Ob es darum ging, mit meinen Zaubersprüchen eine bestimmte Temperatur zu treffen und aufrechtzuerhalten, die Farben des Lichts zu verändern oder Gehirnerschütterungen beim Babysitten zu vermeiden – diese Kinder waren brutal – ich hatte es tatsächlich geschafft, ein weiteres Level zu erlangen.

Klasse: Magier

Level 4 (12% Erfahrung)

Bekannte Zauber: Lichtsphäre, Machtgeschoss, Hitze, Frost, Glockenläuten, Windbrise, Geringer Schild, Heilen, Verbinden, Ausbessern, Schutz

Im Gegensatz zu meinem letzten Levelaufstieg gab es weniger Veränderungen bei den Zaubersprüchen. Ich war möglicherweise besser darin geworden, die Zauber zu kontrollieren, aber laut Lily müsste ich mich deutlich steigern, um die Haupteigenschaften zu verbessern.

Dagegen war *Schutz* mein erster Schutzzauber. Er war kein wirklich eigenständiger Zauber; jeder Schutzzauber musste mit einem anderen Zauberspruch kombiniert werden, bevor er aktiviert werden konnte. Und er brauchte mich, um den *Schutz* physisch in ein Objekt zu schnitzen. Ein Lichtschutz beispielsweise erzeugt im Grunde einen stationären Lichtzauber, der mit einer kleinen Willensanstrengung ein- oder ausgeschaltet werden konnte. Wenigstens bis die Zauberaufladung erstarb.

Auf meinem derzeitigen Level konnte ich nur Schutzzauber errichten, die durch simple Ereignisse ausgelöst werden konnten – eine Willensanstrengung, das Öffnen oder Schließen einer Tür, physischer Druck. Ich konnte nicht mehr als einen Zauber gleichzeitig mit einem anderen verketten, eine Voraussetzung für tatsächlich funktionsfähige Schutzzauber. Trotzdem hielt mich das nicht ab, den halben Tag damit zu verbringen, Schutzzauber in verschiedenste Möbelstücke im ganzen Haus zu schnitzen. Ich hörte erst auf, als Lily schwor, mich in einen Salzklumpen zu verwandeln, falls ich nicht aufhören würde.

Im Laufe der Wochen lag vielleicht meine großartigste Errungenschaft im Verstehen der Informationen, die Lily in meinen Verstand heruntergeladen hatte. Ich begann Mana und Magie zu verstehen und dass Mana nur ein verkürzter Platzhalter für die Macht der Schöpfung selbst war. Magier waren Menschen, die Mana manipulieren und Beschwörungs- und Zauberformeln nutzen konnten, um zu tun, wonach sie sich sehnten. Nachdem ich einige Zeit mit Lily und El gesprochen hatte, wusste ich, dass Magier nicht die mächtigste oder kompetenteste Gruppierung waren. Kleriker, Schamanen und andere, die mit dem Glauben arbeiten, konnten Mana genauso gut manipulieren, jedoch waren sie oft durch die Grundsätze ihres Glaubens und ihrer Götter beschränkt.

Außerdem spielten die Beschwörungs- und Zauberformeln keine Rolle. Deshalb gab es in der Welt so viele Zweige der Magie, die man erlernen konnte. Es waren nicht die Worte selbst, sondern die Absichten und die aufgewandte mentale Energie, die das Formen der Zauber erforderte. Durch das Fokussieren des Verstands und dieses ›Manamuskels‹, den Magier hatten, konnten sie Zauber wirken und sie durch ihren Körper entsprechend ihrer Gabe kanalisieren. Es gab Gerüchte, dass die mächtigsten Magier Zauber mit nur einem Gedanken wirken konnten. Natürlich war ich davon meilenweit entfernt.

Alles in allem waren die letzten Wochen friedvoll und überraschend erfüllend gewesen. Lieferungen für El auszuführen, wenn ich keine anderen Quests hatte, in der Nachbarschaft auszuhelfen und für alles eine Entlohnung zu bekommen, machte Spaß. Zum ersten Mal in meinem Leben dachte ich tatsächlich, es zu etwas zu bringen.

Ich hätte wissen sollen, dass dies niemals andauern würde.

***

Das erste Anzeichen von Ärger war die aufgebrochene Kellertür. Das zweite waren die lauten Stimmen, weil Lily mit einem Fremden in unserem Zuhause stritt. Ich formte ein *Machtgeschoss* in meiner Hand, hielt es tief, damit es nicht leicht gesehen werden konnte, und schritt über meine Türschwelle, um der Gefahr zu begegnen. Das war es schließlich, was Helden taten.

Lily stand vor dem Computer, die Hände auf den Hüften und mit einem Fuß auf den Boden tippelnd, während sie mit dem Einbrecher stritt. Der Eindringling, der über dem zierlichen Dschinn emporragte, war in graue Hosen, ein cremefarbenes, aufgeknöpftes Hemd und einen langen, schwarzen Wollmantel gekleidet. Er könnte einfach in der Innenstadt herumlaufen, ohne einen Blick auf sich zu ziehen, was seine Anwesenheit in meiner verwahrlosten Kellerwohnung noch seltsamer machte.

»... du wirst mit mir kommen!«, schloss der Fremde fordernd, als ich eintrat. Schnell wie ein Pistolenabzug drehte er sich herum, um mir einen wütenden Blick zuzuwerfen, bevor sein Blick meinen Ring fixierte. Ohne auch nur zu sprechen hob er seine Hand, spreizte und verdrehte seine Finger einige Male, bevor er sie auf sich selbst richtete. Für einen kurzen Moment verspürte ich ein Ziehen am Ring, bevor ich meine Faust fest ballte und das Ziehen verschwand.

Gegner außerhalb deines Levels angetroffen.
Bitte erhöhe dein Level, bevor du das Gefecht fortführst.
Unbekannter Angreifer (Magier Level 187)

»Nein. Du kannst ihm seinen Ring nicht wegnehmen«, blaffte Lily den Mann an. »Ich habe es dir gesagt. Es ist zwecklos.«

»Was bei den lodernden Flammen?«, knurrte der Mann und hob seine Hand, das wiederholend, was ein Zauberspruch sein musste. Diesmal gab es nicht einmal ein schwaches Ziehen.

»Hör auf!«, polterte ich ihn an und fügte hinzu: »Und wer zur Hölle bist du?«

»Wie ...?« Die Augen verengend, starrte der Mann mich und meine Hand an, während er meine Frage ignorierte. Mit einem Schulterzucken schritt er auf mich zu, griff nach meiner Hand und wurde Zentimeter von meinem Körper entfernt gestoppt. Aus Reflex schwang ich die Hand, die das *Machtgeschoss* hielt, und beobachtete, wie der geformte Zauber direkt vor dem Körper des Mannes zerbrach, ein Regenbogen an Farben rieselte aus der Einschlagstelle.

»Ein Zauberer«, fauchte der Mann. Er schnipste mit einem Finger und zeigte damit auf mich. Ein *Machtspeer* formte sich und schoss schneller auf mein Gesicht zu, als ich reagieren konnte. Bevor er mich erreichte, verschwand der *Machtspeer*, als ob er nie existiert hätte.

»Was?«, schrien wir beide im Einklang.

Gegner außerhalb deines Levels angetroffen.
Bitte erhöhe dein Level, bevor du das Gefecht fortführst.

Wieder blitzten die Worte vor meinem Gesicht auf und diesmal las ich sie wirklich. Außerhalb meines Levels? Oh! Wie die Orks.

»Dschinn! Du hast das getan.« Der Mann drehte sich um und fauchte Lily an, die ihn angrinste.

»Ja, habe ich. Ich habe dir doch gesagt, du wirst seinen Ring nicht nehmen«, sagte Lily noch einmal.

»Wer bist du?«, fragte ich erneut nach, den Mann wütend anblickend, während ich mich von ihm entfernte, dadurch gestärkt, dass er wirklich nichts machen konnte. Es schien, dass was auch immer Lily getan hatte, in beide

Richtungen funktionierte und mich ebenso davon abhielt, ihn zu verletzen.

»Ich bin Caleb Hahn, Magus des Dritten Kreises, und ich befehle dir, den Ring zurückzugeben«, sagte Caleb und erhob sich zu seiner vollen Größe.

Wenn er dachte, mich durch sein Aufplustern einschüchtern zu können, hatte er sich die falsche Person ausgesucht. Ich war mein ganzes Leben lang als der kleine Asiate aufgewachsen und nach einer Weile lernt man entweder, den Höhenunterschied zu ignorieren oder man wird immer wieder damit konfrontiert. Ich schaute finster zu ihm zurück und ballte meine Hand fest, als ich brummte: »Nein. Jetzt hau ab, bevor ich die Polizei rufe.«

»Die Polizei! Du würdest irdische Menschen dafür rufen, du unwürdiger Bauer?«, sagte Caleb.

»Nun, ja. Du hast meine Tür aufgebrochen und du weigerst dich zu gehen. Ich kann dich nicht verletzen und du kannst mich nicht verletzen.« Ich zog mein Handy heraus. »Gehst du jetzt oder nicht?«

Calebs Augen weiteten sich und er geiferte noch mehr, irgendwas über die Unantastbarkeit übernatürlicher Angelegenheiten, aber die Klarheit seiner Worte wurde durch Lilys Kichern nicht gerade unterstützt, auch nicht dadurch, dass sie ihre Hände in den Seiten hielt, während sie neben mir stand. Als ich mit dem Wählen begann, warf Caleb schließlich seine Hände hoch und stolzierte aus dem Raum, um sich mit so viel Würde wie möglich zurückzuziehen.

Das Arschloch hatte mir nicht einmal angeboten, meine Tür zu reparieren. Glücklicherweise war die Tür mit etwas Muskelschmalz und *Ausbessern* leicht instand zu setzen, da er nur den Knauf gesprengt hatte. Nachdem all das getan war, hatte ich Zeit, mit Lily zu sprechen.

»Also, worum ging es?«, fragte ich Lily, die untypischerweise ernst aussah, als ich mich umdrehte, um sie anzuschauen.

»Das sollte das Ende von all dem bedeuten«, antwortete Lily und wedelte mit ihrer Hand umher. »Aber jetzt, da wir sie ausgebremst haben, müssen sie sich umorganisieren und darüber nachdenken.«

»Ich weiß, was es war. Ich will wissen, *worum* es ging«, sagte ich.

»Ah.« Lily hielt inne und starrte mich an, bevor sie antwortete. »Der Ring. Er war zuvor im Besitz eines Magiers des Ordens. Du hast das vielleicht erkannt. Sie wollten den Ring und mich zurück.«

»Wer etwas findet, darf es behalten. Gilt das in der übernatürlichen Welt nicht?«, fragte ich leichthin.

»Nein«, sagte Lily kalt und schaute mich finster an, bis sie realisierte, dass ich die Situation ernst nahm. »Sie werden zurückkommen.«

»Können sie den Wunsch zerstören? Oder kann ich erwarten, dass viele, ähm ... wie viele Kreise gibt es?«

»Sieben. Aber sie müssten einen Lehrling schicken, um mit dir fertig zu werden«, sagte Lily. »Du würdest dich noch nicht einmal für einen ihrer Kreise qualifizieren.«

»Aber ich bin Level vier!«, zischte ich.

»Ja schon, aber das Minimallevel, um den Rang Lehrling abzuschließen, liegt ungefähr bei Level zwanzig oder so, würde ich sagen. Und um tatsächlich ein Mitglied des Konzils zu werden, müsstest du zumindest Level vierzig sein. Vielleicht fünfzig«, sagte Lily.

»Oh ...« Ich zog die Augenbrauen zusammen. »Aber meine Zaubersprüche ...«

»Sind erschummelt. Du kannst bestimmte Zauber aufgrund dessen wirken, was ich dir gegeben habe, aber dein Verständnis der Magie selbst ist erbärmlich.

»Hey!«

»Kannst du irgendeinen deiner Zauber selbst nachbauen?«, schoss Lily zurück.

»Ähm ...« Ich runzelte die Stirn und dachte darüber nach. Ich konzentrierte mich für eine Sekunde und versuchte, den Lichtzauber von Grund auf nachzubauen. Immerhin war das der Zauberspruch, den ich am Häufigsten genutzt hatte und folglich der sein sollte, mit dem ich am vertrautesten war. Der Anfang war simpel. Ich konnte mich mühelos an diesen Teil erinnern. Nach ungefähr einem Drittel des Weges begriff ich, dass ich meinen Verstand prügeln musste, um die benötigte mentale Gymnastik zu extrahieren und das Wirken des Zaubers fortzuführen. Nach der Hälfte fühlte ich, wie der Zauber verpuffte und einen Stachel des Schmerzes durch meinen Kopf sandte, wie einen Eispickel durch mein Auge. »Aaarggh.«

»Hab es dir ja gesagt«, sagte Lily.

Ich ächzte und rieb an meinen Augen, als der Schmerz verblasste. Gut. Vielleicht hatte ich mich zu sehr auf die gebrauchsfertigen, intuitiven Zaubersprüche verlassen, die sie mir bereitstellte.

»Es wird eine Weile dauern, bevor sie tatsächlich jemanden schicken. Das Konzil ist nicht sehr schnell darin, Entscheidungen zu treffen oder seine Meinung zu ändern.« Lily fixierte mich mit einem Blick. »Wie auch immer, das bedeutet nicht, dass du dich entspannen kannst. Sobald sie sich entscheiden, etwas zu tun, werden sie es tun.«

»Ja, aber wenn ich besser werde, wird mein Level steigen und sie können mich mit stärkeren Gegnern attackieren.«

»Begreifst du, dass ›Level‹ nicht exakt definiert sind? Es ist das Eine, einen Magier des Dritten Kreises daran zu hindern, auf dich zuzukommen, aber falls sie ihre Magie nicht wie eine Sonne herausfließen lassen, werden die Dinge etwas komplizierter werden. Ein Straßenräuber oder ein Auftragsmörder haben aus meiner Perspektive nur einen geringen Levelunterschied, aber aus deiner Sicht ist er beträchtlich«, sagte Lily und ich brummte.

Sie hatte nicht ganz Unrecht. Und weitaus wichtiger war, dass ich es mir nicht ausgesucht hatte, Magie zu lernen, um mich beim ersten Anzeichen von Ärger in einer Ecke zu verkriechen. Wenn ich Magie lernen wollte, musste ich sie richtig lernen. Was bedeutete ... »Dann benötige ich bessere Quests.«

Als Lily lächelte, spürte ich, wie ein Schauer durch meinen Körper ging.

Kapitel 9

1,50 Meter groß, rot, muskulös, und nackt mit einem Paar Hörner, einem peitschenförmigen Schwanz und winzigen Flügeln, die eine Fledermaus nicht tragen könnten. Der Kobold hob seine Faust und schlug mich in der Küche erneut zu Boden, hinten im italienischen Tante-Emma-Laden, in dem wir kämpften. Zum Glück war der Kobold den Schlägern in meiner Schule sehr ähnlich, nur Kraft, keine Finesse, und der Schwinger, den er mir verpassen wollte, wurde mir aus einem Kilometer entfernt telegraphiert.

Ich duckte mich unter den Schlag und verlor eine wertvolle Sekunde, als ich auf meine Füße zurückschwankte, mein Gleichgewicht war durch frühere Schläge noch immer ein wenig angeschlagen. Ich verdrehte meine Finger zu einem Kreis und zielte, während ich das Wort ›Machtgeschoss‹ sang. Ein Ball von Blau und Grün formte sich im Kreis und schoss vorwärts, als ich aufhörte zu singen und zu zielen. Er traf den Kobold in seine Brust.

Beschwörung Machtgeschoss
89% Synchronität
Das Machtgeschoss erzeugt 15 Schadenspunkte am Geringen Kobold.

Das *Machtgeschoss* verärgerte den Kobold nur noch mehr und er schwang einen engen Aufwärtshaken, der mich an der Brust erwischte und meine schwächliche Gestalt nach hinten warf. Ich schlug in die geschlossene Tür des Kühlschranks ein und stöhnte, mein Hinterkopf sandte Schmerzsignale von der Stelle, an der er schon zuvor getroffen worden war.

Henry Alfred Chan Hock Tsien erhält 23 Schadenspunkte durch den Geringen Kobold.

Gerade als ich meine Finger herumdrehte, um einen weiteren Zauber zu wirken, schmetterte der Kobold meine Hand herablassend weg. Durch tränengefüllte Augen stierte ich meinen Möchtegern-Mörder an.

Geringer Kobold (Level 4)
LP: 13/43

Bevor das Monster mich erledigen konnte, traf eine geworfene gusseiserne Pfanne seinen Hinterkopf. Ich schwor, dass ich eine kleine, rote -1 von der Oberseite seines Kopfes wegschweben sah, jedoch war ich mir nicht sicher, ob das nur die einsetzende Gehirnerschütterung war oder ein aktuelles Artefakt von Lily, die an dem Wunsch feilte. Der abgelenkte Kobold drehte sich herum und stolzierte auf seine neue Beute zu.

»Tu etwas!«, schrie Chantelle Rossi, die Angreiferin des Kobolds und meine derzeitige Questgeberin, mir zu, als sie in der Küche auf der Suche nach weiteren Dingen herumkroch, die sie auf das Monster werfen konnte.

Daran erinnert, dass ich in diesem Kampf um Leben oder Tod nicht Teil des Publikums war, sprach ich meinen Machtgeschosszauber aus. Wieder einmal erhielt ich eine Benachrichtigung mit einer 84-prozentigen Synchronitätsrate, mehr als genug, den nötigen Schaden auszuteilen, um den Kobold zu töten. Diesmal brach er, als das *Machtgeschoss* traf, den Schädel des Monsters und ließ seinen Kadaver am Waschbecken zusammensacken. Ich stöhnte und setzte mich, während ich auf den blinkenden, blauen Balken starrte, der darauf hindeutete, dass ich kaum Mana übrig hatte.

Geringer Kobold (Level 4) besiegt!

Meine Wohltäterin kam mit der plötzlichen Veränderung des Schicksals nicht gut klar, daher holte sie mit der Pfanne aus, um weiter auf das tote Monster einzuschlagen. Weil es nicht mehr versuchte, sich zu verteidigen, hörte sie bald auf. Chantelle stand über dem toten Monster, ihr langes, schwarzes Haar war zerzaust und ihre weiße Bluse aufgeplatzt, grünes Blut befleckte sie. Während sie sich zu mir umdrehte und ihre Augen vor Zorn funkelten, verzogen sich ihre Lippen murrend.

»Du! Du wurdest beauftragt, das Problem zu lösen und nicht schlimmer zu machen«, schrie sie mich an, als sie näher kam, die blutige Pfanne in ihrer Hand schwingend. Ein Stück Pasta, das unverwüstlich gegen die Tyrannei der Schwerkraft ankämpfte, erlag ihr schließlich, fiel zu Boden und landete vor ihren Füßen. Das ließ sie zum Glück lange genug in ihrer Tirade innehalten, damit ich etwas sagen konnte.

»Sorry! Ich ... es sollte angeblich nur ein Kobold auf Level vier sein!«, stotterte ich, als ich mich aufrichtete. Meine Brust schmerzte beim Atmen. Der verdammte Dämon hatte Fäuste wie Felsblöcke gehabt.

»Was meinst du mit ›Level vier‹?«, fragte die schwarzhaarige Inhaberin und schüttelte ihren Kopf. »Schau dir dieses Durcheinander an. Es wird uns mehr kosten, diesen Ort aufzuräumen, als den Schaden zu beheben, den der Kobold angerichtet hat!«

Bei Chantelles Vorwurf begutachtete ich langsam – wirklich langsam, weil mein Hals und mein Kopf immer noch pochten – den Raum. Geborstene Gläser, verschüttetes Essen, ein paar zerbrochene Schränke und ein Loch in der Mikrowelle von einem fehlgeleiteten *Machtgeschoss* erfassten meine Augen in schneller Abfolge.

»Sorry ... Ich werde, ähm ...«

»Wir behalten den Körper des Kobolds. Und erwarte nicht, bezahlt zu werden.«

»Aber ... ich ...«

Ein schnelles Schütteln der Pfanne war genug, damit ich einlenkte. Ein paar weitere Entschuldigungen und ich schaffte es schließlich, mich selbst aus der Küche von Rossi's, ihrem Familienrestaurant, zu befreien, ohne zu Tode geschlagen zu werden. Draußen hielt ich für eine Sekunde inne, um den wunderschönen, heiteren Tag in mich aufzunehmen und atmete die klare, saubere Luft ein. Auf der gegenüberliegenden Seite der Straße schauten mich ein paar Fremde, die im Sonnenlicht badeten, seltsam an; inklusive eines bebrillten Jugendlichen, der mich genau genommen anstarrte. Ich musste lächeln, als ich mich entspannte und die Beschimpfungen abschüttelte, die ich über mich ergehen lassen musste. Ich war am Leben und erlernte Magie. Was könnte ich sonst noch wollen?

***

Als ich aus dem Auto meiner Mitfahrgelegenheit stieg und auf mein Handy tippte, um zu bestätigen, dass ich abgesetzt worden war, war ich dankbar, dass ich beschlossen hatte, das Radfahren zu überspringen. Mein Kopf pochte, mein Rücken verkrampfte sich und ich tastete nach den Schlüsseln zu meiner Kellerwohnung. Ich trat die Tür hinter mir zu, stöhnte bei dem lauten Geräusch und krachte auf mein Futonbett.

Als ich später am Abend aufwachte, waren fast alle meine Verletzungen wieder einmal geheilt. Eine schnelle Überprüfung der Benachrichtigungen erklärte mir, was passiert war.

Henry Alfred Chan Hock Tsien ist gut ausgeruht. +5% Erfahrungsgewinn für 4 Stunden.

Henry Alfred Chan Hock Tsien hat 37 Lebenspunkte durch Ausruhen erhalten.

Ich musste Lily wirklich dazu bringen, nicht mehr mit den Benachrichtigungen herumzuspielen, aber seitdem sie eine Rechnung mit meinem vollen Namen gesehen hatte, war sie auf den Trichter gekommen, ihn überall zu verwenden. Als mein Magen knurrte, stand ich auf, um eine Fertigpizza in den Ofen zu schieben. Ich drehte den Kopf, um den Dschinn anzuschauen, der über meinem Computer schwebte. Ich hatte gedacht, einen zweiten Laptop für mich zu besorgen, würde einen Computer für meinen Gebrauch freigeben. Stattdessen hatte Lily einfach entschieden, beide zu übernehmen und zwei verschiedene Spiele gleichzeitig zu spielen.

»Das war kein Kobold auf Level vier«, meckerte ich Lily an. Ich dachte, sie hätte mich vielleicht nicht gehört, so lange hielt die Stille an. Unterbrochen wurde sie nur durch das Tippen auf der Tastatur und das Klicken der Maus.

»Doch, war es«, sagte Lily. »Du bist nur schlecht im Kämpfen.«

»Sollte ich gut darin sein?«, murmelte ich kopfschüttelnd. Der Kobold war meine zweite Kampfquest gewesen und ich musste zugeben, dass sie recht hatte. Wenigstens war ich nicht gebissen worden, aber es war nicht so, als hätte ich jemals irgendwelche echte Erfahrung im Kampf um mein Leben gesammelt. Streitigkeiten mit Schulhofschlägern und gelegentliche Raubüberfälle zählten im Grunde genommen nicht. Ich war kein Soldat oder Polizist oder gar ein Kampfsportler. Ich war nur ein Typ, der Computer und Rollenspiele mochte und einen magischen Ring gefunden hatte.

»Bist du bereit für die nächste?«, fragte Lily. »Gottverdammter Noob, tu deinen Job ...«

»Ähm ...« Ich starrte Lily finster an, aber weil sie sich nicht bemühte aufzuschauen, bewirkte das Starren überhaupt nichts. Am Ende gab ich auf. »Weißt du, ich bin hier neu, aber mich einen Noob zu nennen, ist ein bisschen unverschämt.«

»Nicht du. Es ist dieser verdammte Kleriker. Kann verdammt nochmal nicht heilen. Ich sterbe hier«, sagte Lily, eine Hand schwenkte leicht in Richtung ihres Spiels. Sie drehte ihren Kopf zur Seite, betrachtete das andere Spiel, bevor sie wieder zu dem zurückkehrte, auf das sie sich eigentlich konzentrierte. Es schien, als würde sie im zweiten Spiel in irgendeinem Raumschiff fliegen, das von einem Autopiloten gesteuert wurde, die Sterne bewegten sich, während sie sich weiter drehte und sprang. »Aber wenn du dich angesprochen fühlst ...«

»Egal«, brummte ich. »Du sagst, du hast eine neue Quest?«

»Such dir eine aus«, sagte Lily und zeigte auf einen Stapel Papier. Ich runzelte die Stirn, ging hin, hob ihn auf und untersuchte die Schlagzeilen.

Hartnäckiger Schleimpilz isst meine Fußböden auf. Beseitige ihn. $200

Leprechaun-Flüchtling. Fangen und zurückbringen. Keine Leichname! 185 Goldmünzen und eine Rembrandt-Tulpe

Werde ein Höllenhund-Dompteur! Keine speziellen Fertigkeiten benötigt. Schulung im Job! Faire Kompensation.

Das Hospiz Die Grauen Engel sucht nach Heilern! Verbring deine Zeit mit unseren tollen Angestellten und Bewohnern.

Benötigt – Ein erfahrener Exorzist! $350
Entfernen eines Gremlin-Hausbesetzers. $500

Ich sah auf die Ausdrucke und ein schleichender Verdacht bestätigte sich, als ich auf die Internetadresse schaute, die oben abgedruckt war. »Ist das eine Kleinanzeigen-Website?«

»Mmmhmmm ... hey! Gib das zurück«, rief Lily einen Moment später, als ich mir meinen neuen Laptop auf den Schoß legte.

»Still.« Mit Tabulator ging ich aus dem Spiel. Innerhalb von Sekunden war ich auf der Seite. Oder was die Seite gewesen wäre, hätte sie nicht die große Hinweistafel ›Passwortgeschützt‹. Ein paar Sekunden Herumprobieren zeigten, dass Lily ihr Passwort auch nicht gespeichert hatte. »Wie komme ich rein?«

»Kommst du nicht«, sagte Lily und tippte wütend für ein paar Sekunden auf der Tastatur, bevor sie sich zu mir umdrehte. »Das ist im Augenblick viel zu viel Verantwortung für dich.«

»Oh, komm schon. Ich werde sie nur durchstöbern.«

»Zu gefährlich.«

»Stöbern?«, sagte ich. »Ich verspreche, keine Viren herunterzuladen.«

»Und was ist mit Zaubern, dämonischen Wesen und Manafallen?«

»Ähm ...« Ich hielt inne und schob den Laptop leicht von mir fort. »Dämonen können durch's Internet kommen?« Das klang lediglich wie ein schlechter B-Movie.

»Normalerweise nicht, aber diese Website ist nicht im normalen Internet. Es ist ein separater, dimensionaler Nexus, den die Übernatürlichen nutzen, und die Abwehrmaßnahmen, die gegen solche Angriffe aufgebracht werden, sind dort recht locker. Ansonsten könnten nur Wesen dieser Dimension darauf posten«, sagte Lily.

Bei ihren Worten rückte ich mit geweiteten Augen sogar noch weiter von meinem Laptop fort. »Es gibt außerdimensionale Wesen, die darauf Einträge veröffentlichen!? Wie Götter und Dämonen und Monster von Lovecraft?«

»Und Engel. Dschinns. Feen. Drachen. Eisriesen«, fuhr Lily fort. »Natürlich gibt es sie. Merl's Web ist momentan die populärste Kommunikationsform. Nicht, dass es konkurrierende Webseiten gäbe, aber Merl scheint mit der Zeit Schritt gehalten zu haben.«

»Merl... Merlin?«, fragte ich argwöhnisch.

»Ja. Der alte Knacker mag vielleicht gefangen sein, aber er hat noch immer ein Stück vom Kuchen.« Lily schüttelte ihren Kopf. »Als ich ihm einst erneut begegnete, verwies er mich auf die Webseite.«

»Merlin ist am Leben.« Ich setzte mich lautstark und blickte Lily an. Man denkt, nach Monaten voll von all dem

147

hätte ich mich daran gewöhnt, überrascht zu sein. Aber trotzdem ... »Und Artus?«

»Tot. Oder schläft. Keine Ahnung. Du müsstest Merl fragen. Nicht, dass er auch antworten wird.« Lily zuckte mit den Schultern. »Er ist, du weißt schon, ein wenig verärgert über all das.«

»Was ist mit Lancelot? Dem Grünen Ritter? Dem Heiligen Gral?«

»Ques-ting«, sprach Lily gedehnt und zeigte erneut auf die Blätter.

Ich brummte leise und selbst mehrmaliges Anstupsen ließ sie immer und immer wieder das gleiche Wort wiederholen. Schlussendlich gab ich auf und ging wieder zu den verfügbaren Quests. In gut der Hälfte davon ging es um Töten, Finden oder Beseitigen von irgendwas. Es gab keine ›Hol-und-bring-Quests‹, vielleicht weil ich mehr als genug dergleichen von El erhalten hatte, die mir zumindest exakte Wegbeschreibungen geben konnte. Es war nicht so, als wüsste ich, wo ich Feenstaub oder dreiäugig getüpfelte Pilze finden konnte. Am Ende markierte ich ein paar Quests, für die ich bereit war, und händigte sie Lily aus.

»Schön. Dann raus mit dir. Sobald ich Details erfahre, lasse ich sie dir zukommen.«

»Das ist alles?« Ich zog die Augenbrauen zusammen. Ich hatte jetzt, nun, mehr Details erwartet.

»Ja. Jetzt husch. Wir stürmen die Grotte der Tugend und du darfst mich nicht dabei stören«, sagte Lily und winkte mich fort.

Aus meiner Wohnung geschmissen, griff ich auf dem Weg nach draußen meine Jacke. Also gut, vielleicht hatte El etwas Interessantes.

***

Nachdem ich mich auf den Weg zu Nora's gemacht hatte, fand ich El an der Theke sitzend und heiter einem irdischen Kunden zulächelnd. Ich beobachtete sie für eine Sekunde, mein Blick wurde unscharf, um sie mit ihrem *Glamour* zu sehen und nicht ihre wahre Form, bis ich meine Augen wieder scharf stellte. Ich musste die grazile Figur bewundern, die sie hatte, zumindest unter ihrem *Glamour*. Jedoch fragte ich mich, wonach es aussah, falls mich jemand dabei beobachtete, wie ich sie ansah, und derjenige nicht in der Lage war, ihren Zauber zu durchschauen. Andererseits konnte man nie etwas über die Geschmäcker anderer sagen.

»Henry?« Ihre Stimme riss mich aus meiner Grübelei und ich bemerkte, dass ihr Kunde gegangen war. »Brauchst du irgendetwas?«

»Nein.« Ich schüttelte den Kopf. Meinen Mut zusammennehmend, ging ich vor zur Theke und lächelte sie an. »Eigentlich ...«

»Nein.«

»Du hast nicht einmal ...«

»Henry, ich bin vierhundertsechsunddreißig Jahre alt. Ich weiß, was du fragen wolltest. Und die Antwort ist nein«, sagte El und lächelte mich sanft an.

»Nun, ähm ...« Ich hielt inne und blickte El an. Ich fühlte mich leicht ernüchtert, weil mein Vorstoß abgeblockt wurde, bevor er überhaupt begonnen hatte. Ich schaute mich jetzt unbehaglich um, bevor ich mir für den Versuch selbst in den Hintern trat. Ich hätte es besser wissen sollen. Immerhin hatte El niemals zuvor irgendwelches Interesse an mir durchblicken lassen, jenseits einer allgemeinen, freundlichen Anteilnahme in Bezug auf mein Wohlbefinden. Im Grunde das, was eine große Schwester ihrem kleinen Bruder entgegenbringen würde.

»Es ist nichts Persönliches, Henry. Ich mag vielleicht nur eine geringe Fee sein, aber ich bin eine Fee. Ich werde für Tausende von Jahren leben, und du, als ein menschlicher Magier ...«, sagte El und zuckte mit den Schultern. »Es ist besser so.«

»Oh ...« Ich nickte schwach. Ich denke, das ergibt Sinn. Die Elben in *Der Herr der Ringe* waren auch so. Und ich war kein Aragorn.

»Also, gibt es irgendetwas anderes, wofür du hergekommen bist?«

»Nicht wirklich. Ich dachte eigentlich, du hättest etwas für mich zu tun«, antwortete ich, schaute wieder hoch zu El und sah, wie sie mich geduldig anlächelte.

»Mmmm ... ich bin mir nicht sicher, ob ich den Laden jetzt schon umgestalten will.«

Ich zuckte zusammen. »Du hast davon gehört.«

»Nur wenig. Früher konnte man nichts erledigen, ohne auf einen magischen Problemlöser zu treffen. Jetzt will jeder ein Büromagier oder Animator oder Verzauberer sein«, sagte El kopfschüttelnd. »Ich denke, es läuft gut bei dir – sonst würde dich niemand anheuern.«

»Danke?« Ich schüttelte erneut den Kopf. »Und hast du nun irgendwas, bei dem du meine Hilfe benötigst?«

»In der Tat«, sagte El, lächelte leicht und griff unter die Theke. In ihrer wieder auftauchenden Hand lag ein simples, in braunes Papier eingewickeltes Paket.

151

Automatisch nahm ich es, rüttelte es leicht und bemerkte ein Klirren von Glasgefäßen, bevor ich es in meine schwarze Umhängetasche steckte.

»Tu so etwas nicht! Was, wenn es Salamanderspucke gewesen wäre?«

»Ähm ...«

»Sie ist hochexplosiv«, seufzte El.

»Ist es welche?«

»Nein. Und du sollst nicht fragen, was in den Paketen ist. Du weißt das«, sagte El verärgert und schüttelte den Kopf. »Es ist Arthritissalbe für Großmütterchen Gail.« Ein schnelles Kritzeln und sie händigte mir die Adresse auf einem Post-it-Zettel aus.

»Ich dachte, ich dürfte nicht wissen, was drin ist?«, fragte ich.

»Darfst du normalerweise auch nicht, aber dafür musst du es wissen. Jetzt sei nett und höflich. Du gehst in das Territorium der Orks.« El hielt einen Finger hoch. »Erzähl ihnen einfach, was und für wen du lieferst, dann werden sie dich in Ruhe lassen. Verstanden?«

»Du verkaufst an die Orks?«, fragte ich ungläubig.

»Ich verkaufe *Arthritismedizin* an jeden«, sagte El. »Oder denkst du, ich sollte Großmütterchen Gail leiden lassen, weil sie grün ist und Stoßzähne hat?«

»Nein ...«, sagte ich und ging aufgrund des Feuers in Els Stimme einen Schritt zurück.

»Bekomm das in deinen Kopf, Henry. Das sind nicht deine Fantasy-Bücher. Es gibt Leute mit ihren eigenen Hoffnungen und Wünschen und Leben. Wir sind nur Bewohner, die versuchen, in einer Welt Fuß zu fassen, die nicht unbedingt für uns geschaffen wurde.«

»Sorry. Es tut mir leid. Ich werde mich bessern«, sagte ich. Auf Els Nicken hin ging ich hinaus und machte mich auf den Weg, ihren kleinen Kurierjob zu erledigen. Mit gesenktem Kopf holte ich mein Handy heraus und tippte die Adresse hinein, um den schnellsten Weg herauszufinden. Eines Tages würde ich mir ein Auto besorgen, aber das wird warten müssen, bis ich eine regelmäßigere und beständigere Einkommensquelle hatte. Eine, die nicht auf Wohltätigkeit oder einen unverhofften Glücksfall angewiesen war.

✳✳✳

Faircreek im südwestlichen Teil der Stadt verfügte einst über die städtischen Hafenanlagen. In den 1960ern hatte die Stadt die Docks außerhalb des Stadtkerns weiter flussabwärts wiederaufgebaut, um den zusätzlichen

153

Verkehr zu bewältigen. Jetzt war Faircreek eine Mischung aus heruntergekommenen Lagerhäusern, plumpen Betonbauten und zerfallenen Hafenanlagen neben einigen überlasteten Obdachlosenunterkünften. Verstreut über die ganze Wohngegend sah man die misslungenen Versuche der Revitalisierung, die malerischen Fußgängerwege aus Gras und Beton entlang des Flusses waren ungepflegt und dreckig, einige himmelhoch aufgetürmte Eigentumswohnungen, die sich über ihren älteren Cousins abzeichneten. Es war der natürliche Ruheort für diejenigen, die nirgendwo anders hin konnten. Kein Ort, an den man gehen sollte, wenn man kein Anwohner war.

Es war nicht überraschend, dass ich, obwohl ich mein ganzes Leben in der Stadt verbracht hatte, diesen Weg nur zweimal gegangen war – einmal völlig zufällig, das zweite Mal in dem unvernünftigen Versuch, auf einem Hip-Hop-Konzert mein Date zu beeindrucken. Während ich auf dem abgenutzten Polster des Busses saß und auf meine Haltestelle wartete, betrachtete ich die Anwohner mit neuen Augen, Els Worte klingelten noch immer in meinem Kopf.

Vornübergebeugte, vermummte Gestalten schlichen von Ecke zu Ecke, die Hände in ihrer schlabbrigen Kleidung. Unter den Kapuzen erhaschte ich Anzeichen nichtmenschlicher Eigenschaften – Schnauzen, Schnurrhaare, Fell und mehr. Viele hatten nur einen notdürftigen *Glamour* auf sich, gerade genug, um eine oberflächliche Inspektion zu bestehen. Interessanterweise zeigten die meisten Glamourzauber die Individuen als Minderheiten. Vielleicht war aber ihre Anzahl das Überraschendste, jeder Siebte bis Achte auf der Straße war nicht menschlich – ein höherer Prozentsatz als irgendwo sonst.

Wir sind nur Bewohner, die versuchen, in einer Welt Fuß zu fassen, die nicht unbedingt für uns geschaffen wurde.

Wie schwierig war das Leben für einen Übernatürlichen, wenn er seine Ersparnisse nicht nur für Essen, sondern auch für einen *Glamour* ausgegeben musste? Wenn er sich verstecken und seine Identität verbergen musste, um zu überleben? Hatten etwa die Arschlöcher, welche den *Glamour* wirkten, sich entschieden, es würde ›extra‹ kosten, dich nicht wie eine Minderheit aussehen zu lassen? Ich war über Magie gestolpert und hatte das Glück gehabt, den goldenen Ring zu finden und mir die Macht auszusuchen. Viele derjenigen, die ich auf den Straßen sah, hatten niemals eine Wahl gehabt.

Das waren düstere Gedanken, als ich aus dem Bus stieg und ein letztes Mal auf mein Handy blickte. Ich lief durch die Straßen zu meinem Ziel und bemerkte schwunglos, dass ich gute sechs Blocks entfernt war.

Während ich lief, versuchte ich mich an all die Hinweise zu erinnern, die ich jemals über das sicherere Durchqueren einer schlimmen Wohngegend gelesen hatte. Geh zielstrebig und schau dich immer um, aber halte nicht zu lange Augenkontakt. Vermeide Berührungen, aber reagiere nicht verängstigt. Man könnte denken, das Wirken von Magie hätte diesen Fußmarsch einfacher gemacht, aber da ich jetzt die Schuppen, Felle und Stoßzähne der Bewohner dieser Stadt sehen konnte, wurde es nicht leichter. Es half auch nicht, dass ich für alle anderen möglicherweise wie ein Leuchtfeuer strahlte.

Ich war zwei Drittel des Weges zu meinem Ziel gelaufen, bis ich auf mein erstes Problem traf. Eine Gruppe Orks, die in Kapuzenpullovern, zerrissenen Jeans und Lederhandschuhen an einer Ecke abhingen. Sie glotzten mich an, als ich mich ihnen näherte. Das Glotzen intensivierte sich sogar, als ich versuchte, seitlich um die

Gruppe herum zu gehen. Ein Versuch, der durch einen großen, klotzigen Körper vereitelt wurde.

»Was machste hier, Zauberer?« Der Blockierer stand vor mir und richtete seinen stechenden Blick auf meine Gestalt.

»Ähm ...« Ich blinzelte, schluckte und machte einen Schritt zurück. Das war ein Fehler, weil der Ork sofort vorwärts stampfte, um mich weiter zu bedrängen.

»Na? Das ist nicht dein Viertel.«

Ich öffnete den Mund, um etwas zu sagen, aber meine Kehle schloss sich vor Angst. Ein Teil von mir wusste, dass vielleicht – vielleicht – dank Lilys Wunsch alles in Ordnung war. Doch alles, was mein Eidechsengehirn wusste, war, dass dort ein halbes Dutzend großer, grüner und sehr muskulöser Gestalten stand, die mich aggressiv anschauten. Ein Paar Hände tauchte auf, schubste mich nach hinten und ich fiel rückwärts stolpernd in eine Gestalt, von der ich nicht einmal wusste, dass sie hinter mir stand.

»Willste was sagen, Junge?«

»Lieferung«, krächzte ich heraus und räusperte mich dann, um es noch einmal zu versuchen, während ich mich gerade aufrichtete. »Lieferung für El. Von El. Für Großmütterchen ... ähm ...« Scheiße. Mein Verstand setzte bei ihrem Namen aus, meine Hände wurden klamm durch den Rausch des Adrenalins. Die auftauchenden Gestalten und das gelegentliche Stoßen gegen meine Schulter, als sie mir auf die Pelle rückten, ließen meinen Atem stocken.

»Großmütterchen ...?« fauchte einer der Orks, bevor ein anderer ihm mit dem Handrücken auf den Arm schlug.

»Du lieferst die Medizin für Großmütterchen Gail?«, fragte der Schläger und ich nickte in stummer Erleichterung. »Hättest du sagen sollen.« Mehrere kurze Handbewegungen ließen die Orks zurücktreten und gaben mir Raum zum Atmen. Ohne auch nur darauf zu warten, dass ich mich erholte, fing der Sprecher schon an loszulaufen. »Tschuldigung dafür. El hat uns nie erzählt, dass sie einen Zauberer für die Lieferungen nutzt.«

»Alles gut. Ich bin neu«, murmelte ich und Entspannung floss durch meinen Körper, während wir auf unser Ziel zustrebten.

»Oh, Scheiße«, murmelte der Ork, kurz bevor hinter uns das laute Heulen einer Sirene losging.

Ein Polizeifahrzeug stoppte und hielt uns auf, nur einen Block von dem Wohngebäude entfernt, zu dem ich die Lieferung bringen sollte. Innerlich verfluchte ich mich und wurde wieder einmal nervös. Es war seltsam, dass ich unruhig wurde, obwohl ich in Anwesenheit der Polizei nichts Falsches getan hatte.

Aus dem Fahrzeug stieg ein Elf, ein verdammter Elf mit spitzen Ohren, langem Haar, glänzenden Zähnen und einem Grinsen im Gesicht. Ein ebenso wie ich leuchtender Mensch tauchte auf und stellte sich neben mich. Ich runzelte die Stirn, blickte die beiden an und nach einem Moment waren ihre Informationen endlich verfügbar.

Polizeielf (Level 28)

Polizeimagier (Level 32)

»Was haben wir denn hier?«, fragte der Elf und grinste uns an, während er näher kam. Der Ork stand neben mir, hielt die Hände zur Seite und weg von seinem Körper, sein Gesicht war starr. »Ein Zauberer und ein Ork laufen die Straße hinunter.«

»Äh ...«, sagte ich, entschied dann aber, meinen Mund zu halten. Überraschender Fakt zu Konversationen über das Übernatürliche in der Öffentlichkeit – sie kümmerten niemanden. Zwischen Fantasyfilmen, LARPern und simpler, normaler, menschlicher Arroganz wurden

159

gelegentliche Konversationen einfach überhört. Trotzdem waren die meisten Übernatürlichen nicht so unverfroren. Andererseits war das hier auch nicht gerade eine normale Vorstadtsiedlung.

»Hat eine Hexe deine Zunge verschluckt, Zauberer?«, fragte der Elf und starrte mich an, ein Schlagstock lag plötzlich in seiner Hand. Er bewegte sich so geschmeidig und schnell, dass ich ihn nicht mehr sah, bis er unter meinem Kinn war und meinen Kopf hochschob. Ein heißer Wutanfall durchlief mich, aber ich unterdrückte ihn.

»Ich führe nur eine Lieferung aus«, sagte ich heiser und kämpfte mit Emotionen wie Wut, Scham und Angst, die mich aufwühlten. Verdammt.

Eine Hand griff nach meiner Tasche und ich schob sie automatisch beiseite. Eine Sekunde später fand ich mich am Boden wieder, ein Knie in meinen Rücken gedrückt, die eine Hand ausgestreckt und die andere um meinen Körper gewunden. Schmerzen strahlten von meinem Knie und meinem Kinn aus, das auf den Boden geknallt war, als der Mensch mich zu Boden geworfen hatte.

»Versuchst du, uns von unserem Job abzuhalten, ja?« Ein Drehen an meinem Arm ließ mich vor Schmerz aufstöhnen. Der Riemen meiner Tasche wurde zur Seite gezerrt und ich spürte, wie sich die Spannung plötzlich löste, das Vorziehen der Tasche unter mir war nicht sehr sanft.

»Ich wollte nicht ...«

»Einen Polizisten anlügen. Tss ...«, sagte der Magier und schüttelte den Kopf. »Ich hasse euresgleichen. Ihr denkt, ihr wäret etwas Besonderes, weil ihr ein bisschen Magie erlernt habt.«

»Ich ...«

»Sei still«, knurrte der Ork mich an und musste plötzlich seinen Atem entweichen lassen, als ihn ein fleischiger, dumpfer Schlag traf.

Ich konnte meinen Kopf nicht herumdrehen und jeder Versuch der Bewegung endete mit einem weiteren stechenden Schmerz in meinem Arm.

»Andy, Andy, Andy, ich dachte, du wüsstest es besser«, sagte der Elf spöttisch. Ich hörte den Verschluss meiner Tasche aufspringen und dann fiel der Inhalt auf den Boden. Das gedämpfte Aufprallen des Pakets, meines Laptops und der Reste des zufälligen Krempels, den ich in der Tasche hatte, erreichte meine Ohren. Kurze Zeit später hörte ich das Reißen von Papier, direkt gefolgt von einem Geräusch von Glas auf Beton. Ich atmete dankbar aus, weil sich in allen Paketen von El ultrarobuste, verzauberte Gefäße befanden. »Was ist das? Hmmm ...?«

Ein scharfer Stoß in meinen Rücken ließ mich ihn leicht krümmen.

»Wir reden mit dir, Zauberer«, sagte der Magier.

»Arthritissalbe«, sagte ich nach Atem ringend.

»Wirklich?« Undeutliche Geräusche und ein lautes Schnuppern später landete eine geöffnete Flasche neben mir auf dem Boden, zusammen mit ihrem Deckel und den restlichen Flaschen. »Riecht wie Scheiße. Handelst du mit Scheiße, Zauberer?«

»Ich liefere sie nur für El aus«, sagte ich.

»El, El, El ... diese kleine, lästige Pixie«, murmelte der Elf. »Ich dachte, sie wüsste es besser, als mit Abschaum wie diesem zu handeln. Nun, ich schätze, wir müssen einfach etwas dagegen tun.«

»Was?«, fragte ich, als ich meinen Kopf wegdrehte. Der Magier erlaubte es mir nur kurz, bevor er den Druck wieder aufbaute und mich zwang, hilflos dabei zuzuschauen, wie der Elf seinen gestiefelten Fuß hob und ihn auf die Flasche niederkrachen ließ. Sie zerbrach unter seinem Stiefel und er nahm seinen Fuß wieder weg. Wut durchfuhr mich, auf den Magier und den Elf und den verdammten Ork, der einfach nur dastand ...

Der Elf hob seinen Fuß erneut, um eine weitere Flasche zu zerschmettern. »Erzähl das auf jeden Fall El ...«

»Das ist genug, Quinn«, sagte eine tiefe, rauchige und gefährlich klingende Stimme hinter meinem Kopf. »Du hattest deinen Spaß.«

»Marc«, sagte der Elf mit plötzlicher Vorsicht in seiner Stimme. Ich konnte spüren, dass der Magier über mir sein Gewicht verlagerte und sich zu dem Neuankömmling umdrehte.

»Lass ihn gehen«, knurrte dieselbe Stimme und mein Arm wurde losgelassen. Schritte waren zu hören, und als ich mich langsam aufsetzte und meine Schulter rieb, bemerkte ich, dass die Polizisten zurückgewichen waren und den Neuankömmling anstarrten. Ich drehte den Kopf, um ebenfalls nachzuschauen, und musste zugeben, dass der Neuankömmling es definitiv wert war, angestarrt zu werden. Wenn schon Andy, mein einstiger Fremdenführer, groß gewesen war, dann hätte der Neuankömmling einem NFL-Team vorstehen können, denn er war etwa 2,15 Meter groß und beinahe halb so breit. Hinter dem Neuankömmling stand ein weiteres Trio Orks, keiner war so groß wie er, wenn auch nur um Haaresbreite kleiner.

»Ich stelle nur sicher, dass der Zauberer weiß, was Sache ist«, sagte der Elf, noch immer grinsend. Trotzdem sah ich ihre Hände jetzt nah an den Waffen und sie wichen tatsächlich ein Stück zu ihrem Auto zurück. »Nichts passiert.«

Unter den wachsamen Augen der Orks gingen die beiden Polizisten. Ich zog meine Tasche zu mir, suchte meine Habseligkeiten zusammen und hielt die kaputten Riemen in der Hand, während meine Emotionen tosten. Ich könnte *Ausbessern* nutzen, aber im Gegensatz zu Anderen bevorzugte ich es, meine Magie an stillen und weniger öffentlichen Orten zu wirken.

»Also, Junge? Wirst du deine Lieferung ausführen?«, bellte der Ork. Ich blinzelte und nickte schnell. Ich bewegte mich vorwärts, zögerte aber für eine Sekunde, als er eine Hand hob, um Andy zu hindern, mit mir zu kommen. Ein kurzer Blick sagte mir, dass sein Signal nicht mir galt, und so ging ich die Treppen hinauf.

Nach alldem könnte man denken, dass Großmütterchen Gail irgendeine mythische, mächtige Schamanin oder die Macht hinter dem Thron wäre. Stattdessen war Großmütterchen Gail exakt das, was man von einer Großmutter erwartete – alt, gebeugt, runzelig, und in diesem Fall grün. Sie war mehr als dankbar für die

Lieferung und voller Nachsicht über die einzelne zerbrochene Flasche. Zwei Stunden später, abgefüllt mit Tee und Keksen, torkelte ich aus der sauberen Wohnung der dankbaren Orkin und war überrascht, den auf mich wartenden Andy zu sehen.

»Andy?«

»Ich werde mit dir zurücklaufen«, sagte Andy und streckte mir seine Hand entgegen.

Die Dollarnoten automatisch von ihm nehmend, zog ich die Augenbrauen zusammen, als ich auf sie blickte.

»Für El. Für die zerbrochene Flasche.«

»Äh ...« Ich hielt unsicher inne.

»Nimm es einfach. Ich hätte es kommen sehen müssen«, sagte Andy und ich nickte stumm, als ich mich an seinen Schritt anpasste.

»Tun sie das oft?«, fragte ich.

»Bei jeder sich bietenden Gelegenheit. Verdammte Schweine, wie sie uns schikanieren«, meinte Andy kopfschüttelnd. »Sie drangsalieren uns besonders, weil, also, du weißt schon.«

Weil sie Orks waren. »Tut mir leid.«

»Warum tut es dir leid?«, knurrte Andy mich an und ich zuckte zusammen, meinen Kopf einziehend. Nach einem

Moment schüttelte Andy seinen Kopf. »Vergiss es. Es ist nicht deine Schuld.«

»Ja. Arschlöcher«, grollte ich und fuhr mit einem Finger über den ausgebesserten Riemen. Selbst jetzt konnte ich noch die leichten Erhöhungen und Unebenheiten durch *Ausbessern* fühlen. Wenigstens wurde ich bei dem Zauberspruch besser. Trotzdem schauderte ein Teil von mir darüber, wie leicht ich überwältigt worden war. Aber was hätte ich tun können? Sie waren Polizisten. Mit einem höheren Level als ich. In verdrießlichem Schweigen fanden wir zwei den Weg zurück zur Bushaltestelle, an der wir warteten und über unseren jeweiligen Fehlern brüteten. Als der Bus kam, standen wir noch immer schweigend da.

»Pass auf dich auf, Zauberer. Gib acht, nicht wieder von der Polizei aufgerieben zu werden, ja?«, sagte Andy und winkte zum Abschied, während ich einstieg.

Ich musste leicht schmunzeln, als ich Andy zunickte. Nun, das war aufschlussreich und demütigend gewesen, wenn auch irgendwie weniger nützlich für meinen Levelaufstieg. Andererseits musste vielleicht nicht die gesamte Erfahrung durch das Steigern des Levels erlangt werden.

***

Stunden später war ich wieder zuhause. Überraschenderweise war Lily nicht am Computer, sondern stand am Herd. Ich beobachtete den dunkelhaarigen Flaschengeist, wie er einen Topf Instantnudeln umrührte und dann ohne ein Wort zu meinen Computern lief. Auf ihnen zeigten blaue Bildschirme, dass die Software aktualisiert worden war. Dieses Rätsel hatte ich leicht gelöst.

»Lily«, sagte ich, ging hinüber und lehnte mich gegen den Schrank. »Ich wollte dich etwas fragen.«

»Sicher«, sagte Lily und ihre Augen wanderten zu mir.

Ich erklärte schnell meinen Zusammenstoß mit den Orks und den Polizisten und endete mit: »Wie kommt es, dass die Polizisten mich anfassen konnten? Ich meine, sie waren offensichtlich außerhalb meines Levels.«

»Ich dachte mir schon, dass es so kommen könnte«, sagte Lily und klopfte mit ihrem Löffel gegen den Topf, bevor sie vorsichtig den Inhalt in eine bereitgestellte Schüssel schüttete. »Die Antwort ist, dass der Zusammenstoß eine soziale Herausforderung war, keine physische.«

»Hat sich für mich sehr physisch angefühlt«, grummelte ich und rieb meine noch immer schmerzende Schulter.

»Nur weil du die soziale Prüfung nicht bestanden hast«, sagte Lily und schaute zu mir auf.

»Weißt du, ich verstehe das nicht ganz«, sagte ich. »Ich meine, was hat es zu einem sozialen Zusammentreffen statt eines physischen gemacht? Sind nicht die meisten Zusammentreffen sozial, bis, nun, sie es nicht mehr sind?«

»Mmmm ... ja.« Lily hielt inne und deutete dann mit der Hand in Richtung der Computer, bis sie wieder fortfuhr, in ihrer Schüssel zu rühren. »Aber wir reden über deinen Wunsch und die Art und Weise, wie ich ihn erstellt habe. Und ich habe dies durch Zuschauen bei Videospielen erfahren. Wenn du in eine Stadt rennst und anfängst, die Wachen zu verprügeln, kannst du nicht erwarten, damit durchzukommen, oder? Dasselbe hier. Die Polizei, meistens eine legale Behörde, ist davon ausgenommen.«

»Aber diese Typen waren Arschlöcher«, sagte ich grummelnd. »Es wäre schön gewesen, wenn sie mich nicht hätten packen können.«

»Und dann was?«, fragte Lily, eine Augenbraue hebend. »Denkst du, die Tatsache, dass sie dich nicht berühren können, würde die Situation deeskalieren? Lässt sie beschließen, einzupacken und wegzugehen?«

»Hat beim Magier funktioniert«, sagte ich.

»Aha. Und wir beide wissen, dass er zurückkommen wird – oder jemand wie er.« Lily schüttelte den Kopf. »Du willst nicht, dass die Behörden Wind von dir bekommen. Besonders nicht die irdischen.«

»Schätze schon«, sagte ich. Ich schaute Lily mit verengten Augen an, als ich meinen anderen Verdacht ansprach. »Trotzdem ziemlich praktisch, dass mein Wunsch in dem Moment versagte. Es muss eine ziemlich aufwändige Programmierung für dich gewesen sein, das vorzubereiten.«

»Es wurde nicht vorbereitet. Ich habe sofort reagiert, sobald ich es geschehen sah«, sagte Lily, meinen Verdacht bestätigend.

»Das kannst du tun?«

»Natürlich.« Lily zeigte auf meine Hand und ihren Ring, der darauf saß. »Ich bin noch immer mit dem Ring verbunden. Solange du ihn trägst, werde ich dich und deine Umgebung wahrnehmen und sicherstellen, dass Zusammenstöße logisch stattfinden. Immerhin ist das laut deines Wunsches ein Teil meines Jobs.«

»Aha«, sagte ich langsam nickend. Nun, das ergab Sinn und es war, wofür ich unterschrieben hatte. Trotzdem war das Wissen, dass Lily mich ausspionierte, ein bisschen gruselig. Andererseits hatte ich mich nach einer Weile an den großen Gott Google gewöhnt, der meine Suchanfragen und wohin ich ging nachverfolgte. Gab es hierbei wirklich einen Unterschied? »Hey, warum haben sie nichts mit meinem Ring gemacht? Ich meine, diese Typen schienen wie jemand zu sein, der so etwas stehlen würde.«

»Der Ring hat einen Sichttrübungszauber auf sich. Man müsste deutlich mächtiger sein, um ihn zu durchbrechen«, antwortete Lily prompt.

»So wie der Magier«, sagte ich und bekam ein zustimmendes Nicken. »Und El?«

»Wir gingen durch ihre Schutzzauber in ihren Ort der Macht«, sagte Lily und ich nickte. Es erklärte trotzdem nicht, warum Lily mir nie Els Level zeigte, aber das erwähnte ich vorerst nicht. Ich hatte schon zuvor danach gefragt und bisher keine befriedigende Antwort bekommen.

»Sind wir fertig? Mein Essen wird kalt.«

»Ja, ja.« Ich winkte sie zurück in ihr Leben, als ich zu dem Stapel Questnotizen ging. Ich könnte auch nachschauen, was sie sonst noch gefunden hatte.

Kapitel 10

Das Leben ging wochenlang auf diese ruhige und banale Weise weiter. Ich erreichte einige neue Level, indem ich mein Verständnis der Magie erweiterte, komplexere Schutzzauber und zwei neue Zauber erlernte, *Glamour* und *Illusion*. Es schien, als wären sie gleich, aber *Glamour* beeinflusste lebende Kreaturen, während sich *Illusion* auf leblose Objekte bezog. Aufgrund der natürlichen Aura eines Lebewesens war *Illusion* für sie keine gangbare Form der Verschleierung und die Wirkung endete oft nach kurzer Zeit. *Glamour*, der direkt mit der Aura eines Lebewesens interagierte, war viel effektiver und veränderte genau genommen die Wahrnehmung der Betrachter. Natürlich galten diese Aussagen nur für jemanden auf meinem Level; Lily betonte schnell, dass mächtige und geschickte Magier in der Lage waren, *Illusion* auf Lebewesen und *Glamour* auf leblose Objekte ganz nach ihrem Belieben zu wirken.

Trotzdem hatte ich Spaß, mit beiden Zaubern herumzuspielen. Ich zauberte oft *Illusion* auf meine Umhängetasche und *Glamour* auf mich selbst, bevor ich tagsüber hinausging. Etwas Kleines, aber Auffälliges – ein neues Logo, ein winziges Tattoo oder Strähnchen in meinem Haar. Nur kleine Änderungen, die es mir erlaubten, den Zauberspruch zu üben, ohne mich im

Hinblick auf Konzentration oder Mana zu viel zu kosten, was ein weiterer bedeutender Aspekt war. Diese Zauber mussten kontinuierlich kanalisiert werden, genau wie mein Heilungszauber.

Fast einen Monat, seitdem ich beide nutzte, und fast vier Monate, nachdem ich den Ring erhalten hatte, ereignete sich ein weiterer Vorfall. Ich hätte wirklich damit rechnen sollen. Immerhin konnte das Geheimnis des Rings nicht für immer verborgen bleiben. Es passierte, als ich nach einem strapaziösen Tag des Heilens aus dem Hospiz kam, dass ich mit ihr konfrontiert wurde. 1,88 Meter groß – hoch über meinen zwergenhaften 1,74 aufragend – mit blondem Haar und grünen Augen. Die geflohene Amazone richtete einen Speer auf meine Brust, in den ich beinahe hineingelaufen wäre.

»Herr Henry Tsien, händigen Sie den Ring aus oder treten Sie dem Richtspruch Gottes gegenüber!«, sagte die Blondine, den Speer unerschütterlich vor meiner Brust haltend. Gekleidet in eine seltsame Mischung aus Rüstung und Nonnenkutte, linste sie unter den Rändern der Kutte hervor, sie konnte im besten Falle in ihrer späten Jugend sein. Sie mochte vielleicht den Speer kompetent halten, aber ihre hohe Stimme und ihre leicht atemlosen Töne überzeugten mich nicht wirklich, dass sie es ernst meinte.

»Oh, verdammt ...«, murmelte ich und starrte die Frau an. Ich hob meine Hand leicht, drückte die Klinge beiseite und runzelte die Stirn, als sie sich weigerte, sich zu rühren. Nun, das sah nach einem weiteren sozialen Zusammentreffen aus. Sicher wurde nicht von mir erwartet, eine verrückte speerschwingende Nonne in der Mitte der Straße zu bekämpfen, oder? Obwohl das Hospiz ein wenig außerhalb der Stadt und in einer ruhigen Gegend lag, waren wir trotzdem nicht ganz unauffällig.

»Keine Blasphemie!«

»Ernsthaft? Du richtest einen Speer auf mich und rätst mir, nicht zu fluchen?« Ich glotzte die Frau an und schüttelte den Kopf bei dem ganzen Wahnsinn. »Und habt ihr Typen nicht irgendwas, um keine Aufmerksamkeit zu erregen?«

»Um die unschuldigen Zuschauer wurde sich gekümmert«, sagte die Frau.

Ich blickte finster und schaute mich um. Ich bemerkte zum ersten Mal, wie das Areal um uns herum mit einem goldgelben Licht gefüllt war. Ich konzentrierte mich darauf. Wie einige der Facetten mit der Umgebung interagierten, kitzelte an meinem Gedächtnis.

»Jetzt händige den Ring aus.«

»Nein«, antwortete ich, während ich auf das Licht starrte. Bei näherer Betrachtung wurde es nicht als feste Einheit gestreut, sondern warf Schatten und innerhalb dieser Schatten gab es Abstufungen der goldenen Macht. Ich zog die Augenbrauen zusammen. Je mehr ich mich auf das Licht fokussierte, desto schwieriger war es zu sehen. In weiser Voraussicht stellte ich meinen Blick unscharf und beobachtete, wie das Bild vor Ort einrastete. »Es ist ein – auuu. Wieso hast du mich geschlagen?«

»Du ignorierst mich!«, sagte die Blondine, beinahe mit den Füßen aufstampfend, und zog den Griff des Speers zurück, mit dem sie auf meine Schulter geschlagen hatte.

»Stell dir vor. Ich ignoriere die durchgeknallte Person, die mich mit einem Speer bedroht. Und sie scheint zu glauben, mich zu schlagen brächte mich dazu, das zu tun, was sie will.« Ich schüttelte den Kopf. Es sah aus, als wäre meine Vermutung korrekt; sie würde mich nicht wirklich verletzen. »Haben dir deine Eltern nie Manieren beigebracht? Du könntest dich wenigstens vorstellen, bevor du etwas von mir verlangst. Oder mich schlägst.«

»Du ... Ich bin Alexa Dumough, Novizin der Tempelritter, beauftragt mit der Wiederbeschaffung des Rings, den du auf deinem Finger trägst«, sagte Alexa und ihr Speer richtete sich wieder auf mich.

Ich sah auf den Speer, während ich meine Schulter rieb und ihre Worte zusammenfasste. »Aha. Ich dachte, die Tempelritter hätten sich aufgelöst – hatte das nicht etwas mit dem König von Frankreich zu tun? Und Novizin? Ist das geringer als ein Knappe?« Da sie sich jetzt endlich vorgestellt hatte, trugen sich die Informationen über ihrem Kopf ein.

Alexa Dumough (Ritternovizin Level 8)
LP: 80/80

Weil sie mich getroffen hatte, bekam sie einen Lebensbalken. Das war nicht gut. Das letzte Mal, als Lily diese Information erscheinen ließ, dachte sie, ich würde sie brauchen. Es schien, dass Lily von mir erwartete, mit Alexa zu kämpfen. Ein Fakt, der mir nicht gefiel. Es hatte nichts mit der Tatsache zu tun, dass sie ein Mädchen war, sondern nur mit dem sehr scharfen Speer, den sie hielt.

»Ich bin ... du, der Ring! Gib mir den Ring«, blaffte Alexa schließlich, den Speer nach vorne stoßend.

Ich sprang zurück und meine Augen weiteten sich, als die Spitze beinahe meine Brust aufspießte. »Bist du wahnsinnig, Frau!«, schrie ich sie mit großen Augen an, als ich im Reflex meine Brust anfasste. »Du hättest ...« Ich blickte finster und fühlte etwas Nasses und Klebriges an meinen Fingern. Ich schaute hinunter und sah, wie Blut langsam meine Brust heruntertröpfelte. »Oh, hast du schon.«

»Ich ... es tut mir leid! Das wollte ich nicht.« Alexa rang nach Luft und ließ ihren Speer fallen, während sie vorpreschte. »Hier, lass mich ...«

»Bleib zurück!« Meine Hand hob sich reflexartig, als ich nach einem *Machtspeer* rief und ihn beschwor. Ich stellte sicher, dass ich die neu aufgerüstete Version meines Offensivzaubers abschwächte. Er traf sie am Kopf und sie taumelte beim Versuch, zu stoppen. Statt an der Brust, wie ich es geplant hatte, erwischte sie der Aufschlag an der Stirn. Der unerträgliche Knall und der plötzliche Sturz ließen mich meine Augen aufreißen. Ich torkelte vorwärts, um sie aufzufangen, musste aber abbrechen, weil die Nerven in meiner Brust plötzlich verzögerte Schmerzsignale sandten.

Meine Beine gaben unter dem Schmerz nach, ich sank zu Boden und presste die Hand gegen die Stelle des fließenden Blutes. Ich nahm einen flachen Atemzug und konzentrierte mich auf den Heilungszauber, während ich versuchte, die Blutung mit Hilfe von Magie und Druck zu verlangsamen. Verdammt! Sie hatte den Speer kaum nach vorne gestoßen. Wie konnte er mich so leicht durchstoßen?

Der Heilzauber baute sich erst auf, stockte dann und ebbte ab, bis ich die fehlerhafte Zauberstruktur aus meinem Verstand verbannt hatte und den Zauber neu formte. Mana floss, mehr als ich nutzen konnte, es tröpfelte aus meiner Kontrolle heraus, bis ich den Zauberspruch in meinem Körper kanalisierte. Ich konnte fühlen, wie sich mein Blut wand und bewegte, verlangsamte und gerann, während neue Zellen wuchsen und sich an den Rändern meiner Wunde formten. Erst nur gedämpft, doch als ich mich konzentrierte, explodierte der Schmerz, während mein Körper sich heilte. Erneut stockte mein Zauberspruch und misslang, und es dauerte lange, qualvolle Minuten, bis ich die Stichwunde wieder zusammenfügen konnte. Diesmal war ich bereit, als der Schmerz kam. Ich ritt auf seinen Wellen, segelte an den Rändern der Ohnmacht entlang, bis die Welt sich in einem beständigen Kopfschmerz auflöste und mein Mana sich erschöpfte.

Ich zog mich selbst aus den Schmerzen heraus, ließ die Finger über die klebrige, schmerzende Wunde gleiten und war froh zu sehen, dass sie nicht mehr blutete. Sie war nicht geheilt, aber wenigstens hatte sich die Wunde geschlossen. Gut genug, um nach Hause zu gehen. Als ich auf meine Brust schaute und die blutige Sauerei sah, die mein Shirt und meine Jeans waren, fragte ich mich trotzdem, wie zur Hölle ich dort hinkommen sollte. Glücklicherweise hatte ich Extrakleidung mit, aber dennoch ...

Ein leichtes Stöhnen in meiner Nähe ließ mich aufschauen und die Stirn runzeln, als die Blondine sich rührte und mich daran erinnerte, dass ich noch ein weiteres Problem hatte. Ich bewegte mich langsam auf das Mädchen zu, schlug den Speer aus ihren Händen, bevor ich sie abtastete und gleich eine Geldbörse mit ihrem Ausweis, etwas Geld und nichts weiter sonst entdeckte. Ich zog die Augenbrauen zusammen, blickte auf das Geld und die Blondine und in meinem Kopf drehte es sich.

***

Gott sei Dank hatten Taxifahrer eine Tendenz, keine Fragen zu stellen, wenn man bar bezahlte. Natürlich half es, dass die *Illusion*, die ich auf den Speer gewirkt hatte, die Merkwürdigkeit alldessen reduzierte. Trotzdem war ich dankbar, als ich schließlich die Blondine in meine Wohnung geschafft hatte. Ihr volles Gewicht fiel kurzerhand auf den Fußboden und ich sank gegen die Wand.

Als ich endlich wieder zu mir kam, sah ich Lily neben mir sitzen und Alexa war mit irgendeinem Seil gefesselt. Ich errötete leicht, als ich bemerkte, wo Lily das glatte Seil aus Seide gefunden hatte. Nicht, dass Lily es erkannt zu haben schien. Vielleicht hatte ich momentan eine Trockenperiode, aber es gab auch noch Interessen außerhalb meiner Bücher.

»Henry, warum hast du sie mitgebracht?«, fragte Lily mürrisch.

»Ich konnte sie nicht einfach bewusstlos dortlassen!« Vorsichtig kroch ich zu Alexa hinüber und wirkte den Heilzauber auf sie, nur um überrascht zu werden, dass sie ohne auch nur eine Prellung fast vollständig geheilt war. Seltsam. Trotzdem hoffte ich, dass es ihr gut ging und kein dauerhafter Schaden angerichtet worden war, dadurch dass ich sie bewusstlos geschlagen hatte. Anders als in Filmen bedeutete jemanden bewusstlos schlagen oft, dass du ihm eine Gehirnerschütterung eingebracht hast, was in der echten Welt ernste Konsequenzen hatte. Andererseits waren wir bei der Art, wie sie heilte, vielleicht nicht wirklich in der ›echten Welt‹. Ich dachte noch immer

181

darüber nach, wie sehr die übernatürliche Welt die Realität, die ich zuvor gekannt hatte, veränderte.

»Sie ist eine Novizin bei den verdammten Templern. Und dort gab es einen Illusionszauber überall um dich herum, den sie sicher nicht beschworen hatte«, sagte Lily.

»Okay. Ich war mir nicht wirklich klar darüber. Irgendwas war mit Erstochen werden ...« Ich blickte finster und drehte mich dann zum Speer um. Ein paar Minuten später hatten etwas grimmiges Scheuern und ein großzügiges Auftragen von Bleichmittel sichergestellt, dass der Speer frei von irgendwelchem Blut war. Das half nicht bei dem Blut weiter, das vor dem Hospiz vergossen worden war, aber zumindest hielt dies den Speer im Augenblick aus deren Händen heraus. Irgendwann würde das Blut seine Effizienz als Verbindung verlieren, Gott sei Dank.

Als ich fertig war, erwachte Alexa endlich und setzte sich auf. Überraschenderweise schien sie, nach einem anfänglichen Ringen mit dem Seil, vollkommen gelassen zu sein und überprüfte zuerst ihre Umgebung, bevor sie mich und Lily mit einem ernsten Blick fixierte.

»Ich will dich warnen, dass ich ausgebildet bin, allen Formen von Folter zu widerstehen«, sagte Alexa ruhig.

»Folter?«, fragte ich verblüfft, bevor ich meinen Kopf schüttelte. »Hey, ich bin nicht derjenige, der jemanden erstechen wollte!«

»Du hast mich einfach nur bewusstlos geschlagen und entführt«, sagte Alexa.

»Was? Hättest du es bevorzugt, wenn ich dich bewusstlos auf dem Boden liegen gelassen hätte?«, fragte ich.

»Ja.«

»Hab es dir ja gesagt«, sagte Lily und grinste mich an.

»Verräterin«, sagte ich zu Lily, bevor ich meinen Blick auf Alexa richtete. »Also, wie zur Hölle hast du von dem Ring erfahren? Und warum du?«

Ich runzelte die Stirn, als Alexa schweigend dasaß und mich wütend anstarrte. Während ich wartete, lief Lily zurück zu den Computern, leicht hinter ihrer Hand gähnend. Alexa folgte erst Lilys Bewegungen, bis sie sich zu mir zurückdrehte und mich dabei erwischte, wie ich sie musterte.

»Hör auf damit«, blaffte Alexa mich an.

»Sor... weißt du was? Nein. Tut mir nicht leid. Du hast mich erstochen«, blaffte ich zurück und verschränkte meine Arme, während ich sie zornig anschaute. »Und dich zu beobachten, um sicher zu sein, dass du mich nicht noch einmal erstichst, ist nichts, wofür ich mich entschuldige.«

»Du hast nicht auf die Seile geschaut. Und ich kann mich sowieso überhaupt nicht bewegen«, sagte Alexa, ruckelte mit ihren Armen und ihre Brüste wippten leicht, als sie das tat. »Du bist ein Perversling. Ich kann es in deinen Augen sehen. Schwester Mary hatte Recht – alle Männer sind Perverse!«

»Hey!«, protestierte ich, dennoch hatte sie Recht. Ich hatte sie näher gemustert, aber hey, ich war ein Mann. Und ich habe ihr nichts getan und würde es auch nicht.

»Nun, komm schon, schände mich endlich.«

»In was für einer kranken Welt bist du aufgewachsen? Ich werde das nicht tun«, sagte ich kopfschüttelnd.

»Oh, ja, das sagst du jetzt. Warum sonst solltest du mich entführen?«

»Ich. Werde. Dich. Nicht. Vergewaltigen«, blaffte ich sie an.

»Beweise es.«

»Wie?«

»Schau in meine Augen. Ich werde eine meiner Fähigkeiten aktivieren, die Gottes Richtspruch genannt wird, und sie wird mir alle Sünden deiner Seele zeigen, deine dreckigen, perversen Gedanken eingeschlossen«, blaffte Alexa zu mir zurück und ich knurrte.

»Schön!« Ich lehnte mich vor und stellte trotzdem sicher, dass ich außerhalb ihrer Reichweite war, und stellte mich ihrem Blick.

»**Gottes Richtspruch**.« Alexas Stimme hatte sich verändert und gewann an Raumklang und Tiefe. Sie hallte durch den Raum. Für eine Sekunde schien sie mit demselben goldenen Licht zu leuchten, das ich beim Hospiz gesehen hatte. Die Zeit schien sich zu dehnen, als sich unsere Blicke trafen und mein Bewusstsein sickerte in ihres, bevor sie blinzelte und sagte: »Igitt.«

»Wa...« Ich lehnte mich zurück, das Schwindelgefühl verschwand langsam.

»Schwester Mary hatte wirklich Recht«, murmelte Alexa.

»Echt, wieder zurück auf Anfang?«, fragte ich, meine Schläfen reibend. »Ich dachte, deine verdammte Fähigkeit würde dir die Wahrheit erzählen?«

»Ja. Hat sie. Und ich werde nichts davon jemals mit dir tun«, sagte Alexa und schüttelte verwundert schauend ihren Kopf. »Aber ... du bist kein schlechter Mensch.«

»Ohne Scheiß«, sagte ich und zog dann die Augenbrauen zusammen, mein Gehirn holte schließlich meine Emotionen ein. »Warte, du hast mich nur ausgetrickst, um diese Fähigkeit auf mich anzuwenden, oder nicht?

»Endlich!«, sagte Lily, mit dem Handrücken an ihre Stirn schlagend. »Du bist nicht sehr gut darin, oder, Henry?«

»Ist er wirklich nicht«, bestätigte Alexa und grinste mich an. Nun, ich schätze, ich würde auch grinsen, wenn ich gefesselt gewesen wäre, kürzlich eine Gehirnerschütterung gehabt hätte und es trotzdem schaffte, meinen Entführer hereinzulegen mit ... nun, irgendwas. »Ich kann nicht glauben, dass er tatsächlich auf den Trick mit dem ›unschuldigen Mädchen‹ hereingefallen ist.«

»Er hat etwas von einem weißen Ritter«, bestätigte Lily und schüttelte leicht den Kopf, während sie fortfuhr, am Computer zu spielen.

»Ich bin überrascht, dass du es nicht verhindert hast, Dschinn.«

»Ich bin hier hauptsächlich Zuschauer«, sagte Lily. »Immerhin schien es, als hättest du die Dinge gut unter Kontrolle.«

Ich knurrte die beiden an und zog ihre Aufmerksamkeit wieder auf mich. »Nochmal, warum bist du hinter dem Ring her und woher wusstest du von ihm?«

Alexa blickte finster und hustete leicht. »Vielleicht würde ich mehr sagen, wenn ich etwas zu trinken bekäme?«

Mit einem Seufzen brachte ich Alexa ein Glas Wasser und behielt sie dabei im Auge. Sie nahm sich Zeit, daran zu nippen und lehnte sich schließlich zurück, um anzudeuten, dass sie fertig war. Ich brachte das Glas weg und setzte mich zurück, um sie zu anzuschauen, während sie mich anlächelte.

»Du wärst nicht bereit, mich gehen zu lassen, oder?«

»Nein.«

»Ich musste es versuchen«, sagte Alexa leicht lächelnd. Es war interessant, dass sie hier gefesselt viel selbstbewusster schien als zu dem Zeitpunkt, an dem sie den Speer auf mich gerichtet gehalten hatte. Ich war mir sicher, es verriet etwas über sie, aber was, das konnte ich nicht mit Sicherheit sagen.

»Antwortest du? Oder spielst du auf Zeit?«

»Nicht ganz ahnungslos, oder?«, fragte Alexa und bei meiner gehobenen Augenbraue zuckte sie mit den Schultern. »Gut. Durch ein Orakel erfuhren wir, dass der

Ring gefunden werden würde. Sie sahen dich, den Ring und die Stadt und sagten, ich müsste die sein, die es tut. Und nein, ich weiß nicht warum ich.«

Ich ächzte, blieb aber stumm. Ich verstand warum; irgendjemand anderes als sie wäre außerhalb meines Levels und nicht in der Lage gewesen, mit mir zu interagieren. Wenn ich mir über Orakel und andere Seher, die so über den Ring erfuhren, Sorgen machen musste, dann, hatte ich das Gefühl, könnte ich bald viel mehr Besucher erwarten.

»Also was jetzt?«

»Ich dachte, das war meine Frage«, gab Alexa zurück und wackelte wieder leicht an den Seilen, um ihren Standpunkt zu unterstreichen.

»Nun, wirst du mich wieder erstechen, wenn ich dich losbinde?«, fragte ich stirnrunzelnd.

Alexa schürzte ihre Lippen, als sie sich wegdrehte, ihre Stimme wurde schwach. »Tut mir leid.«

»Tut dir leid?«, fragte ich.

»Ja. Tut mir leid. Ich wollte dich wirklich nicht erstechen.« Alexa erhob ihre Stimme. »Es tut mir leid, in Ordnung? Ich, nun, der kriegerische Pfad war nichts für mich.«

»Kriegerischer Pfad?« Ich runzelte die Stirn und Alexa spitzte ihre Lippen kopfschüttelnd. Richtig, natürlich. Geheimgesellschaft, also hatten sie offensichtlich ihre Geheimnisse. Trotzdem konnte ich es leicht erraten – es gab wahrscheinlich verschiedene Pfade, der Gesellschaft zu dienen, und sie folgte möglicherweise eher einem administrativen oder sozialen Pfad. Oder vielleicht einem magischen? »Also, ein Nein zum Erstechen?«

»Ich ...« Alexa hielt inne, ihre Stimme stabilisierte sich. »Meine Aufgabe ist es, sicherzustellen, dass der Ring nicht in die falschen Hände fällt. Ich werde dafür sorgen, dass die Geißel, die sie ist ...« Alexas Stimme verstummte allmählich, während sie Lily beobachtete. Die Geißel der Erde, die eine Haarlocke in ihrem Mund hatte, während sie glücklich am Computer herumklickte.

»Richtig, richtig. Das Erstechen ist noch immer nicht vom Tisch. Wir reden über das Losbinden, sobald es soweit ist. Jetzt bin ich hungrig.« Ich stand auf und lief zur Küche, um mein Mahl einzunehmen. Erst als ich die Teller, den Reis und eine schnelle Fleischpfanne, die fertig auf der Küchentheke standen, geholt und auf dem Tisch platziert hatte, bemerkte ich ein einigermaßen wichtiges Problem: wir hatten nicht genug Platz in meiner

Junggesellenbude, um gemeinsam zu essen – jedenfalls nicht an einem Tisch. »Nun, dann werde ich zuerst essen?«

»Was, wenn ich dir mein Ehrenwort gebe?«, fragte Alexa, ihre Stimme erhebend.

»Hmmm?«, fragte ich mit dem Mund voll Reis und starrte die Blondine an.

»Was, wenn ich dir mein Ehrenwort gebe, dass ich nicht davonrennen oder dich oder den Dschinn angreifen werde? Wirst du mich dann losbinden?«

»Wie weiß ich, dass du die Wahrheit sagst?«, fragte ich nach dem Herunterschlucken. Der Blick, den Alexa mir zuwarf, hätte mich unter die Erde gebracht, wenn Blicke töten könnten.

»Ich schwöre im Namen des Lords und meiner Hoffnung auf immerwährende Erlösung, dass ich, wenn ich befreit werde, nicht versuchen werde zu entkommen, dich oder den Dschinn zu attackieren oder irgendwie sonst für die Dauer dieser Nacht gegen dein Interesse zu verstoßen, solange ich mit Respekt und Fürsorge behandelt werde, wie es sich gegenüber einer Gefangenen gehört«, psalmodierte Alexa. Erneut wurde sie in dieses goldene Licht gehüllt, und dann war es fort und es war nur noch ihr wartendes, grünäugiges Starren auf mich gerichtet.

»Hmmm ...« Ich hielt inne, schaute hinüber zu Lily und hoffte auf etwas Hilfe. Allerdings vermied der Dschinn bewusst meinen Blick. Richtig – der Spielleiter konnte keinen Rat erteilen. In diesem Fall war eine Nichtantwort trotzdem genauso gut wie eine Antwort, da ich wusste, dass Lily etwas versucht hätte, falls sie dachte, dass dies wirklich gefährlich wäre. Zumindest glaubte ich das. »Ich werde dich wieder fesseln, bevor wir schlafen gehen. Abgemacht?«

Nach ihrem bestätigendem Nicken ließ ich Alexa frei, die augenblicklich aufstand und zum Badezimmer lief. Ich fühlte einen Anflug von Panik, wissend, dass es dort ein Fenster gab, aus dem sie entkommen konnte, aber ich hielt ihn gewaltsam zurück. Falls sie türmte, würde es wahrscheinlich das Beste sein. Ich war mir nicht ganz sicher, was ich mit ihr als Gefangene überhaupt machen sollte.

»Lily, magische Frage. Ich sehe ständig dieses goldene Licht, immer wenn Alexa irgendwas heraufbeschwört. Ich nehme an, das ist eine andere Form von Mana oder Magie? Glaubensmagie vielleicht?«, fragte ich.

»Bingo.« Lily lächelte mich an. »Glaubensmagie nutzt eine andere Energiequelle als deine Zauber – die Kraft kommt direkt von den Göttern, an die sie glauben.«

»Also ist Gott echt?«

»Echt genug, um ihre Zauber anzutreiben. Jedoch könnte das Gleiche für viele andere gesagt werden«, sagte Lily.

Ich öffnete den Mund, um nach einer Erläuterung zu fragen, aber die Tür öffnete sich und Alexa lief zum Tisch und nahm eine Schüssel. Nicht ideal, aber wenigstens hatte ich eine Vorstellung darüber, was sie im Bad getan hatte.

Das Abendessen war, nicht sehr überraschend, eine peinliche Situation. Versuche der Konversation – oder Vernehmung, wie Alexa es bezeichnete – scheiterten spektakulär und stürzten ab wie ein Luftschiff. Am Ende verbrachte ich die letzten Stunden des Abends mit dem Lesen meines Zauberbuchs, während Alexa eine Serie von Dehnübungen durchführte, bis sie sich fügte, erneut gefesselt zu werden. Ein einfacher Schutzzauber auf dem Seil half, mir Sicherheit zu geben, dass sie es nicht entfernen konnte, ohne mich zu alarmieren. Dann kümmerte ich mich um das nächste Problem – Bettwäsche für die Nacht. Ein paar schnelle Umgestaltungen und ich lag in meinem ausgerollten Schlafsack auf dem Fußboden neben der Tür, während Alexa auf meinem Bett schlief und Lily an den Laptops spielte.

Als ich mich auf dem Fußboden drehte und herumwarf, kehrte ich wieder zu meinem neuen Problem zurück – was zur Hölle sollte ich mit Alexa machen? Ich konnte sie nicht wirklich freilassen, weil sie zurückkommen und versuchen würde, mir den Ring zu entwenden. Aber ich konnte sie natürlich auch nicht als Gefangene halten. Auch wenn man alles andere vernachlässigte, meine Junggesellenwohnung würde sehr schnell sehr überfüllt sein. Als ich in den Schlaf fiel, hatte ich noch immer keine Antworten.

Wer hätte jemals gedacht, dass unter meinen Problemen, ein Magier zu werden, die Obhut und der Umgang mit einer Gefangenen wäre?

Kapitel 11

»Für die Liebe bei allem, was heilig und nicht profan ist, besorg ihr eine Zahnbürste und lass sie baden«, jammerte Lily am nächsten Morgen und hielt eine Hand vor ihre Nase.

»Ich ...«

»Ich gebe dir mein Ehrenwort, wie ich es letzte Nacht geschworen habe, diesmal für den Tag. Bitte, beeil dich. Ich würde mich ungerne schmutzig machen«, sagte Alexa mit großen Augen, als sie ihre Beine immer und immer wieder kreuzte und nebeneinander stellte.

»Okay, okay«, sagte ich und stolperte auf sie zu, um sie loszubinden. Sobald sie befreit war, bewegte die Frau ihren Körper so schnell, dass ich hätte schwören können, sie hätte einen Zauber auf sich. Den Muss-auf-die-Toilette-gehen-Zauber. Während Alexa damit beschäftigt war, sich zu waschen, machte ich mich daran, das Frühstück vorzubereiten. Was in diesem Fall eine Kanne voll Kaffee und drei Tage altes, getoastetes Brot bedeutete, das mit Butter und Marmelade bedeckt war.

»Hast du dich entschieden, was du jetzt tun wirst?«, fragte Lily, als sie von den Laptops aufsah. Ich schüttelte den Kopf, als ich Lily eine Tasse Kaffee brachte, die sie dankbar nahm und mir im Gegenzug eine leere Tasse zurückgab. Ich verzog das Gesicht, als ich die schmutzige

Tasse in die Spüle legte, lehnte mich gegen den Schrank und überdachte erneut meine Optionen.

Es gab eigentlich nur vier: Sie zu töten, sie einzusperren, sie gehen zu lassen oder sie dazu zu bringen, ihre Mission aufzugeben. Für die erste Option galt ein klares Nein aus offensichtlichen, moralischen Gründen, und nun, sie einzusperren wäre nur eine Verzögerungstaktik. Ich musste sie wirklich gehen lassen, falls ich sie nicht überreden konnte, die Wiedererlangung des Rings aufzugeben. Die Frage war nur, wie? Diese Gedanken zermürbten mich, während ich das Frühstück beendete, eine niemals endende Reihe irrsinniger Ideen – Bestechung, Erpressung, Logik, und nochmals Erpressung.

»Hörst du auf, mich anzustarren?«, fragte Alexa schließlich gereizt.

»Sorry. Ich denke nur nach«, sagte ich.

»Über mich?« Alexa setzte sich auf den einzigen freien Stuhl im Raum, während ich auf dem Bett saß und Lily weiterhin klickte. »Schon entschieden, dass deine beste Option ist, mich zu töten?«

»Ernsthaft, welche Art von Ausbildung hast du bekommen?«, fragte ich aufgebracht. »Ich habe versucht herauszufinden, wie ich dich überreden kann, mir den Ring nicht wegzunehmen.«

»Das wirst du nicht schaffen«, antwortete Alexa kopfschüttelnd. »Dieser Ring – der Dschinn – ist zu mächtig, um ohne Kontrolle zu bleiben.«

»Ja, weil Lily da drüben wirklich gefährlich ist. Ich denke, sie hat mit ihrem Spielcharakter gerade Level 80 geknackt«, sagte ich trocken.

»Das ...« Alexa verzog das Gesicht und schüttelte den Kopf. »Sie mag vielleicht gerade unter Kontrolle sein, aber nur weil der Ring ihre Macht einschränkt. Würde sie freigelassen werden, um zu tun, was sie will ...«

»Würde ich diese Spiele weiterspielen. Vielleicht eine Bibliothekskarte holen. Ein paar Städte besuchen und einige alte Freunde. Mit Bud und Merl ist es immer lustig. Es ist eine Ewigkeit her, seit ich in Peng Lai war«, sann Lily nach, während sie mit dem Spielen fortfuhr.

»Und das soll ich glauben?«, fragte Alexa, ihre Stimme war mit Verachtung gefüllt.

»Natürlich nicht. Das habe ich mehr zu Henry gesagt. Ihm ein paar Vorschläge für Reisen geben, sobald er ein höheres Level erreicht hat. Es würde ihm gut tun, ein paar meiner Freunde zu treffen«, antwortete Lily und schaute Alexa mild lächelnd an. »Einige deiner Leute könnten es auch vertragen, sie zu treffen. Vielleicht würde es dich überzeugen, dass die Welt nicht so bald endet, ganz gleich was du denkst.«

»Das ist, weil wir euch Übernatürliche im Zaum halten!«, blaffte Alexa, woraufhin Lily schnaubte und aufschaute und Alexa mit dem tausend Jahre alten Blick fixierte, den sie bisweilen auflegte. Ich sah zu, wie Alexa blass wurde und die Schwere des Blicks reichte, die Novizin zum Schweigen zu bringen.

»Bitte. Du leistest gute Arbeit, aber der wirklich schwierige Teil ist weit über deiner Gehaltsklasse«, meinte Lily kopfschüttelnd. »Nicht, dass irgendjemand wirklich mehr macht. Oft ist es nur ein weiterer kalter Krieg.«

»Ich dachte, du weißt schon, dass es Götter gab, die nur Zerstörung wollten. Ragnarök, die Apokalypse, katastrophale Dinge«, sagte ich.

»Oh, ja, es gab diese Idioten, aber sie sind ziemlich gut weggesperrt. Immer wenn sie ihre Köpfe herausstrecken, liefern ihnen die anderen eine gute Prügelei«, antwortete Lily. »Es ist verblüffend, was die Globalisierung für die Stabilität der Welt gebracht hat. Sobald alle die Tatsache verkraftet hatten, dass sie nicht die einzigen waren, wurde der Umgang mit den Idioten wesentlich einfacher.«

»Das ist Blödsinn. Schau dir den Ersten Weltkrieg an!«, entkräftete Alexa Lilys Aussage.

»Ja. Lass uns den Ersten Weltkrieg anschauen«, sagte Lily und tippte für ein paar Sekunden auf ihrem Computer herum, bevor sie sich auf uns konzentrierte. »Ein gigantischer Weltkrieg mit Schusswaffen, Panzern und anderen neu enthüllten Formen der Zerstörung. Und dennoch ist keine Insel versunken, kein dunkler Gott erhob sich und keine Zivilisation wurde zurück ins Mittelalter geschickt.«

»Ein paar Millionen Menschen sind gestorben!«, sagte Alexa.

»Menschen sterben. Zivilisationen sterben. Du wirst so alt wie die meisten Menschen, um die du dich sorgst, du akzeptierst diese Tatsache. Wir sind nicht hier, dich davon abzuhalten, dumme Dinge zu tun, sondern davon, die Welt zu zerstören«, sagte Lily kopfschüttelnd. »Genau genommen mögen die meisten von uns diese Welt, so wie sie ist. Hast du eine Ahnung, wie langweilig so eine Eiszeit sein kann?«

Alexa öffnete und schloss ihren Mund, bevor sie wütend Lily anstarrte und in Schweigen verfiel. Ich beobachtete die beiden für einen Moment, bevor ich mich räusperte und die Aufmerksamkeit wieder auf mich zog.

»Jedenfalls ist Lily momentan keine Bedrohung. Sie steckt fest, weil sie aufgrund meines Wunsches über mich wachen muss, und ich habe nicht vor, die Welt zu zerstören.«

»Selbst wenn ich das glauben würde, kann ich dich den Ring nicht behalten lassen. Es gibt keine Hindernisse, die jemand anderen abschrecken würden, ihn zu nehmen«, sagte Alexa.

»Außer dass es das Magierkonzil schon versucht hat«. Ich hielt inne und traf eine schnelle Entscheidung. »Dein Orakel – sie haben dich gesandt, um mich zu bekämpfen, und nicht jemand älteren, richtig? Hast du dich jemals gefragt, warum?«

»Nun ... ja.« Alexa zog die Augenbrauen zusammen.

»Richtig, nun, schau ...« Ich beugte mich vor und erzählte ihr das Wesentliche in der Angelegenheit. Ich bemerkte, dass Lily zusammenzuckte, aber ich ignorierte es und entschied, auf Risiko zu spielen. Ich erzählte ihr alles darüber, wie der Kampf mit mir durch meinen Wunsch eingeschränkt war, wie ich auf lange Sicht besser werden würde, aber wie die wirklich gefährlichen Gegenspieler mich bis dahin nicht berühren könnten.

»Du sagst, ich wurde ausgewählt, weil ich so gut bin wie ein vier Monate alter Zauberer?«, fragte Alexa, als ich endlich fertig war.

»Nun, hmmm ...« Ich hielt inne und schaute zu Lily hinüber, die zu ihren Spielen zurückgekehrt war. »Nicht wirklich ich ...«

»Nein. Es war dein Spielsystem. Welches vom Dschinn kontrolliert wird«, sagte Alexa und schürzte ihre Lippen. »Und laut dir hat es das Magierkonzil schon versucht und ist daran gescheitert, den Ring zu nehmen.«

»Ja.«

»Weißt du, das spricht nicht gerade für dich«, antwortete Alexa. »Früher oder später wird es jemand schaffen, ihn dir wegzunehmen. Von deinem toten Körper, wenn sie das müssen.«

»Sagt die Frau, die mich erstochen hat«, murmelte ich und Alexa errötete.

»Ich sagte schon, dass es mir leid tut.«

Ich schüttelte erneut den Kopf, die Novizin war ein Zwiespalt an Emotionen und Gedankengängen, die ich erst noch verstehen musste. Sie wollte den Ring, fühlte sich aber schlecht, weil sie mich fast getötet hatte. Wenn ich abwägen müsste, könnte sie es jedoch ohne ihr Versprechen noch einmal versuchen. Wenn ich über die ganze Religion nachdachte, sah ich andererseits, wie schwierig die innewohnenden Gegensätze in ihrer Lage sein mussten.

»Was erwartest du, das ich tue?«, knurrte ich und warf die Hände hoch in die Luft. »Ich kann die Leute nicht aufhalten, mich zu verfolgen. Wir haben versucht, es nicht an die große Glocke zu hängen, aber es scheint, es hilft nichts, nicht darüber zu reden. Ich gebe mein Bestes.«

»Das ist nicht genug«, sagte Alexa, ihre Stimme wurde weich. »Du hast deinen Wunsch und du wirst ein vollständiger Magier sein. Aber solange du den Ring hast, wirst du ein Ziel für Mächte sein, die du nicht kontrollieren kannst. Gib mir den Ring und lass uns das Problem lösen.«

»Und was würdet ihr damit tun?« Ich runzelte die Stirn, schaute Alexa an und tippte mit dem Daumen auf den Ring. »Werdet ihr ihn wegsperren? Oder ihn benutzen?«

»Ich ...« Alexa hielt inne und sprach dann offen zu mir. »Ich weiß es nicht. Das ist eine Entscheidung, die von anderen getroffen wird, die ranghöher sind als ich.«

»Richtig. Und sie alle werden weise und schlau sein und nicht der Versuchung erliegen, einen Wunsch auszusprechen«, sagte ich. »Du hast es gesagt. Der Ring,

Lily, sie ist zu mächtig, um von anderen benutzt zu werden.«

»Genau.«

»Und ich habe sogar mit ihr gesprochen, bevor ich meinen Wunsch geäußert habe«, sagte ich. »Und selbst dann, schau dir doch den Mist an, in dem ich mich befinde. Wünsche haben unbeabsichtigte Konsequenzen. Immer.«

»Ich möchte auch darauf hinweisen, dass meine Kraft gravierend eingeschränkt ist, solange Henry lebt«, sagte Lily und deutete auf mich. »Sein erster Wunsch ist ziemlich stark und benötigt einen signifikanten Anteil meiner Stärke, um zu funktionieren. Selbst wenn er dir den Ring gäbe, wäre dieser Ring deutlich weniger mächtig. Und es würde ihm nicht helfen; das Magierkonzil würde ihm nicht glauben, dass er den Ring freiwillig aufgegeben hätte. Noch würden es die anderen, die vielleicht danach suchen. Und selbst wenn sie einmal überzeugt wurden, würden viele derjenigen, die da kommen, ihn sowieso töten, um zukünftige Konkurrenz auszumerzen.«

»Genau.« Ich nickte nachdrücklich und hielt dann inne. Ich ließ mir den letzten Satz noch einmal durch den Kopf gehen und wurde dann etwas blasser. »Jedenfalls bedeutet es, solange der Ring bei mir ist, werden wir nicht sofort zu Tode getrampelt. Keine Garantie bei euren Leuten.«

»Wir sind Tempelritter. Wir sind kein, kein, kein Nerd, der in einer Junggesellenwohnung im Keller mit seinen Spielbüchern und einem gezähmten Dschinn lebt!«, polterte Alexa, stand auf und starrte mich wütend an. »Wir haben Gott und die Kirche auf unserer Seite und können diesen Ring beschützen.«

»Außer dass ihr es einmal nicht konntet, stimmt's?«, fragte ich kopfschüttelnd. »Ich fand den Ring in den Habseligkeiten eines ehemaligen Mitglieds des Magierkonzils, also müsst ihr es schon zuvor vermasselt haben.«

»Er war vor uns versteckt. Dass der Ring wieder auftauchen würde, nach so vielen Jahren ... wir können nicht, ich kann nicht zulassen, dass du ihn hast, Henry. Sobald mein Ehrenwort abgelaufen ist ...« Alexa schüttelte ihren Kopf. »Ich muss ihn sicher aufbewahren. Selbst wenn ich dich töten muss. Ich werde diesmal nicht zögern.«

»Und da haben wir es wieder«, sagte ich und lümmelte mich auf das Bett. »Es endet immer da. All das Predigen über die Nächstenliebe, halt die andere Wange hin, sei friedvoll und pazifistisch. Das wird für den verdammten Gott der Praktikabilität immer weggeworfen.«

»Und du unterschreibst das auch nicht«, sagte Alexa, auf Lily zeigend.

»Nun ...« Ich lachte kopfschüttelnd. »Ich schreibe nicht allen anderen vor, wie sie zu leben haben. Außerdem habe ich einen Wunsch ausgesprochen, um magische Kräfte zu erlangen. Skurril und töricht scheint mehr mein Spezialgebiet zu sein. Und ja, ich bin ein wenig ein Träumer, weil ich diesen Ring nicht aufgebe.«

Alexa öffnete den Mund, aber ich weigerte mich, sie anzuschauen, und blickte weiter an die Decke. Bei all meinem Jammern und Klagen, sie hatte recht. Das Magierkonzil, die Tempelritter, und Gott weiß wer sonst noch würden kommen. Und bisher waren sie nett gewesen. Ich mag vielleicht einen Schutz haben, aber alle um mich herum hatten keinen. Selbst ich konnte das verdammte Loch in unserer Abwehr sehen. Es gab nichts, was ich tun konnte, um sie zu aufzuhalten, also ...

Wenn ich sie nicht besiegen konnte, würde ich die Regeln ändern müssen.

***

»Lily.« Ich hockte mich neben sie und wartete, bis sie mich anschaute. Ich gestikulierte in Richtung ihrer Spiele und sie hob eine Augenbraue. Sie tippte, um auf Pause zu schalten oder wenigstens ihre Teammitglieder wissen zu lassen, dass sie abwesend war. Auf dem anderen Stuhl sitzend, sah Alexa interessiert von dem Buch auf, das sie gelesen hatte. Ich ignorierte sie und sie machte keine Anstalten näherzukommen, jedoch hörte sie offenkundig zu, als ich fortfuhr. »Ich habe eine Idee.«

»Und ich werde sie nicht mögen«, sagte Lily.

»Nein. Aber ich denke, dass es möglicherweise funktioniert. Ich nehme an, dass ich dich nicht frei wünschen kann, richtig?« Ich wies auf den Ring und Lilys bestätigendes Nicken ließ mich diese Option ausblenden. Nicht, dass sie weit oben auf der Liste gestanden hatte. Obwohl ich den Dschinn mochte, war sie ebenso jemand, den ich erst seit vier Monaten kannte, und ich musste zugeben, dass ich ein kleiner Optimist war, wenn es um Menschen ging. Mich hereinzulegen wäre nicht so schwer. »Dachte ich mir. Okay, dann wählen wir die nächstbeste Option. Wir machen es so, dass der Ring niemandem zur Verfügung steht, selbst wenn ich sterbe.«

»Wie?«, fragte Lily, während sie eine Augenbraue hob.

»Nun, ich dachte an die Sonne?«

»Nein«, sagte Lily kopfschüttelnd. »Alles oberhalb der Erde würde einen Krieg unter den Göttern entfachen. Alle Vereinbarungen, die sie davon abhalten, sich einzumischen, wären nichtig.«

»Und unter dem Ozean ist wahrscheinlich eine schlechte Idee, da, nun, ich bin mir sicher, es gibt Atlantis und Meeresbewohner und sowas, richtig?«, sagte ich.

»Kein Atlantis«, sagte Lily und schüttelte den Kopf. »Ernsthaft, es war nur eine Geschichte, aber ihr Menschen ...«

»Aha.« Ich hielt inne und nahm den Fakt in mich auf, bevor ich fortfuhr. Es war nicht so, als könnte ich irgendwas dagegen tun. »Also müssen wir einen Ort finden, der von Sterblichen nicht so einfach betreten werden kann, der vorzugsweise verborgen ist, und dafür sorgen, dass die Götter sich deswegen nicht bekämpfen. Klingt das richtig so?«

»Es muss auch so bleiben, nachdem du tot bist«, sagte Lily. »Also solange dein ursprünglicher Wunsch aktiv ist, kann die Verbindung zwischen mir und dem Ring problemlos aufgespürt werden.«

»Richtig.«

»Du wirst den Ring verschwinden lassen?«, funkte Alexa schließlich dazwischen. »Denk an das Gute, das er tun könnte.«

»Oh, bitte«, sagte ich kopfschüttelnd. »Hast du nicht zugehört? Der Ring, Lily, ist keine Lösung. Sie ist nur ein weiteres verdammtes Problem. Nicht böse gemeint.«

»Nur ein bisschen«, sagte Lily mit einem Lächeln.

»Aber um ihn verschwinden zu lassen ...«, sagte Alexa kopfschüttelnd. »Wirst du den Dschinn dann nicht auch einsperren? Du steckst deine ›Freundin‹ an den Ort, für welchen auch immer du dich entscheidest?«

»Ja.« Ich schloss meine Augen und öffnete sie dann wieder, und Lily neigte ihren Kopf zur Seite, ihr Gesicht war völlig ausdruckslos, als sie mich ansah. »Ich denke, es ist Zeit für dich zu gehen.«

»Was?«, fragte Alexa bestürzt.

»Es ist Zeit für dich zu gehen. Husch. Dein Ehrenwort ist noch immer aktiv, aber ich will dich hier nicht. Du musst nicht die Details dieses Wunsches erfahren«, sagte ich, meine Stimme festigte sich. »Eigentlich ist es das Beste, wenn du sie nicht kennst.«

Alexa verschränkte die Arme vor ihrem Körper. »Ich...«

»Alexa, geh. Entweder das oder ich werde dich bewusstlos schlagen.« Ich hob meine Hand, während ich begann, einen Lichtzauber in meiner Hand zu formen.

»Du würdest deinen Teil der Abmachung brechen«, sagte Alexa und beäugte argwöhnisch das leuchtende Licht über meiner Hand. Während die meisten Leute wussten, wie Lichtzauber aussahen, gab es allerdings keine Garantie, dass ich nicht irgendetwas anderes verbarg.

»Du auch«, sagte ich, hielt dann inne und schaute Alexa direkt in die Augen. »Bitte. Geh einfach.«

Alexa zauderte sichtbar und sah dann etwas in meinen Augen, das sie schließlich nicken ließ. Sie klaubte schnell ihre Sachen zusammen und ging. An der Tür zögerte sie für eine Sekunde und suchte nach etwas, das sie noch sagen konnte. Aber wir hatten alles gesagt, immer und immer wieder.

Als wir allein waren, drehte ich mich erneut zu Lily um, die ihr Gesicht in eine reiflich gelassene Miene verändert hatte. Ich lächelte grimmig und stupste sie dann auf die Nase, was sie blinzeln ließ. »Nun, das sollte funktionieren. Also, hier ist, was ich mir eigentlich vorgestellt habe ...«

Lily starrte mich an und ihre Augen weiteten sich, bis sie sich schließlich wieder verengten und zu einem Lächeln zusammenzogen. Sie lehnte sich vor, als ich mit dem Reden aufhörte, um mir ihr Feedback zu meinem zweiten Wunsch mitzuteilen.

***

»Was hast du getan?«, fauchte El mich an, als ich ihr schließlich die Tür öffnete. Sie stolzierte herein, drückte mich beiseite und schaute sich in der Wohnung um. Sie brauchte nicht lange, dann wirbelte sie herum und piekste mich mit ihrem Finger. »Wo ist sie?«

»Lily?«

»Nein. Der andere superheiße Dschinn, der mit dir lebt«, knurrte El.

»Aha. Du findest sie heiß?« Ich hob eine Augenbraue und schrie dann auf, als El mich erneut mit ihrem Finger in die Brust stach.

»Hör auf mit den Spielchen, Henry. Das ist wichtig«, sagte El. »Was hast du getan?«

»Ich habe ein Problem gelöst«, sagte ich, drückte ihren Finger weg und schloss die Wohnungstür. Als ich mich zu El zurückdrehte, hatte sie ihre Hüfte angewinkelt und die Arme verschränkt. »Lily ist damit beschäftigt, die relevanten Leute wissen zu lassen, was ich gemäß meines Wunsches geäußert habe.«

»Und was hast du dir gewünscht?«, fragte El. »Weil alles, was ich höre, wenig vielversprechend ist.«

»Ich habe einen Wunsch ausgesprochen, der garantieren wird, dass niemand den Ring bekommt, wenn ich nicht beim Erfüllen einer levelgemäßen Herausforderung nach Level hundert oder auf natürliche Weise sterbe«, sagte ich.

»Warum?« El zog die Augenbrauen zusammen und schaute mich an.

»Wenn ich den Ring einfach nur verschwinden lassen würde, nachdem ich sterbe, hätten sie keinen Grund, mich nicht sofort zu töten. Eigentlich bitte ich sie, es so zu tun. Auf diese Weise haben sie ein Zeitlimit und ein Ziel – mich mächtig genug zu machen, damit ich sterben kann, ohne dass der Ring verschwindet«, erklärte ich.

»Das macht dich nur zur Zielscheibe und lässt diese Gruppierungen wissen, dass der Ring gefunden wurde«, sagte El, mich anstarrend.

»Es wäre sowieso herausgekommen. Ich wurde schon zweimal attackiert ...«

Ihre Hand hob sich und Els Stimme wurde kälter, als sie fragte: »Zweimal?«

»Oh, richtig. Du wusstest es nicht. Nun, es war so ...« Ich erzählte El schnell von Alexa. El knirschte die ganze Erklärung hindurch mit den Zähnen.

Als ich fertig war, lächelte El mich süß an, lehnte sich zurück und trat mir in die Eier. Sofort fing sie an, auf ihrem anderen Fuß zu hopsen und tobend zu fluchen, da ihr Fuß mit dem Wunsch in Kontakt gekommen war. Endlich fertig damit, setzte sie sich auf mein Bett und rieb ihr Schienbein.

»Ruf mich nächstes Mal an!«, fauchte El.

»Ich hatte es unter Kontrolle. Niemand ist gestorben«, sagte ich und zuckte mit den Schultern. »Alexa war ohnehin nett, wenn auch etwas zielstrebig. Sie wollte mich nicht töten.«

»Sie hat dich erstochen. Und sie hat dir erzählt, dass sie alles Erdenkliche tun würde, den Ring zu bekommen!«

»Nun, sicherlich. Aber das war nur ihr Job«, sagte ich und gestikulierte mit der Hand. »Jedenfalls wird sie es jetzt nicht mehr tun.«

»Hast du einfach nur einen Wunsch geäußert, um sie ins Bett zu bekommen?«, fragte El mit weiten Augen.

»Nein!«, antwortete ich unverzüglich. Nach einem Moment fuhr ich langsamer fort. »Schau, Alexa war nur die Speerspitze. Die nächste Person, die vorbeikommt,

212

wird nicht so nett sein. Ich musste sicherstellen, dass sie nicht versuchen, mich zu töten oder, du weißt schon, andere zu bedrohen, um an den Ring zu kommen. Auf diese Weise bekomme ich Gruppierungen wie das Magierkonzil und die Templer dazu, über mich zu wachen, so dass sie sich um diese Idioten kümmern, sobald sie ankommen.«

»Warum sollten sie ...« El hielt inne und eine Kette an Möglichkeiten rann wahrscheinlich durch ihren Verstand. Außer einiger Fraktionen, die den Ring verschwinden lassen wollten, würde sich jede machthungrige Gruppierung in der Tat anstellen, um mich zu beschützen.

»Und was passiert, wenn du versagst, bevor du Level hundert erreichst?«

»Nun, dann bin ich tot und es wird nicht mehr mein Problem sein«, sagte ich. »Aber ernsthaft, vor Level hundert bin ich so sicher, wie ich nur sein kann. Danach, nun, werden sie mir vermutlich einen Haufen idiotischer Quests geben beim Versuch, mich zu töten.«

El nickte und ihr langes Haar wogte. »Es klingt weitestgehend gut durchdacht. Aber wenn sie darüber Bescheid wissen, bist du nicht besorgt, dass sie die Grenzen deines Wunsches austesten werden? Oder einen Weg, Lily zu besiegen?«

»Es ist ein Risiko«, sagte ich zustimmend. »Aber es ist besser, als nichts zu tun. Und solange ich in einer ordentlichen Geschwindigkeit mein Level steigern kann, sind die Chancen gering.«

»Und wenn du stirbst?«, fragte El schließlich. »Der Ring wird das Eigentum desjenigen, der ihn dann findet.«

»Ja«, sagte ich schief lächelnd. »Aber ich habe nicht die Absicht, in naher Zukunft zu sterben. Und wer weiß, vielleicht werde ich bis dahin einen besseren Plan ausarbeiten.«

»Das wäre besser. Wir brauchen keinen weiteren verdammten Krieg«, sagte El und wackelte mit ihrem Finger vor mir.

Ich konnte nur nicken. Immerhin hatte ich auch nicht die Absicht, einen auszulösen.

Kapitel 12

Nachdem El gegangen und Lily zurückgekommen war, kehrte das Leben wieder einmal für einige Tage zur vorherigen Routine zurück. Die einzige echte Veränderung war, dass Lily nur noch selten den zweiten Laptop nutzte, weil sie gezwungen war, mir und unserer Umgebung größere Aufmerksamkeit zu schenken. Da wir nicht alle alarmieren wollten, hatten wir stattdessen den Wunsch so formuliert, dass sie meine Umgebung und die Gebäude regelmäßig auf neue, interessierte Gruppierungen überprüfen konnte und auch würde. So könnte sie eine Warnung übermitteln, bevor jemand anfing, Ärger zu machen. Zumindest war das die Theorie.

Natürlich ließ mich das größtenteils zu Hause bleiben, bis sich alles und jeder damit abgefunden hatte. Nicht, dass ich nicht rausgehen müsste und bald wieder ein paar Quests abgreifen sollte – wenigstens, um die Miete zu bezahlen und ein paar Reserven aufzubauen. Ich hasste es, kein wirkliches Polster zu haben, aber zwischen den zahlreichen gescheiterten und unbezahlten Quests und meiner Arbeitslosigkeit vor dieser ganzen Sache, sah mein Notfallgroschen ziemlich blutarm aus.

Was das Hämmern an meiner Kellertür eines Morgens ziemlich überraschend machte. Ich runzelte die Stirn und linste durch den Türspion, nur um eine mürrisch aussehende Templernovizin mit einer Tasche über der Schulter auf der anderen Seite der Tür stehen zu sehen. Ich öffnete vorsichtig die Tür und bemerkte, dass ihr Speer immerhin abgedeckt und gesichert war. Trotzdem zog ich zur Sicherheit meinen *Geringen Schild* hoch.

»Ja?«, fragte ich.

»Lass mich rein. Die Tasche ist schwer«, sagte Alexa, als sie gegen die Tür drückte. Die Tür schlug gegen meinen Fuß, stoppte und sprang leicht zurück. »Nun komm schon.«

»Als wir das letzte Mal gesprochen haben, hast du mir gedroht, mich zu töten«, sagte ich.

»Ja. Und dann hast du deinen dummen Wunsch ausgesprochen. Und jetzt bin ich hier, um dir beim Überleben zu helfen. Also lass mich rein«, sagte Alexa und drückte stärker gegen die Tür.

Ich zuckte, als sich der Druck auf meinen Fuß erhöhte und ich nahm ihn schließlich weg. Die Blondine stürmte in den Raum, ließ ihre Tasche auf den Boden fallen, wirbelte dann zu mir herum und richtete den immer noch bedeckten Speer auf meine Brust.

»Lass mich das klarstellen. Ich bin hier, um dich auf dein Level hundert zu bringen, ohne dass du stirbst. Danach bist du das Problem eines Anderen. Wir sind keine Freunde. Wir sind nicht einmal Verbündete. Wir sind nur Menschen mit irgendwie ähnlichen Zielen.«

»Eigentlich denke ich ...« Ich brach ab, als der Speer auf mich zukam und in einer guten Entfernung stoppte, aber ihre Position deutlich machte. »Ich verstehe deinen Standpunkt. Aber was lässt dich denken, dass ich dir traue?«, fragte ich und verschränkte die Arme abwehrend vor meinem Körper.

»Wie willst du mich davon abhalten, dir zu folgen? Mich fesseln?«, fragte Alexa bissig.

»Nun ...« Ich warf ihr einen lüsternen Blick zu und duckte mich schnell, als sie den Griff in Richtung meines Kopfes schwang. Okay, das hatte ich verdient. »Du weißt bestimmt, dass das Verfolgen von Menschen, die es nicht wollen, als Stalking bezeichnet wird.«

»Dann hättest du den Ring aufgeben sollen, als wir es dir gesagt haben. Die Brüder beobachten dich jetzt und verfolgen aus der Ferne jede deiner Bewegungen. Und ich bin sicher, dass es bald noch Weitere geben wird.«

»Und du bist was, das Insidermädchen?«

»Ich bin hier, weil es mir befohlen wurde«, moserte Alexa. »Wohin lege ich jetzt mein Zeug und was ist unsere erste ... Quest? Ist das der Fachbegriff?«

»Okay. Schön. Lass uns ein Plätzchen für dich finden«, sagte ich, während ich immer noch den Speer beäugte und mich fragte, wie zur Hölle wir damit umgehen sollten, eine dritte Person in dieser Wohnung zu haben. Zumindest schienen Lily und ihre mystische Natur viele der unangenehmeren Aspekte eines sterblichen Körpers auszulassen. Ich war mir ziemlich sicher, ich würde mit Alexa nicht so viel Glück haben.

Zehn Minuten später hatten wir ihre spärlichen Habseligkeiten auf dem Boden neben dem Kleiderstapel platziert, den Lily hatte erwerben können. Ich spannte das Gesicht an, als ich mir die gedankliche Notiz machte, ein passendes Regal zu finden.

»Nein, nein, nein«, maulte Alexa, als sie neben Lily stehend durch die Quests blätterte. »Ist es das, wofür du ihn losgeschickt hast? Auf keinen Fall wird er dieses … dieses … Level hundert mit solchen Quests erreichen. Den Rumpf eines Bootes putzen? Wie ist das überhaupt eine Quest?«

»Es ist ein Wikinger-Langschiff, das die Meere der sieben Königreiche durchsegelt hat«, sagte Lily ruhig. »Du wirst die Seepocken vielleicht ein wenig herausfordernder finden, als du erwarten würdest.«

»Müll!«, sagte Alexa murrend und warf das Blatt weg. »Wie kannst du es rechtfertigen, ihn auf diese Quests zu schicken? Er ist ein Zauberer! Zauberer führen die Mächte der Erschaffung auf ihren Fingerspitzen und du lässt ihn Aufträge wie ein Handwerker erledigen!«

Lily verharrte, die Augen auf Alexa fixiert, bevor ihr Blick zu mir schnellte und dann zur Novizin zurückkehrte. »Nun, bisher war er alleine. Niemand war da, der ihm half, ihn aus Schwierigkeiten herauszuziehen, wenn die Dinge schlecht liefen. Also ja, wir haben sichere Quests ausgesucht, die möglicherweise leicht unter seinem Level liegen.«

»Ich wusste es!«, krähte Alexa. »Rück das gute Zeug raus, Dschinn.«

»Mal langsam. Ich habe nie gesagt, dass ich ein Team mit dir bilden würde ...« Ein paar zweifelnde Blicke ließen mich schweigen. Gut, ja, sie hereinzulassen war so meine Art, diesem ganzen Unterfangen zuzustimmen. Aber es wäre irgendwie nett gewesen, gefragt zu werden.

»Also ... du trittst einer Gruppe mit ihm bei, richtig?«, fragte Lily, während sie in einigen Blättern herumwühlte und einen kleineren Stapel herauszog. Als Alexa danach griff, weigerte sich Lily, die Blätter loszulassen, bis sie ein verbindliches Nicken der Zustimmung erhielt. »Gut. Also dann ... Gruppenbildschirm.«

Alexa Dumough (Novizin der Tempelritter Level 10) ist deiner Gruppe beigetreten.
LP: 120/120

»Aaargh!« Alexa schwankte, ließ die Blätter fallen und hielt sich den Kopf, als Lily mit ihren Zaubern in Alexas Körper eindrang. Ich bewegte mich für einen Moment vorwärts, hielt dann inne und trat zurück. Ich konnte nicht wissen, was sie tun würde, wenn ich zu nah herankäme, und ein kleiner, unbedeutender Teil von mir konnte nicht anders, als sich über ihren Schmerz zu freuen. Ich hegte wahrscheinlich noch immer einen kleinen Groll dagegen, erstochen worden zu sein. Schließlich glättete sich ihre Atmung, sie sah auf und schüttelte die Hände vor ihrem Gesicht. Alexas Gesicht verzerrte sich, als sie in die Luft starrte und ihre Augen und Lippen bewegten sich, während sie still etwas las.

»Aha. Sehe ich sonst so aus?«, fragte ich rhetorisch. Im Augenwinkel konnte ich weiterhin das Miniportrait der Blondine und ihren Lebensbalken sehen, wenn ich mich darauf fokussierte.

»Ja. Nur dümmer«, sagte Lily.

»Danke.«

»Das ist dein Charakterbildschirmding, oder nicht?«, fragte Alexa und ihr Gesicht wurde wieder normal, als sie sich zu uns beiden umdrehte. »Du bist ... ein Teufel.«

»Nein. Ein Dschinn«, sagte Lily. »Ich sollte hinzufügen, dass ihr, weil ihr derselben Gruppe angehört, euch nicht mit Absicht gegenseitig verletzen könnt. Zumindest nicht bei der ersten Attacke. Danach werdet ihr automatisch aus der Gruppe geschmissen.«

»Keine Überraschungsangriffe«, sagte ich und nickte Lily dankend zu. Kluges Mädchen.

»Ich werde ihn nicht töten. Ich bin hier, um sicherzustellen, dass er nicht stirbt«, knurrte Alexa, während sie die Blätter vom Boden aufsammelte und ein Blatt von einem Teller herunterzog, auf dem ein zur Hälfte verzehrtes Stück Pizza lag. Ich bemerkte, dass ihre Hände noch immer leicht zitterten, aber ansonsten war die Frau zurück im Geschäft. Lily frohlockte vor Glück, dass der Teller wieder aufgetaucht war und schnappte sich das Pizzastück, um es zu verzehren, sehr zur Empörung der Blondine.

»Das sollte funktionieren«, sagte Alexa, nachdem sie die Informationen genauer studiert hatte, und warf ein

Blatt Papier zu mir rüber. »Akzeptiere es und lass uns gehen.«

»Ähm ...« Ich hielt inne, als ich die Details durchging. »Das ...«

»Akzeptiere. Es«, meckerte Alexa mich an.

Ich ignorierte den Blick, den sie mir zuwarf, und las die Questnotiz ein letztes Mal durch. Sie war dem Level gemäß, schätzte ich, aber dennoch gefährlicher als das, was ich gewohnt war. Trotzdem hatte Lily recht. Wir hielten in letzter Zeit mit den Quests den Ball flach, um sicherzustellen, dass ich nicht starb. Wenn das dem Level gemäß war, dann sollte das Aufnehmen Alexas ins Team funktionieren – angenommen, sie hatte die Wahrheit gesagt.

Und ich musste zugeben, dass es mir schwer fiel, an der Novizin zu zweifeln. Nicht nur, weil sie so verdammt direkt war, sondern weil der ganze Sinn des zweiten Wunsches gewesen war, eine Situation wie diese herbeizuführen. Jeder gute Rollenspieler würde einem erzählen, dass man die wirklich herausfordernden Quests nicht ohne eine gute Gruppe abschließen kann. Trotzdem stellte ich Lily ein paar Fragen, bevor ich endlich die Quest akzeptierte. Ich freute mich ein wenig, dass Alexa aufsprang, als die Questbenachrichtigung ohne Vorwarnung vor ihren Augen erschien.

Hey, ich würde meine Siege mitnehmen, wo ich könnte.

***

»Ist das dein Auto?«, fragte ich neidisch. Es war nicht so, als ob es ein Ferrari oder Lamborghini wäre, aber das aktuelle Modell einer blauen Kombilimousine, das mich anstarrte, war deutlich besser als meine Füße und gelegentlich mein Fahrrad.

»Nicht meins. Es ist von den Templern. Bist du sicher, dass du selbst keins hast?«, fragte Alexa, als sie einstieg. Ein paar Sekunden des Herumpfriemelns im Auto und mit dem GPS und wir waren bereit, zu unserer ersten Gruppenmission aufzubrechen.

Als die Stille im Auto schließlich zu unangenehm wurde, sprach ich: »Vielleicht sollten wir, du weißt schon, über die Gruppe sprechen, bevor wir ankommen.«

»Was gibt es da zu besprechen?«, fragte Alexa. Wir gehen in die Wälder, du lokalisierst die Kallikantzaroi, wir töten sie und du steigerst dein Level.«

»Ist es das, was sie dich in der Ritterschule lehren?«, fragte ich, überrascht über die unbekümmerte Art, wie sie über die bevorstehende Konfrontation sprach. Ich hatte eigentlich auf mehr Hilfe gehofft. Als auf meine Frage nur Schweigen folgte, runzelte ich die Stirn und schaute zu der Novizin. »Alexa?«

»Ich bin kein Ritter, erinnerst du dich? Ich bin nicht einmal ein Knappe«, sagte Alexa, ihre Stimme zitterte leicht. Als ich sie näher betrachtete, bemerkte ich, dass ihr Griff ums Lenkrad fester als nötig war, Adern der Anspannung waren an ihren Unterarmen und den Schultern sichtbar.

»Scheiße«, sagte ich und erkannte, dass sie es mir schon einmal erzählt hatte. Ich fragte mich plötzlich, ob wir die Quest wechseln konnten. »Was hast du gelernt?«

Alexas Lippen zogen sich zusammen, bevor sie fortfuhr, ihre Augen waren auf die Straße fokussiert. »Ich bin trainiert mit dem Speer und habe Wissen über andere Nahkampfwaffen erlangt. Ich bin auch mit Schusswaffen vertraut, aber wir sollten erst später ein intensives Training erhalten. Man kann mir ruhig glauben, dass ich mich nicht selbst erschieße, aber ich wäre nicht sehr sicher darin, eine Schusswaffe im Kampf zu führen. Ich, nun, ich war spezialisiert in Glaubensheilung.«

»Glaube. Heilung.« Zweifel schlich sich in meine Stimme. »Dieses Ding, bei dem die Quacksalber ihre Hände auf die Köpfe der Leute legen, sie dann zurückstoßen und sagen, sie wären geheilt? Und hoffen, dass der Placeboeffekt wirkt?«

»Wir sind keine Hochstapler«, sagte Alexa, Zorn erklang in ihrer Stimme. »Ich habe gelernt, mich selbst für die Macht Gottes zu öffnen. Hast du jemals aufgehört, dich zu fragen, warum immer noch so viele zu solchen Veranstaltungen gehen? Wenn das alles Schwindel ist?«

»Ich dachte, weil Menschen Idioten sind«, murmelte ich.

»Nein. Nur voller Hoffnung«, sagte Alexa. »Viele unserer Mitglieder bewegen sich innerhalb solcher Gruppierungen und leisten so viel Hilfe wie möglich. Es ist nicht viel, aber es ist, was wir tun können. Andere Gruppierungen, andere Sekten, haben eine viel größere Präsenz als die Tempelritter.«

Die Art, wie sie den letzten Satz sagte, gab mir das Gefühl, dass ich den Rest dieser Geschichte nicht erfahren würde. Oder warum eine Frau, die wie eine professionelle Wrestlerin aussah, es bevorzugte, eine Heilerin zu sein anstatt die Kämpferin, für die sie den richtigen Körperbau hatte. Andererseits, wer war ich, mich über Leute zu beschweren, die gegen den eigenen Typus spielten?

»Ich schätze, Monsterbekämpfung stand nicht auf dem Lehrplan?«, fragte ich letztendlich.

»Nein, die Knappen haben das gelernt«, sagte Alexa und ich nickte langsam. Richtig. Richtig ...

»Nun, wenn das der Fall ist, hätte ich vielleicht ein paar Ideen ...«

***

Verrammelte Fenster mit Graffitis, Bürgersteige, die nach Pisse und anderen unaussprechlichen Dingen rochen, und Farbe, die schon vor zwei Jahrzehnten nicht mehr neu war. Das empfing uns, als wir aus dem Auto stiegen. Alexa versperrte die Türen hinter uns, obwohl es wahrscheinlicher war, dass uns die Reifen gestohlen würden, falls sich noch irgendjemand in dieser Wohngegend aufhielt. In der Regel war der Industriekomplex jedoch verlassen, zu weit weg für die meisten Durchreisenden, um hier zu leben, und zu abgehalftert für die Nutzung durch Unternehmen, nachdem die Produktionsfirmen, die einst das Herzblut des Komplexes bildeten, nun verschwunden waren. Die wenigen Unternehmen, die noch hier waren, fragte man lieber nicht, was sie hier draußen wirklich taten.

Selbst für solch einen Ort war die Präsenz des Kallikantzaroi-Clans unerträglich. Nach ein paar direkten Fragen an Lily musste ich zustimmen, dass die Quest eine Ausrottungsquest sein musste – keine Verhandlungen, keine Abkommen, nur Tod. Ein paar weitere Fragen klärten, warum dies so war – du schließt keine Abkommen mit den Kalliks, weil sie niemals ihren Teil der Abmachung erfüllen. Es hatte weniger mit ihrer misstrauischen Natur zu tun, sondern mehr mit ihrer berüchtigt kurzen Gedächtnisspanne. Man konnte keine Abmachung einhalten, an die man sich nicht erinnerte.

Alexa übernahm die Führung, sobald das Auto geparkt war, ihr Speer lag unter einem leichten *Glamour*, der ihn aussehen ließ wie einen, nun, langen Stock. Ich hätte ihn lieber verschwinden lassen, aber in diesem Fall war es einfach besser so. Die Speerspitze zu entfernen war simpel und effektiv. Eine Frau, die einen langen Stock mit sich trug, mochte vielleicht Fragen aufwerfen, würde aber nicht automatisch die Neugier der Polizei auf sich ziehen.

Wir liefen für ungefähr dreißig Minuten durch den Industriekomplex, umkreisten abgenutzte Gebäude und schauten nach Anzeichen des Übernatürlichen. Nun, ich schaute nach Anzeichen des Übernatürlichen. Alexa schaute einfach nur. Ich entdeckte keine Schutzzauber, keine Schilde oder andere magische Markierungen, die darauf hinwiesen, in welchem Gebäude sich die Kalliks befanden, aber Alexa führte uns im Endeffekt zurück in die Nähe unseres Startpunktes.

»Dort.« Alexa deutete mit ihrem Speer auf das Metallgitter eines Fensters. Bei näherer Überprüfung bemerkte ich, dass das Gitter nur durch einige gut platzierte, gebogene Nägel zusammengehalten wurde. Als ich es inspizierte, bemerkte ich zudem, dass das Gras rund um diesen Bereich ein bisschen dünner und spärlicher als in der Umgebung und das Fenster selbst sauberer war.

Ich rüttelte ein wenig am Gitter und die Nägel rissen ab, was uns freien Zugang zum Keller des Gebäudes verschaffte. Alexa wand sich zuerst hinein, ließ sich leise auf den Boden fallen und ging beiseite, damit ich ihr folgen konnte. Das karge Licht, das durch die dreckigen Fenster sickerte, war trotzdem ausreichend, um uns zu zeigen, dass wir ein altes, leeres Büro betreten hatten. Die matschige, moderige Matte, auf der wir gelandet waren, war das einzige Anzeichen von Zivilisation. Wenn man es so nennen konnte. Eine einzige geschlossene Tür führte aus dem Raum heraus.

Alexa ging vorsichtig vor, platzierte ein Ohr an der Tür und hielt still. Ich stand hinter ihr und formte einen *Machtspeer* in einer Hand, während ich den *Geringen Schild* vor mich legte. Dieser Zauberspruch, zusammen mit seinem äquivalenten Schutzzauber, den ich auf meine Jacke beschworen hatte, war meine einzige Form der Verteidigung. Anders als ich hatte Alexa ein vollständiges Set modifizierter Rüstung unter ihrer Jacke, eine Mischung aus Kevlar und Kettenpanzer, die geschickt zusammengenäht war, sodass die Rüstung sie kaum verlangsamte – oder sie außer einer gewissen Sperrigkeit spüren ließ.

Nach kurzer Zeit zog sich Alexa von der Tür zurück und schüttelte den Kopf. Ich nahm an, dass sie meinte, sie hätte nichts gehört. Das bedeutete nicht viel. Wieder einmal wünschte ich mir, ich hätte ein besseres Verständnis für meine magischen Fähigkeiten. Es hätte in der Theorie eine einfache Angelegenheit sein müssen, einen Zauber zu beschwören, um Geräusche besser wahrnehmen zu können. Immerhin sollte es nur eine simple Anwendung meiner Macht sein. Trotzdem war inmitten einer Quest nicht die richtige Zeit, um zu experimentieren, aber ich machte mir eine gedankliche Notiz, die Idee nächstes Mal auszuprobieren.

Weil wir keine anderen Optionen hatten, machten wir uns bereit, die Tür zu öffnen. Nach ein paar Momenten frustrierender Pantomime und wenigen weiteren geflüsterten Worten hatten wir endlich unser Eindringen ausgearbeitet. Ich ging voran, um die Tür zu öffnen, während Alexa sich sofort hindurch schlich und ihren Speer wachsam vor sich hielt. Eine Sekunde später schlüpfte ich hindurch und schloss die Tür hinter uns. Stille und Dunkelheit begrüßten uns, und selbst als unsere Augen sich an die Finsternis gewöhnt hatten, konnten wir immer noch nicht sehr weit vorausschauen.

»Licht«, zischte Alexa leise und ich musste zustimmen. Es mochte vielleicht unsere Position verraten, aber wir mussten etwas sehen können. Nach ein paar schnellen Lichtzaubern hatten wir so etwas wie Knicklichter an unsere Körper gebunden. Ein spontaner Gedanke ließ mich etwas lose Farbe von der Tür pellen und sie in meine hintere Hosentasche schieben. Wer brauchte Brotkrumen, wenn er den Zauber *Verbinden* hatte?

Der Lichtzauber zeigte uns ein leeres Kellergewölbe des alten Produktionsgebäudes. Wir waren auf einem kleinen Podest herausgekommen, der Raum fiel weitere drei Meter nach unten ab und war mit zurückgelassenen und vor sich hin rostenden Maschinen gefüllt. Metallarme, gekrümmt über schlangenlinienförmigen Förderbändern, übersäten den Boden und behinderten unsere Sicht.

Die Stille der verlassenen Fabrikanlage wurde durch das kratzende Geräusch von Nägeln auf Beton durchbrochen und dem langsamen Schlurfen von Füßen über den Boden. In der Ferne funkelten gelbe Augen durch die reflektierenden Lichter auf, als mehr und mehr der Kalliks erwachten.

Quest-Aktualisierung: Befreie den Unterschlupf aus den Klauen des Kallikantzaroi-Clans.

Du hast den Kallikantzaroi-Clan lokalisiert, ihn jedoch auf deine Gegenwart aufmerksam gemacht. Du musst ihre Krieger besiegen, bevor sie zum Gehen überredet werden können.

»Scheiße«, flüsterte ich und bemerkte dann, dass wir nicht mehr verborgen waren.

»Ja. Vielleicht hätten wir ein wenig mehr darüber nachdenken sollen«, sagte Alexa, während sie ihren Speer in Stellung brachte und bereitmachte. Für einen Moment erwog ich, in den anderen Raum zurückzukehren, aber hier hatten wir den Vorteil der höheren Lage, vorausgesetzt, dass die Kalliks keine Fernkampfwaffen benutzten.

Im Verlauf unserer kurzen Konversation hatten sich die Kalliks weiter genähert. An den Rändern meines Lichtzaubers sammelten sie sich, gelbe Augen fingen das Licht auf und reflektierten es. Instinktiv beanspruchte ich wieder einen Teil meines Manas und teilte meine Konzentration ein weiteres Mal auf. Ich fühlte die mentale Belastung und war dankbar, dass der Zauberspruch so simpel war. Eine schnelle Geste und die *Lichtsphäre* flog davon und blieb gut sechs Meter entfernt hängen, die Kalliks vollständig preisgebend.

Zusammenkauernd in Gruppen von etwa fünf Exemplaren waren die Kalliks gedrungene, schwarzpelzige Kreaturen mit Affenarmen und langen Eselsohren an gigantischen Köpfen. Scharfe, gebogene Krallen erregten sofort meine Aufmerksamkeit, als die Biester bei dem zusätzlichen Licht fauchten. Instinktiv warf ich die andere Hand nach vorne und mein *Machtspeer* flog auf mein Kommando bogenförmig durch die Luft, als ich die Monster vor mir attackierte. Mein Bauchgefühl und mein Verstand sagten mir, dass diese Kreaturen keine waren, mit denen man verhandeln oder reden konnte.

Der *Machtspeer* war fast unsichtbar in diesem schwachen Schein, die Verzerrung des Lichts, die seine Position markierte, kaum sichtbar. Die Kalliks, in deren

Richtung ich die Geste richtete, drehten und bewegten sich reflexartig, aber sie waren nicht völlig psychotisch, nicht, bis der Speer landete und einen ihrer Freunde an den Boden nagelte. Schreie und Gebrüll wurden durch die Fabrikanlage zurückgeworfen und gingen mir durch Mark und Bein.

»Wa... WARN MICH«, brüllte Alexa, während sie sich zusammenkauerte, wieder aufrichtete und die Kalliks auf uns zustürmten, da sie durch meinen Angriff angespornt waren.

»Sorry!«, murmelte ich unbewusst und konzentrierte mich darauf, einen weiteren *Machtspeer* zu formen. Sekunden, wertvolle Sekunden, kostete es mich, den Speer zu erschaffen. Horden von Kalliks sammelten sich unfassbar schnell unter uns, bis mein Zauber fertig und der erste Kallik schon auf halben Wege zum Podest hochgeklettert war.

Nach einem einzelnen, wunderschön ausgeführten Ausfallschritt starb der Kallik auf Alexas Speer. Das Gesicht der blonden Novizin war mit einem Knurren gefroren, während sie einen Schritt zurückging, ihren Speer aus seinem Körper herauszog und ihr Gesicht bereits dem nächsten Angreifer zudrehte. Ein hastiges Blocken mit dem Speerschaft fing eine schlagende Kralle ab, bevor Alexa zurückwich, um mehr Platz zu bekommen, und in einem Versuch, die Kreatur zurückzuhalten, die Speerspitze vor sich schwang.

Das nahe Klacken von Klauen gegen Metall erregte meine Aufmerksamkeit und ich blickte nach unten und sah die breite, zerschmetterte Nase und die Eselsohren eines Kalliks in der Nähe meiner Füße, als er sich selbst über die Metallbrüstung zog. Ich keuchte, aus meiner Träumerei gerissen, und stieß mit meinem geformten Zauber zu. Ich ließ den Zauber in meiner Hand, während die Bewegung ein Loch in das Monster schlug, schwarzes Blut floss aus der neu gebildeten Wunde. Ein hastiger Schlag prallte von meinem Schild ab, bevor ich wieder zuschlug und den Zauber losließ, der freigesetzte *Machtspeer* riss das Monster vom Podest.

Unter dem ersten Angreifer kletterte ein weiterer hoch, bereit zur Attacke. Ich knurrte, hob meine Hand und kanalisierte Hitze, als ich meine Hand hinunterstieß. Ein entflammtes Tosen und pochender Kopfschmerz vereinten sich und ich spielte den improvisierten Flammenwerfer über dem Podest und meinen Angreifern. Die Kalliks ließen die Griffe los und fielen vor Angst zu Boden.

Ohne Zeit zu haben, einen weiteren *Machtspeer* zu formen, verließ ich mich auf meinen ersten offensiven Zauberspruch – *Machtpfeil*. Er war nicht so mächtig wie ein *Machtgeschoss* oder der *Machtspeer*, aber er hatte den Vorteil, eine extrem kurze Beschwörungszeit zu haben. Die Hände vor mich haltend, stieß ich sogar meinen *Geringen Schild* von mir, sodass ich Zauber schneller formen konnte. Die nächsten Minuten wurden ein verschwommener Fleck knirschender Zähne, funkelnder gelber Augen und schlagender Klauen, während ich damit kämpfte, die Kreaturen vom direkten Erklettern des Podests abzuhalten, während Alexa diejenigen tötete, die sie herauszufordern wagten.

Als ich mich nach dem Freisetzen meines letzten *Machtpfeils* wieder zur Seite drehte, riss ein harter Schlag an meinem Arm. Die Konzentration war gebrochen und mein Zauber löste sich auf, als ich rückwärts stolperte und sich von der Verletzung Schmerz ausbreitete. Der niederstufige *Machtschild*, der in meine Jacke gewoben war, schützte meinen Arm vor ernstem Schaden, aber als der Kallik wieder in meine Richtung schlug, musste ich mich zurückwerfen, um seiner Attacke zu entgehen. Mein Rücken knallte auf die Brüstung, ließ mich meinen Atem scharf ausstoßen und ich sah, wie der Kallik seine Klaue hob, bereit meine Kehle aufzureißen.

Ein sehr lauter, menschlicher Schrei erschütterte die Konzentration des Kalliks und ließ ihn für den Bruchteil einer Sekunde zögern. Die Spitze eines geworfenen Speers schlug durch seinen Hals und beendete seinen Angriff für alle Zeiten. Ich atmete vor Erleichterung aus, als ich nach meinem Arm griff und mich umdrehte, um am Podest hinunterzusehen und Alexa zu erblicken, wie sie unbewaffnet und blutig inmitten der Leichen ihrer Angreifer stand.

»Dank...« Der Knöchel, der mir von unten weggezogen wurde, ließ mich abrupt fallen und schnitt meine Dankesbekundung ab. Ich landete hart, biss auf meine Zunge und sofort füllte Blut meinen Mund, während ein vergessener Kallik sich hochzog und meinen Körper dabei als Hebel benutzte. Klauen stachen in meine Haut und ich zuckte krampfhaft zusammen, meine Füße traten nutzlos ins Leere.

Als meine Sinne vollständig wiederhergestellt waren, hatte sich das Monster zwei Drittel seines Weges über die Brüstung gewunden, seine Klauen gruben sich in meinen Fuß. Ich schlug jämmerlich mit einer Hand seitlich an seinen Kopf, kurzes, grobes Haar und das flexible

Knorpelgewebe eines Ohrs kamen in Kontakt mit meiner Haut. Meine Hand schloss sich um sein Ohr, als die Klauen damit fortfuhren, sich in meinen Körper zu bohren. Ich drehte und richtete mich auf, um den Kallik von meinem verletzten Körper wegzustoßen.

Einen Moment später war Alexa da und sie rückte dem Monster zu Leibe. Sie sandte sich und das Monster in die Metallbrüstung. Alexa knurrte, als sie ein Messer, von dessen Existenz ich nichts gewusst hatte, in das Monster senkte, während ich mich selbst wegduckte. Als ich sah, dass Alexa die Dinge größtenteils unter Kontrolle hatte, versuchte ich einen Heilzauber um den sich ausbreitenden Schmerz meiner Wunden herum zu formen, aber die Zauberbildung und mein Gesang lösten sich mit jedem weiteren Schmerzimpuls aus meiner Kontrolle.

∗∗∗

Ich kam zu mir, als eine warme Energie durch mich pulsierte. Als ich wieder wach wurde, stellte ich fest, dass der durch meine Wunden verursachte Schmerz fort war, ersetzt durch dieses wohlige, warme Gefühl. Als ich versuchte aufzusitzen, bemerkte ich einen hartnäckigen

Druck auf meiner Brust und einen Lärm in meinen Ohren, der sich schließlich in Worte auflöste.

»Beweg dich nicht!«, sagte Alexa und drückte wieder auf meine Brust. »Du wirst all deine Wunden wieder aufreißen.«

»Sorry«, sagte ich, als ich mich erneut auf dem kalten Boden ausruhte. Außerstande, meine Wunden zu spüren, während die Energie durch mich floss, fokussierte ich mich stattdessen auf meinen eigenen Heilzauber und spielte seinen anfänglichen Teil in meinem Verstand durch. Dieser Teil des Zaubers konzentrierte sich darauf, Verletzungen zu lokalisieren und den Schaden abzuschätzen, ein magisches Feedback des Ausmaßes der Schäden, die ich erlitten hatte.

Das Gesamtresultat war nicht gut. Ich hatte zahlreiche Schnitte und Stichwunden in meinen Waden und einige in meinem Oberkörper vom letzten Kallik, der sich an mir festgekrallt hatte, zusammen mit der Schnittwunde in meinem Arm. Hinzu kamen zahlreiche Schürfwunden und Prellungen und ein signifikanter Blutverlust. Allerdings war ich dankbar, dass Alexas Heilfähigkeit mich zusammenflickte. Anders als mein eigener Zauber schien er geringfügige Dinge wie den Blutverlust zu umgehen und behob stattdessen Probleme direkt, die Energie als

Kraftstoff nutzend. Trotzdem beschloss ich, nicht einfach nur darauf zu warten, dass sie fertig wurde, ich konzentrierte mich auf meinen eigenen Zauber und leitete ihn fokussierend auf die Produktion von zusätzlichem Blut.

Es nahm noch einige Minuten in Anspruch, bis Alexa mich endlich losließ. Zu dem Zeitpunkt hatte ich begonnen, von der Kälte, dem Mangel an Bewegung und dem Blutverlust leicht zu zittern und musste die nächsten paar Minuten damit verbringen, Hampelmänner zu machen und einen Energydrink in einem Zug auszutrinken. Ich wandte während dieses ganzen Prozesses die Augen entschlossen von den Leichen der Kalliks ab.

»Haben wir die Quest absolviert?«, fragte ich Alexa, während sie mir mit einem amüsierten Ausdruck zuschaute. Ich musste zugeben, zwischen den Blutflecken, der zerrissenen Kleidung und dem schwachen Licht war ich möglicherweise ein amüsanter Anblick. Trotzdem wärmte die Bewegung mich zumindest auf.

»Noch nicht«, sagte Alexa. »Ich bin mir ziemlich sicher, dass ich ein paar mehr gehört habe, die sich kurz danach gerührt und von uns entfernt haben.«

»Okay, nun, ich bin bereit«, sagte ich und meine Zauber formten sich in den Händen. Ein Nebeneffekt ihres Zaubers schien eine Verringerung des Kopfschmerzes und der Manamüdigkeit zu sein, die ich durch das Beschwören verspürte. Bevor wir das Podest verließen, verbrachte ich einige Minuten damit, überall im Gebäude *Lichtsphären* hinzuzufügen. Selbst mit dem zusätzlichen Licht sahen wir hier drinnen keine weiteren Anzeichen von Ärger.

Nach einer kurzen, aber angespannten Stunde hatten wir uns einen Weg durch das gesamte Warenhaus gesucht und gekämpft und waren endlich sicher, dass die Kalliks fort waren. Ein zerbrochenes Türschloss und einige verstreute Schätze auf dem Weg zur Tür hinaus erzählten die Geschichte eines hastigen Rückzugs. Ich war froh. Die anderen Anzeichen, die wir fanden, wiesen darauf hin, dass es hier Kinder gab. Ich wusste, ich musste härter werden, aber Kinder zu töten, selbst Monsterkinder, war eine Grenze, die ich nicht übertreten konnte. Zumindest noch nicht. Vielleicht war es so, weil sie humanoid waren oder weil sie größtenteils empfindungsfähig schienen, aber der Gedanke, sie zu ermorden, passte einfach nicht zu mir. Die Benachrichtigungen des Questabschlusses waren wie gewöhnlich nur mehr Informationen, die wir bereits kannten. Diesmal bewegte sich Alexa nur ein bisschen, als sie erschienen.

»Was tust du?« Ich blinzelte, als Alexa zum Hauptnest der Kalliks zurückkehrte und erforschte, was zurückgelassen worden war.

»Suchen«, sagte Alexa. »Ah, ha!« Sie zog ein Geldbündel heraus, das sie einsteckte. Einige Minuten später hatte sie etwas Schmuck und weitere, fragwürdigere Akquisitionen gefunden. Einige, ich könnte raten, waren Reagenzien. Gegenstände, die El mögen würde.

»Ist das nicht ...« Ich runzelte die Stirn, nach dem Wort suchend. »Falsch?«

»Sie sind fort. Und sie haben das wahrscheinlich von Menschen genommen, die sie getötet haben. Also nein. Ich finde es nicht falsch«, sagte Alexa. »Wie denkst du finanzieren sich die Templer? Das Töten von Monstern wird nicht wirklich durch die Regierung honoriert.«

»Oh«, sagte ich und fragte mich, wie viel Geld man durch das Plündern von toten Körpern machen könnte. Dann bedachte ich meine eigenen Umstände. »Wirst du mit mir teilen?«

Kapitel 13

In den vier Monaten, seit ich den Ring bekommen hatte, hatte ich ganze sieben Level erlangt. In den folgenden vier Wochen, nachdem Alexa eingezogen war, verdoppelte ich mein Level noch einmal. Es gab ein paar Gründe dafür. Erstens rang ich nicht mehr damit, die neue Welt zu ergründen, in der ich wohnte. Ich verbrachte so viel Zeit wie möglich mit dem Stellen von Fragen über diese Welt an Lily und El, während ich Quests absolvierte. Zweitens zwangen mich die neuen, härteren Quests, die wir als Team in Angriff nahmen, mich selbst stetig anzutreiben, während Alexas andauerndes, nörgelndes Beharren zum Trainieren, wenn wir nicht gerade Quests absolvierten, meine Produktivität steigerte. Selbst wenn ich mich nicht entspannte, fokussierte die Frau mich auf ein Training, das es zuvor so nicht gegeben hatte.

Nicht alle unserer neuen Quests beinhalteten Gewalt, jedoch ein guter Teil davon. Weil wir aus unseren Fehlern gelernt hatten, begannen wir, einen größeren Teil unserer Zeit mit dem Studieren unserer potentiellen Gegner zu verbringen, bevor wir uns auf Quests begaben. Durch Lilys umfangreiches Wissen und die Archive der Templer, zu denen Alexa Zugang hatte, stießen wir selten unvorbereitet auf Probleme, nachdem wir angefangen hatten, unsere Hausaufgaben zu machen.

Glücklicherweise verstand sogar Alexa, dass konstante Gewalt eine schlechte Idee war. Alle paar Tage suchte sie eine herausfordernde, aber gewaltfreie Quest heraus, die wir in Angriff nahmen. Ich musste zugeben, dass diese Quests meine Favoriten waren. Sie erstreckten sich vom Verbringen eines Tags mit dem Befestigen von Schutzzaubern unter der Anleitung eines Meisterwächters bis hin zur Tätigkeit als magische Sicherheitskraft bei einem Rave. Ich schaffte es sogar, meinen allerersten, selbst hergestellten Zauber bei dem Rave ins Spiel zu bringen, als ich die Musik rund um meinen Platz verstummen ließ, während ich nach Glamourzaubern und Illusionen Ausschau hielt, die genutzt wurden, um Minderjährige einzuschleusen.

Fünf Monate nach dem Eintritt in die übernatürliche Welt – ich taumelte gerade aus dem Bett, um Kaffee aufzusetzen – musste ich lächeln, als ich meinen neuen Charakterbogen aufrief.

Klasse: Magier

Level 14 (45% Erfahrung)

Bekannte Zauber: Lichtsphäre, Machtspeer, Machtschild,
Machtfinger, Temperatur verändern, Geräusche verändern,

Windstoß, Heilen, Verbinden, Verfolgen, Vorhersagen, Ausbessern, Schutz, Glamour, Illusion, Magie erkennen

Ich hatte mich in den letzten Wochen ziemlich gemausert und selbst, wenn ich es Alexa gegenüber niemals zugeben würde, hatte es größtenteils mit der Novizin zu tun. Natürlich war ich nicht der einzige, der sich weiterentwickelt hatte. Alexa war selbstsicherer geworden, sich und ihrer Entscheidungen während der Quests bewusst. Das kontinuierliche Training, das sie jeden Morgen absolvierte, hatte ihre Kampfkünste verfeinert. Erst verwirrte es mich, dass Alexa sich auch regelmäßig nachts, oder als wir den Tag beendeten, hinausschlich. An einem ungewöhnlichen Abend beschloss ich, etwas Zeit damit zu verbringen, ihr Schicksal vorherzusagen: Mit Hilfe eines ihrer Haare, meiner Vertrautheit mit der Frau und einer klaren Schale Wasser. Sobald sie das Bürogebäude betreten hatte, zu dem sie unterwegs gewesen war, wurden unglücklicherweise weitere Vorhersageversuche abgeblockt. Zugegebenermaßen kam ich mir dabei ein bisschen schäbig vor, aber die heikle Situation berücksichtigend, in der ich mich befand, empfand ich es als unerlässlich. Am Ende verbrachte ich die Zeit damit, das Bürogebäude und Alexa zu beobachten und kam zu dem Schluss, dass sie ihren Vorgesetzten Bericht erstattete. Es war gleichsam beruhigend, aber auch erdrückend, dass das Bürogebäude in Laufweite meiner Wohnung war. Letztendlich war alles, was ich tun konnte, die ganze Sache ad acta zu legen.

Die Kaffeemaschine piepste und teilte mir endlich mit, dass der Kaffee fertig war, und ich goss mir eine Tasse ein, bevor ich mich umdrehte und einen Seitenblick auf den Dschinn warf. »Lily«, rief ich und wartete darauf, dass sie ihr Spiel pausierte, bevor ich fortfuhr. »Wir müssen reden. Über meinen Charakterbogen.«

»Oh?«. Lily sah mich forschend an und hob eine perfekt gezupfte Augenbraue. Oder geformte? Erschaffene? Immerhin war das Gesicht, das sie zeigte, komplett künstlich. Glaubte ich. Ich war mir nicht ganz sicher, wenn ich darüber nachdachte. »Was ist falsch?«

»Die Zaubersprüche. Oder Fähigkeiten. Oder, du weißt schon, dieses ganze Ding«, sagte ich. »Das Wissen, das du in meinen Kopf einpflanzt, beginnt von dem abzuweichen, was ich hier sehe. Oder vielleicht weichen die Dinge, die ich verstehe, voneinander ab. Es fühlt sich so an, als ob diese Zauber in meinen Kopf gesteckt wurden, aber wenn ich sie dann verstehe, während ich im

Level aufsteige, merke ich, dass jeder dieser Zauber nur ein Teil ist, eine Komponente. Ich kann sie verändern, damit sie das tun, was ich will, falls ich es will. Nun, zumindest theoretisch.«

»Gut.«

»Gut?«

»Natürlich«, bestätigte Lily. »Es bedeutet, dass du Magie fachgerecht zu verstehen beginnst.«

»Aber wenn diese Zauber keine Rolle spielen ...« Ich runzelte die Stirn, schüttelte meinen Kopf und versuchte, meine Bedenken zu erklären.

»Hör zu, Henry. Magie zu erlernen ist wie das Erlernen einer neuen Sprache. Leute wie ich, die Feen, Vampire und der Krake, wir sind Muttersprachler. Wir wuchsen mit Magie auf, und während wir vielleicht nicht zwangsläufig alle Einzelheiten der Grammatik kennen, verstehen wir sie intuitiv und können die Sprache ›sprechen‹. Menschen sind jedoch Fremdsprachler. Die meisten Magier erlernen Magie Schritt für Schritt, prägen sich Wörter und das Verständnis der Regeln der Grammatik ein. Es bedeutet, dass sie nicht so intuitiv wie wir sind, aber sie können manchmal Dinge zustande bringen, an die wir niemals gedacht hätten. Du dagegen, nun, du bist anders. Die Art, wie du Magie durch deine Level erlangst, ist näher dran an dem, was ich verstehe – intuitiv, als Ganzes. Aber gleichzeitig bist du menschlich. Du musst die Regeln verstehen. Die Zaubersprüche, nun, sie sind wie auswendig gelernte Kapitel eines Buches. Du kennst die Kapitel und kannst sie ohne nachzudenken aufsagen, aber um wirklich Magie verstehen zu können, musst du jeden Satz analysieren, jeden Abschnitt, individuell.«

Ich nickte zu ihren Worten und rieb mein Kinn. Wenn wir die Analogie weiterführten, gab es Wörter und Konzepte, die Lily in meinen Verstand eingefügt hatte, die auf den ersten Blick nicht notwendigerweise zu irgendeinem dieser Zaubersprüche ›passten‹, aber eigentlich untermauerten, warum die Zauber funktionierten. Ich könnte jeden dieser Zauber beschwören und sie sogar durch das Ändern spezifischer Wörter oder das Hinzufügen neuer Abschnitte verändern. Tatsächlich hatte ich das schon getan, ohne wirklich die zugrundeliegende Struktur der Zauber zu berücksichtigen.

»Bedeutet das, dass ich eigentlich nur ein riesiger Papagei bin? Ich plappere Zaubersprüche nach, wann immer ich sie brauche?«, fragte ich.

»Ja«, sagte Lily leicht lächelnd.

»Aha«, sagte ich. Ich hätte mich beleidigt fühlen müssen, aber es war eine Tatsache, dass ich den Großteil der Zauber nicht verstand. Selbst meinen Lichtzauber, der vielleicht der leichteste mir bekannte Zauber war, konnte ich nicht beschwören, ohne mich auf das geschenkte Wissen zu verlassen. Der Zauberspruch war komplizierter, als kurzerhand Licht erscheinen zu lassen. Erst musste man definieren, was Licht war, dann musste man festlegen, wie viel Mana man bereitstellte, um das Licht zu erschaffen. Wenn man einen *Lichtball* erschuf, musste man den Raum bestimmen, in dem das Licht erscheinen würde, was bedeutete, der Sphäre mitzuteilen, dass die Lichtenergie darin konzentriert werde. Dann musste man noch den Zauber in Relation zu sich selbst und der Welt positionieren. Und das galt für die leichteste Version, ohne das Hinzufügen von Modifikationen für fortlaufende Kanalisierung oder das Binden des Zaubers an sich selbst.

Der *Machtpfeil* war sogar noch komplizierter. Der Zauber war eigentlich eine Welle aufgebauter kinetischer Energie, geformt zu einem Pfeil, gebunden in einen Raum durch Mana und dann durch noch mehr Mana vorwärts getrieben. Zusätzlich zu Größe, Form, Energiedefinitionen und Kraftvoraussetzungen, die der *Lichtball* benötigte, musste der *Machtpfeil* auch in Hinsicht auf die Flugbahn und seine Struktur definiert werden. Wenn man es so betrachtete, war das Verbessern des

Zaubers vom *Machtpfeil* zum *Machtgeschoss* trotzdem recht einfach. Ich veränderte hauptsächlich nur die Form des Gefäßes mit geringfügigen Anpassungen in Hinsicht auf den Anteil der ausgeübten Kraft. Der *Machtspeer* andererseits war komplizierter, mit einem deutlich größeren Gefäß und einem komplexeren Gleichgewicht, das benötigt wurde, während er sich auf das Ziel zubewegte und mit der realen Welt interagierte.

»Sind wir fertig?«, fragte Lily und unterbrach meine Gedanken.

»Nicht wirklich. Ich denke noch immer darüber nach, dass die Art und Weise, wie wir das aufgesetzt haben, nicht wirklich gut ist«, sagte ich und gestikulierte mit meiner Hand. »Vielleicht hätten wir mit einem anderen System beginnen sollen. Vielleicht eins, das mir die Grundlagen besser vermitteln würde.«

»Denk dran«, sagte Lily. »Du fragst mich nach dem Versuch, dir Magie beizubringen, während ich sie unterbewusst nutze. Nur weil ich so vielen Magiern in meiner Zeit gedient habe, weiß ich überhaupt, wo ich anfangen muss.«

»Ja, das habe ich mir schon gedacht«, sagte ich. »Das löst trotzdem nicht mein Problem.

»Nun, ich könnte Konzepte in deinen Verstand packen und es dich von dort aus probieren lassen«, sagte Lily. »Hoffentlich wirst du es dann selbst kapieren?«

»Ähhh ... nein«, verkündete ich nachdrücklich, was Lily zum Lachen brachte. Bevor wir die Diskussion fortführen konnten, drehte sich der Türknauf, die Tür öffnete sich und erinnerte mich wieder einmal daran, dass ich für Alexa einen weiteren Schlüssel besorgen musste.

»Ich werde darüber nachdenken«, sagte Lily, als sie sich wieder zu ihrem Spiel umdrehte. »Du weißt, wo die Quests sind.«

Alexa hob leicht die Augenbrauen und bedachte uns mit einem argwöhnischen Blick. Als sie keine weitere Erklärung erhielt, lief sie hinüber, um die Questblätter aufzuheben. Trotzdem gab mir ihr angespannter Nacken das Gefühl, dass ich für eine schwierigere Quest bereit sein musste.

＊

Falsch zu liegen war manchmal schlimmer als Recht zu haben. In diesem Fall hatte Alexa statt einer schwierigen Quest eine monotone und langweilige, aber trotzdem anspruchsvolle Quest gefunden – das Entladen eines Containers voll von magischem Merchandise. Da das

251

Merchandise physisch nicht berührt werden konnte, verbrachte ich den ganzen Tag damit, eine Box nach der anderen mit dem Zauber *Machtfinger* zu bewegen, auch bekannt als eine Kurzform der magischen Telekinese. Zusätzlich zu der Langeweile und dem pochendem Schmerz von der konstanten Benutzung und Konzentration der Magie, die benötigt wurde, musste ich mich letztlich auch gegen die eisige Missbilligung behaupten, die von Alexa ausging. Nicht, dass ›irgendetwas falsch war‹, wenn ich nachfragte, selbstverständlich nicht.

Als wir zuhause ankamen, war ich so kaputt, dass ich mich auf meinem provisorischen Bett einrollen und die Nacht durchschlafen wollte. Unglücklicherweise hatte Lily andere Vorstellungen. Sobald Alexa in das Badezimmer gestürmt war, winkte der olivfarbene Dschinn mit den Händen in meine Richtung und eine Reihe von Worten erschien vor meinen Augen.

Magische Fähigkeiten

Manafluss: 2/10

Umwandlung von Mana in Energie: 2/10

Zaubergefäß: 2/10

räumliche Lage: 3/10

räumliche Bewegung: 2/10

Energiemanipulation: 2/10

Biologische Manipulation: 1/10

Manipulation der Materie: 0/10

Dauer: 1/10

»Wa...«, sagte ich und hielt dann inne, bis mein träges Gehirn mich endlich einholte. Natürlich. Das war Lilys Lösung für mein Problem. Eine Reihe an Fähigkeiten, die mein Wissen abgrenzten. Trotzdem. »Warum von zehn? Und was wird als gut angesehen?«

»Zehn, weil ich keine Prozentsätze erzeuge. Noch einmal, Dschinn, kein Gott. Ich kann nicht deine Gedanken lesen, also sind sie durch dein manifestiertes Verständnis der Magie bewertet worden«, sagte Lily. Und von einem Magierlehrling wird erwartet, dass er in all diesen Bereichen bei drei ist.«

»Ah.« Ich runzelte die Stirn und stupste die Liste an, bevor ich hinzufügte: »Ist das ein arithmetischer oder ein logarithmischer Anstieg?«

»Logarithmisch schätze ich. Es wird schwerer werden, je erfahrener du wirst. Nicht, dass sich die benötigten Informationen ändern werden, aber die Geschwindigkeit, diese zu erlernen«, erklärte Lily.

»Danke«, sagte ich. Nun, wenigstens half das, einige der Konzepte zu festigen, mit denen ich herumgespielt hatte. Als ich auf der Matte lag, konnte ich nicht anders, als auf die Liste zu schauen, um weitere Informationen zu bekommen.

Der Manafluss gebietet über die Kontrolle deines Manas – die Menge, Quantität und Qualität des Manas, das du in einen Zauber stecken kannst.

Die Umwandlung von Mana in Energie ist ein Verhältnis und bestimmt die Qualität deiner Kontrolle beim Umwandeln von Mana in Energie, um die Welt zu beeinflussen.

Das Zaubergefäß definiert die Grenzen eines Zaubers. Höhere Level dieser Fähigkeit ermöglichen erhöhte Komplexität und mehr Arten von Gefäßen, die definiert werden können.

Die räumliche Lage definiert den Ort, an dem ein Zauber beschworen werden kann. Niedrige Level kennzeichnen die Fähigkeit, Zauber innerhalb von Berührungsreichweite zu beschwören. Zusätzliche Level gebieten darüber, wie weit entfernt ein Zauber vom Zaubernden beschworen werden kann, ob durch visuelle oder andere Methoden der Ortsbestimmung.

Die räumliche Bewegung gebietet darüber, wie ein Zauber sich bewegen oder nicht bewegen wird. Zauber in höheren Leveln erlauben es, Flugbahnen anzupassen, nachdem sie beschworen wurden, oder multiple Variablen zu definieren.

Die Energiemanipulation weist auf die Fähigkeit des Zaubernden hin, verschiedene Arten von Energie zu manipulieren. Niedrige Level zeigen das Grundverständnis von Energiearten und -formen. Höhere Level erlauben es dem Zaubernden, multiple Formen der Energie und seltenere Arten von Energie gleichzeitig zu manipulieren.

Die biologische Manipulation kennzeichnet die Fähigkeit des Zaubernden, biologische Veränderungen zu verstehen und mit ihnen zu interagieren. Auf dem Grundlevel kann der Zaubernde biologische Materie spüren und sie aus einer gesunden Vorlage replizieren. Höhere Level erlauben es dem Zaubernden, die Vorlage zu verändern. Dies erlaubt die Replikation aus beschädigter oder ungesunder biologischer Materie oder die Erschaffung neuer biologischer Materie.

Die Manipulation der Materie kennzeichnet die Fähigkeit des Zaubernden, Materie zu verstehen. Niedrige Level erlauben es dem

255

Zaubernden, Materie aus Vorlagen zu replizieren. Höhere Level erlauben es dem Zaubernden, die Vorlage zu verändern. Dies erlaubt die Replikation aus beschädigter Materie oder die Erschaffung neuer Materie.

Die Dauer gebietet über das Wissen des Zaubernden, in welcher Weise die Zeit sich auf seine Zauber bezieht. Die ersten Level erlauben es dem Zaubernden, einen Zauber konstant zu kanalisieren oder einen Zauber festgelegter Dauer zu beschwören. Höhere Level erlauben längere Zauber und zeitbasierte Auslöser für Zauber.

Das alles war ziemlich selbsterklärend, jedoch gaben mir einige von Lilys Hinweisen eine Vorstellung davon, welche Art von Training ich durchführen musste. Eine Null in einem Bereich zu haben, war ein wenig frustrierend, jedoch musste ich zugeben, dass ich meine Fähigkeit *Ausbessern* wirklich überhaupt nicht erforscht hatte. Natürlich hätte dieser Denkansatz, dass ich ein ›normaler‹ Lehrling mit drei Punkten in allem sein musste, falsch sein können. Immerhin hatte ich Zauber, die ich wirken konnte, ohne sie wahrhaftig zu verstehen – das Äquivalent von Mikrowellenessen. Vielleicht täte ich besser daran, den Fokus auf einige andere Aspekte der

Magie, wie zum Beispiel den Manafluss, zu legen. Ich sollte allerdings die Funktionsweise meiner Level verstehen. Das war einer der Gründe, warum ich es vergangene Woche etwas langsamer angehen ließ, denn ich musste physisch in der Lage sein, mehr Mana nutzen zu können.

Ich untersuchte die verschiedenen Fähigkeiten und versuchte, sie mit den Zaubern, die ich kannte, zu verknüpfen. Vielleicht war es an der Zeit, etwas mehr zu experimentieren ...

∗∗∗

Es war dunkel, als ich wieder aufwachte, das einzige Licht war das doppelte Leuchten der Laptopmonitore. Alexas Schnarchen durchbrach die Stille der Nacht. Es war 3:24 Uhr in der Frühe. Ich seufzte, als ich mein Handy weglegte und mich aufsetzte. Ich zog in Betracht, wieder ins Bett zu gehen. Ein lautes, aufdringliches Knurren, das sich aus meinem Magen meldete, beantwortete meine Frage.

»Alexa hat etwas vom Abendessen für dich auf der Theke übrig gelassen«, sagte Lily, ohne von ihren Monitoren aufzuschauen.

»Ah ... danke«, sagte ich und tastete mich vorsichtig durch den Raum, um es zu finden. Pasta. Sie mochte ihre Pasta sehr. Andererseits war es vorgekochtes Essen. Nach einem kurzen Abwägen warf ich es in die Mikrowelle, während ich mein winziges Domizil beäugte.

Winzig. Mit drei Leuten war es einfach nur reines Glück, dass Alexa und ich niemals viel Zeit zuhause verbrachten. Selbst so gab es nur wenig Privatsphäre, eine Tatsache, die an mir zu nagen begann. Alexa schien besser damit umzugehen, und Lily, nun, Lily spielte einfach ihre Spiele. Die letzten paar Wochen harter Arbeit hatten tatsächlich meine mageren Ersparnisse aufgebessert, sodass ich ausnahmsweise etwas auf der hohen Kante hatte. Vielleicht war es an der Zeit, eine neue Wohnung zu finden.

Als die Mikrowelle piepte, nahm ich die heiße Pasta, verdrängte Lily von einem der Laptops und war zufrieden, etwas recherchieren zu können. Wie schwierig konnte es sein, eine Wohnung mit drei Zimmern in meiner Preisklasse zu finden?

Ein paar Stunden später war die Antwort da: Extrem schwierig. Falls ich nicht in einem schlecht angebundenen Vorort leben wollte, war es für mein Budget unrealistisch. Obwohl das Absolvieren von Quests ein interessanter

Weg war, Kapital zu generieren, war es gleichzeitig ziemlich unzuverlässig. Zumal sich ein gutes Drittel der Auftraggeber meiner Quests weigerte, die Zahlung auszuführen und dabei eine unbefriedigende Leistung anführte. Ich hätte mich ja beschwert, aber meistens hatten sie recht. Ich war froh, überhaupt angeheuert zu werden.

Als die Morgendämmerung anbrach, schickte ich einige E-Mail-Anfragen an potenzielle Kunden und gab Lily den Laptop zurück, während ich nach den Questblättern griff. Lieber selbst die Auswahl treffen, bevor Alexa es tat. Als ich die Blätter durchsah, wurde ich durch ein Klopfen an der Tür aufgeschreckt.

»Erwartest du Gäste?«, fragte ich Lily, mehr aus Spaß, während ich zur Tür lief. Ohne nachzuschauen öffnete ich sie mit Schwung und sagte: »Nein, wir sind nicht interessiert an ... was tust du denn hier?«

Anstatt des erwarteten Handelsvertreters erkannte ich einen vertrauten, großgewachsenen, sauer aussehenden Magier mit glattem, schwarzen Haar und einem cremefarbenen Shirt.

»Du hast einen weiteren Wunsch ausgesprochen«, sagte Caleb.

»Bist du hier, um zu meckern oder mehr von meinem Eigentum zu zerstören?«, fragte ich.

»Du ...« Caleb hielt inne und nahm einen tiefen Atemzug, bevor er langsamer fortfuhr. »Ich bin hier, um sicherzustellen, dass du deine sogenannten ... Level ... erlangst.«

»Um sechs am Morgen? Ernsthaft?«, fragte ich.

»Ist das so?« Caleb hielt inne, schaute sich um und zuckte mit den Schultern. »Ah, der transtemporale Zauber muss falsch ausgerichtet gewesen sein.«

Ich starrte Caleb an, während ich diese Information einordnete. »Also beabsichtigst du, mich zu babysitten?«

»Nein. Ich soll dir die Grundlagen der Magie beibringen, um deinen Fortschritt zu garantieren«, sagte Caleb. »Ich sehe ein, dass du schon einen Beschützer hast.«

»Aha. Hab nicht gedacht, dass du ein Lehrertyp bist.«

»Wer ist das?«, rief Alexa, während sie am Bett stand, den Speer in der Hand.

»Der Magier, der versucht hatte, mich zu töten«, antwortete ich.

»Aus dem Weg!« Alexa drängte sich nach vorne, ihr Speer war erhoben. Sie bremste ab, als sie begriff, dass ich einfach nur redend dastand. »Warte. Versucht hatte?«

»Er hat ein zu hohes Level«, sagte ich.

»Oh ...« Alexa entspannte sich und lehnte ihren Speer gegen die Wand, bevor sie zur Küche lief. »Gibt es Kaffee?«

»In der Kanne.«

»Wie ich gesagt habe, ich bin hier, um dich zu unterrichten. Jetzt hole deine Ausrüstung und wir werden beginnen«, wiederholte Caleb.

»Ja, nein«, sagte ich, als ich mich wegdrehte und in die Küche ging. Ich hätte die Tür zugeknallt, aber beim Gedanken, dass meine Wünsche keinen Schaden am Eigentum berücksichtigten, sah ich keinen Grund mehr, ihn so zu verspotten.

»Weißt du, was dir hier angeboten wird?!«, blaffte Caleb mit erhobener Stimme. »Ich bin ein Magier des Dritten Kreises. Lehrlinge in der ganzen Welt würden ihre Mutter verkaufen für eine Chance, von mir ausgebildet zu werden.«

»Ist er immer so laut?«, fragte Alexa, als sie an ihrem Kaffee nippte und den Magier beäugte.

»Du, Novizin, wirst ruhig sein. Ansonsten wirst du meinen Zorn spüren«, blaffte Caleb. Nahezu im Einklang rollten wir alle drei mit den Augen.

»Das wird sie nicht. Sie ist ein Teil von Henrys Gruppe. Wenn du einen Kampf mit ihr anfängst, müsste Henry mit einsteigen. Also nein. Sie ist auch geschützt«, sagte Lily, von ihren Laptops aufschauend. »Außerdem bist du laut. Kannst du die Lautstärke etwas runterdrehen? Ich kann das Questprotokoll nicht hören.«

Alexa grinste Lily an und streckte dem Magier die Zunge heraus. Ich hielt inne und starrte die blonde Amazone an, bevor ich schmunzelte. Ich hatte vergessen, dass Alexa eigentlich noch immer sehr jung war. Natürlich war Caleb nicht sonderlich beeindruckt von uns, seine Augenbrauen zogen sich zusammen.

»Lehnst du mein Angebot ab?«, fragte Caleb.

»Nein.« Ich hielt inne und dachte schnell über die Angelegenheit nach. Eine kostenlose Ausbildung, selbst wenn sie von jemandem war, den ich nicht mochte, war zu gut, um sie abzulehnen. Die Wünsche waren nicht narrensicher genug, mich zu schützen. So war es unwahrscheinlich, dass ich hier sicherer wäre, als wenn ich nach draußen gehen würde. »Ich werde darauf zurückkommen – sobald Alexa zu ihrem eigenen Training geht.«

Calebs Lippen wurden schmal, offensichtlich nicht froh über das Ergebnis.

»Ich muss weiterhin Quests erledigen, um mein Level zu steigern.«

Mit einer passenden Ausrede abgespeist, konnte Caleb nur nicken. »Nun gut. Lass uns beginnen.«

***

Nach einem kurzen Spaziergang saß ich in einem offenen Büro, das aus einem Whiteboard, ein paar Stühlen und einem Schreibtisch bestand, der dem Whiteboard zugewandt war, und bekam eine Vorlesung von Caleb. Caleb hatte ganze fünfzehn Minuten gebraucht, mein aktuelles Fähigkeits- und Wissenslevel zu ermitteln, bis er mich zum Stuhl hinter dem Schreibtisch winkte. Ich schnitt nicht wirklich gut ab, auch wenn man berücksichtigte, dass es noch immer früh am Morgen war und mein Kaffee gerade erst angeschlagen hatte.

»Also gut, es scheint, dass du gänzlich ignorant bist für die Welt, die du betreten hast«, sagte Caleb. »Wir werden uns bemühen, das sofort zu berichtigen. Gleich zu Anfang, verstehst du, warum die übernatürliche Welt sich dafür entschieden hat, sich vor der irdischen zu verstecken?«

Ich schüttelte meinen Kopf und Caleb schnaubte nur.

»Natürlich nicht. In Wahrheit war das eine Fangfrage. Wir haben uns nicht entschieden, uns zu verstecken; die Menschheit hat sich entschieden, uns zu ignorieren.«

»Aber *Glamour* und *Illusion* ...«

»Existieren der Einfachheit halber. Die Menschheit hat nicht das Verlangen, sich mit Orks, Elfen, Zwergen und mehr herumzuschlagen. Sie haben das in der Vergangenheit mehrfach sehr deutlich gemacht. Jetzt werden diejenigen, die sich weigern, ihre Visagen zu verstecken, durch entsprechende Regierungsagenturen oder anderweitig in die Randgebiete der Gesellschaft verbannt«, sagte Caleb. »Dieser Prozess begann in den frühen 1500er Jahren und wurde durch die Globalisierung des Handels beschleunigt. Das Magierkonzil selbst bildete sich während dieser Periode, als sich Magier in der ganzen Welt zum ersten Mal trafen und die Bedrohungen, mit denen wir uns auseinandersetzten, proportional anstiegen.«

»Bedrohungen?«

»Ja. Bedrohungen«, sagte Caleb. »Wie dein Ring, der unendliche Flaschenkürbis, der Kris von Hang Tuah. Die Angriffe von den Maricoxi oder den Dokkaebi. Bis wir uns vereinigt hatten, fanden es die unabhängigen Magier oft schwierig, mit diesen neuen Bedrohungen klarzukommen, weil wir kein kulturelles Wissen hatten, aus dem wir schöpfen konnten. So unvollständig oder fehlerhaft es auch sein mag, dieses Wissen enthält oft einen Funken Wahrheit.«

»Aber du hast nicht erklärt, warum das Konzil zusammengestellt wurde«, sagte ich und Caleb schnaubte.

»Ich hätte, wenn du mich nicht unterbrechen würdest. Weißt du, wie oft jemand mit magischen Fähigkeiten überhaupt gefunden wird? Einer von zehntausend. Und von denen hat vielleicht jeder Zehnte die Fähigkeit, ein wahrer Magier zu werden. Ohne die Tatsache, dass magische Fähigkeiten genetisch weitergegeben werden, wären wir vor langer Zeit ausgestorben«, sagte Caleb.

Gedanklich wandte ich schnell etwas Mathematik an und errechnete über sechzigtausend Magier in der ganzen Welt. Die Zahl schien gleichzeitig extrem hoch und doch sehr gering zu sein. Immerhin würde eine Stadt wie meine bei dieser Häufigkeit im besten Fall nur etwas mehr als zwanzig Magier haben. Als ich meine Aufmerksamkeit wieder Caleb zuwandte, bemerkte ich, dass er weitergesprochen hatte.

»... Kennen der Schutzmaßnahmen, Ausschau halten nach außerdimensionalen Bedrohungen und Umgehen mit schurkischen Agenten«, sagte Caleb. »Wir sind allgemein keine Polizisten oder andere Wächter. Es gibt zahlreiche Behörden – offizielle und inoffizielle, wie deine Templer, die solche Aufgaben übernehmen. Allerdings hat die Erfahrung gezeigt, dass es bestimmten magischen Gegenständen und Artefakten nicht erlaubt werden kann, in der allgemeinen Öffentlichkeit zu kursieren.«

»Wie der Ring«, sagte ich und meine Lippen verzogen sich ironisch. »Okay, Ende der Lektion. Wirst du mir eigentlich Magie beibringen oder wirst du mich mit Geschichte langweilen, bis ich den Ring aufgebe?«

»Du ...« Caleb hielt inne und atmete tief ein. »Schön. Lass uns mit deinem Lichtzauber beginnen.«

Ich war nicht besonders glücklich darüber, zurückzugehen und solch einen grundlegenden Zauber zu üben, musste aber zugeben, dass es weitaus besser war, als eine Geschichtsstunde zu bekommen.

Stunden später, als ich schnell zu meiner Wohnung zurückkehrte, um einen Happen zu essen, bevor wir auf eine Quest gingen, musste ich zugeben, dass Caleb ein vernünftiger Lehrer war, selbst wenn er unentwegt überrascht war von dem, was und was ich nicht verstand. Das Erlernen von Magie durch Lilys Kräfte und meine eigenen Experimente waren ein Durcheinander, bei dem grundlegendes magisches Wissen fehlte. Natürlich deckten wir nicht so viel ab, wie ich erwartet hatte, weil Caleb der Ansicht war, dass alles, was behandelt werden sollte, auch behandelt werden würde. Mit penibel genauen Einzelheiten.

Kapitel 14

Am nächsten Tag wartete Caleb zur geplanten Zeit in seinem Büro auf mich. Es war wirklich schön, mit Alexa am Morgen hinauszugehen und etwas besseres vorzuhaben, als alleine Magie zu üben. Sie war natürlich zu ihren Leuten gegangen, um zu berichten und mit ihnen zu trainieren.

»Wir werden deinen Unterricht in zwei Bereiche aufteilen. Erstens meine Lektionen über die Welt und die Lehre der Magie und zweitens deine praktische Zauberanwendung«, sagte Caleb in dem Moment, als er hereinkam.

»Ähh ...« Auf dem falschen Fuß erwischt, war dies das einzige Wort, das ich hervorbringen konnte.

»Ich will nicht sagen müssen, dass selbst ein Versager von Schüler wie du nicht richtig von mir ausgebildet wurde«, sagte Caleb. »Wenn das inakzeptabel ist, mögen wir dieses Experiment als beendet erklären.«

Ich verzog das Gesicht, bevor ich schließlich nickte. Gut. So sehr ich langweilige Lektionen hasste, musste ich zugeben, dass sein praktisches Wissen und seine Fähigkeit, herauszufinden, was mir fehlte, wirklich hilfreich waren.

»Gut. Wenn du jetzt Magie erlernen willst, solltest du zumindest deren Fundamente verstehen. Es gibt zahlreiche Verzweigungen der Magie, aber um ein Magier zu sein, muss man zumindest einen grundlegenden Einblick in alle Zweige haben. Es ist dieses breite Verständnis der Magie, das einen Magier von anderen Gruppierungen wie denen deiner Alchemistenfreundin trennt«, sagte Caleb.

Während er sprach, nahm ich mir einen Stuhl, hörte zufrieden zu, erkannte manches wieder und machte gelegentlich Notizen. Glücklicherweise hatte ich ein sehr gutes Gedächtnis für wichtige Dinge. Allerdings sollte niemand verlangen, mich an seinen Geburtstag zu erinnern. Dafür gab es elektronische Kalender.

»Nunmehr gibt es innerhalb der Magie zahlreiche Pfade – Verzaubern, Beschwören und Alchemie sind die gebräuchlichsten anerkannten Hauptpfade.«

»Was ist mit Schutzzaubern?«, fragte ich.

»Eine Untergruppe des Verzauberns. Eigentlich seine grundlegendste Form«, sagte Caleb. »Sobald du die Grundlagen aller drei Pfade begriffen hast, kannst du damit beginnen, sie zu komplexeren Zaubern oder Ritualen zu kombinieren.«

»Sind Rituale schwierig?«

»Nein. Ein gutes Ritual ist eigentlich sehr leicht zu verstehen und zu vollziehen. Um jedoch die Funktionsweise eines Rituals zu verstehen und manipulieren zu können, wird das Verständnis aller drei Pfade der Magie benötigt. Darum empfiehlt das Magierkonzil, dass Rituale erst später gelehrt werden«, sagte Caleb.

»Ah ... und Beschwören ist das Wirken eines Zaubers durch Mana, richtig? Wie mein *Machtpfeil* und der Lichtzauber?«

»Ja, genau. Wenn du jetzt still sein würdest, werde ich mit einem Überblick über jeden Pfad beginnen«, sagte Caleb und schaute mich wütend an.

Ich seufzte, verstummte aber für den Moment und stellte mich darauf ein zuzuhören. So nervig der Magier auch sein mochte, er kannte sich damit aus.

***

Innerhalb von Tagen waren wir in eine neue Routine gefallen. Jeden Morgen würde ich meinen Weg zu Calebs Büro nehmen, wo er mit einer neuen, komplett durchgeplanten Lektion wartete. Zuerst ließen meine ständigen Unterbrechungen die Lektionen, die der Magier geplant hatte, aus dem Ruder laufen, was uns beide frustrierte. Sobald mir jedoch klar wurde, dass Caleb irgendwann zu den mich interessierenden Themen

271

kommen würde – oder er mir alternativ Zeit einräumte, Fragen zu stellen – verliefen die Dinge reibungsloser. Es war am Nachmittag des sechsten Tages, dass ich auf Lily traf und wir einen Moment Zeit hatten, da Alexa zu spät kam.

»Lily, ich habe gemerkt, dass ich in letzter Zeit nicht wirklich viel Erfahrung gewonnen habe. Aber ich bin mir sicher, dass ich mehr von Caleb lerne«, sagte ich.

»Wirklich? Wie seltsam«, sagte Lily, komplett auf ihre Laptops fokussiert. Jedoch wusste ich nach so vielen Monaten des Zusammenlebens, dass etwas nicht stimmte.

»Lily«, warnte ich und der Dschinn seufzte und klickte schnell auf den Computern herum, um die Spiele zu pausieren.

»Ich habe deinen Erfahrungsgewinn kürzlich angepasst, um den Levelaufstieg zu verlangsamen«, sagte Lily.

»Warum?« Ich blickte finster drein. »Bist du besorgt, dass ich Level hundert zu früh erreiche?«

»Nein«, sagte Lily. »Nun, nicht ganz. Es hat mehr mit deinem Körper zu tun. Hast du gemerkt, dass du seit kurzem häufiger Kopfschmerzen beim Wirken von Zaubern bekommst?«

»Ja«, antwortete ich. Tatsächlich hatte ich gerade welche. »Ich dachte, es liegt daran, dass ich Magie derzeit häufiger nutze.«

»Du hast teilweise recht«, sagte Lily. »Immer wenn ich dein Level erhöht habe, hast du Zugriff auf etwas mehr Mana bekommen. Teilweise durch die Zauber und das Wissen, das ich bereitstellte und, nun, teilweise dadurch, dass ich die Begrenzungen angepasst habe. Vergiss nicht, du hast keine echte angeborene Fähigkeit.«

»Ich erinnere mich.«

»Schön. Nun, du gehst jetzt phasenweise mit so viel Mana um wie ein Magierlehrling, aber dein Körper hatte nicht genug Zeit, sich daran anzupassen. Die Kopfschmerzen sind bloß die Symptome«, sagte Lily.

»Ist das gefährlich?«, fragte ich.

»Nein. Ich habe das Problem früh genug erkannt, aber bis dein Körper sich vollständig an das aktuelle Level angepasst hat, verlangsame ich deinen Levelaufstieg.«

»Also hast du mich generft«, sagte ich und meine Lippen verzogen sich ironisch.

»Nun, du bist der Alphatester für dieses Spiel. Regelanpassungen sollten erwartet werden«, sprach Lily so leise, wie ich es getan hatte, jedoch konnte ich sehen, dass ein Teil der Anspannung ihren Köper verlassen hatte. Als

273

könne sie mich damit verärgern, wenn sie sich um mich kümmert. Meine dritte Lektion mit Caleb handelte vom magischen Burnout und ich hatte nicht das Bedürfnis, mit einem solchen zu enden. Ich hatte gerade erst begonnen, Magie auszuüben!

»Wie lange?«

»Bis du wieder ein Level aufsteigst?« Lily zuckte mit den Schultern. »Kommt darauf an, aber mindestens ein paar Wochen. Und du wirst für eine Weile mit dieser geringeren Geschwindigkeit weitermachen müssen.«

Ich ächzte unglücklich, war aber wenigstens froh, eine Antwort auf den nagenden Verdacht bekommen zu haben. Nachdem dieses Thema ausgeschöpft war, ging ich zu dem Stapel an Quests und blätterte sie durch. Ich wusste, dass Alexa möglicherweise eine für mich ausgesucht hatte, aber ich mochte es ebenso, die Quests zu durchforsten. Es war seltsam, wie leicht ich die Verantwortung für die Auswahl der Quests an die Novizin abgetreten hatte, aber in Wahrheit wusste ich, dass ich aufgrund meiner Besonnenheit Quests auf einem niedrigeren Level auswählen würde.

Andererseits wäre das mit meinem aktuellen Nerfing, der Abschwächung der Steigerung meines Levels, vielleicht die bessere Option gewesen. Wiederum hatten aber viele der Quests, die wir durchführten, spezifische finanzielle Vorteile. Es war irgendwie schön, sich nicht so viel Sorgen über mein Budget machen zu müssen, besonders mit Alexa, die etwas zur Miete beisteuerte.

»Aha.« Ich runzelte die Stirn und starrte auf das vorliegende Questblatt. Nach einem Moment drehte ich es um und fand die andere Questnotiz.

»Irgendetwas Interessantes?«, fragte Alexa hinter mir, was mich aufspringen ließ. Ich blitzte sie an, während sie mich ausdruckslos anschaute. Als ich mich jedoch wieder den Blättern zuwandte, sah ich, wie sich ihre Mundwinkel nach oben zogen.

»Noch mehr Teufelsratten«, sagte ich. »Es gibt zwei Quests, beide in derselben Gegend. Eigentlich bin ich mir ziemlich sicher, dass sie nahe dem Ort sind, wo ich das erste Nest bekämpft habe.«

»Teufelsratten?« Alexa nahm die Blätter aus meiner Hand. Sie las sich die Notizen schnell durch, bevor sie das Ende der Seite beäugte.

»Weißt du was? Lass sie uns töten«, sagte ich plötzlich, nahm Alexa die Blätter weg und händigte sie Lily aus.

Der Dschinn nahm sie aus meiner Hand und legte sie nach einem flüchtigen Blick wieder ab. Innerhalb von Sekunden erschienen neue Questbenachrichtigungen.

»Ich habe nicht ...«

»Wer schläft, verliert«, sagte ich fröhlich, als ich hinüberging, um meine Jacke zu nehmen. Nach einem Moment des Überlegens ging ich zurück, packte zusätzliche Kleidung ein und ermahnte die stotternde Alexa, dies auch zu tun.

***

Das große, verlassene Bürogebäude aus Beton, das unser Ziel war, ragte über uns auf, als wir aus Alexas Auto stiegen. Wenn man bedachte, dass für beide Quests keine Reise in die Kanalisation benötigt wurde, waren die Extraklamotten und Vorsichtsmaßnahmen in Wahrheit wahrscheinlich zu viel des Guten. Aber seitdem wir ein Auto hatten, in dem wir die Tasche lagern konnten, sah ich nur wenig Nachteile, sie mitzunehmen. Immerhin war ich beim ersten Mal, an dem ich mich mit diesen Viechern herumgeschlagen hatte, nicht sehr gut vorbereitet gewesen, und das war damals mein Untergang.

»Ich kapiere noch immer nicht, warum wir eine Quest übernehmen mussten, bei der wir Ratten töten müssen«, grummelte Alexa zum zehnten Mal, während sie ihren Speer bereitmachte. Auf meinen Vorschlag hin hatte sie eine kürzere Version ihrer regulären Waffe mitgebracht, die kaum ihre Schultern erreichte.

»Komm schon, geht es euch Templern nicht immer darum, Menschen zu helfen?«, fragte ich. Wie in der Stellenanzeige angegeben, wurde der Schlüssel für das Warenlager in einem kleinen, verschlossenen Safe hinter einem Busch aufbewahrt. Innerhalb kurzer Zeit hatten wir die Glastüren geöffnet, die in das Gebäude führten. »Bereit?«

Statt mir zu antworten, schritt Alexa voraus in den sonnenhellen Eingang. Ihre Augen zuckten zur Seite, den ausgedienten und leeren Korridor erfassend, bevor sie weiter hineinlief. Sie hielt nur für eine Sekunde inne, damit ich einen *Lichtball* an sie binden konnte.

Beschwörung Lichtball
89% Synchronität

Ich war ziemlich stolz darauf, wie gut ich geworden war, einen Zauber zu wirken. Ich hatte nicht nur ein besseres, physisches Verständnis der Bewegungen erlangt, sondern verstand auch gedanklich, warum jeder Teil des Zaubers in der Art und Weise interagierte, wie er es nun einmal tat. Ich könnte mit einigen Schwierigkeiten selbst

277

einen *Lichtball* ohne die Hilfe des Systems beschwören. Nicht, dass ich jetzt mit so etwas herumalbern würde.

»Rattenscheiße«, sagte Alexa, mit ihrem Speer gestikulierend, als wir ein weiteres, leeres Büro überprüften. Dies war unser erster visueller Hinweis darauf, dass die Teufelsratten hier waren, dagegen marterte der durchdringende Gestank von Rattenurin permanent unsere Geruchsnerven.

»Frisch?«

»Wie sehe ich für dich aus? Wie eine Tierärztin?«, fragte Alexa mürrisch, bevor sie den Raum verließ. Ehe ich antworten konnte, ließ ein Aufblitzen von etwas Rotem meine Hand herausschnellen. Das schon halb geformte *Machtgeschoss* flog direkt auf die angreifende Ratte zu und spießte sie sogar auf, als sie aus dem Loch sprang, in dem sie sich versteckt hatte. Der verbesserte Zauber hatte das Monster verstümmelt, bevor er sich auflöste.

»Ärger!«, rief ich schnell aus, als ich damit begann, ein weiteres *Machtgeschoss* zu formen. Hinter der verstümmelten Ratte, die immer noch versuchte mich zu erreichen, kroch ein weiterer schnurrhaariger Übeltäter heraus.

»Ich bin beschäftigt!«, brüllte Alexa zurück. Da hörte ich das Quieken und das vertraute Rauschen ihres Speers hinter mir. Hatten die verdammten Ratten versucht, uns in einen Hinterhalt zu locken?

»Scheiße!«, knurrte ich, als mein nächstes Geschoss danebenging. Die Teufelsratte war aus meiner Reichweite entkommen. Sie sprang und flog auf mich zu, bevor sie vom *Machtschild* abprallte, den ich in ihre Richtung geschwungen hatte. Natürlich musste ich, da der *Machtschild* ein wirklicher Schild war, vorsichtig seine Größe kontrollieren. Nach einigem Experimentieren hatte ich mich entschieden, es die meiste Zeit einfach nur mit der Option eines traditionellen Schildes zu versuchen und hatte ihn an meinen linken Arm geheftet. Unglücklicherweise waren die Schutzzauber der Jacke für mich nicht mächtig genug, um ausschließlich darauf zu vertrauen. Als ich ein weiteres *Machtgeschoss* bereitmachte und meine Finger die komplizierten Bewegungen durchflogen, beobachtete ich die Ratte vor mir aufmerksam.

»Friss das«, brummte ich, als die Ratte wieder von meinem Schild abprallte, und warf meinen fertigen Zauber, gerade als sie landete. Diese Attacke traf, riss sich durch ihren Körper und ließ das Monster schwer verletzt zurück. Statt sie oder ihre Brut zu töten, lief ich schnell zurück, um nach Alexa zu sehen.

Ich hätte mich genauso gut nicht darum kümmern müssen. Ratten, selbst Teufelsratten, waren keine Gefahr für meine Templerfreundin. Während sie vielleicht über ihr fehlendes Verlangen, eine Kriegerin zu sein, jammern könnte, gab es keine Zweifel daran, dass sie die Ausbildung und die Fähigkeiten hatte, eine zu sein. Die blutigen Stücke, die den Korridor übersäten, waren der Beweis dafür.

»Haben sie gerade versucht, uns in eine Falle zu locken?«, fragte Alexa, meinen vorherigen Gedanken wiederholend.

»Komm schon, Teufelsratten sind nicht so schlau«, sagte ich, doch meine Stimme war von Zweifel erfüllt. Immerhin waren es Teufelsratten und selbst normale, wilde Tiere wussten, wie man in Rudeln jagt.

»Bist du bereit?«, fragte Alexa nach einem Moment und ich nickte. Ich fragte mich, ob diese Ratten sich aus der früheren Gruppe heraus verbreitet hatten, weil ich das Rudel nicht komplett ausgelöscht hatte. Aber wie löscht man Ratten aus? Mit Gift und Pestiziden, schätzte ich, und auf keines von beiden hatte ich Zugriff. Natürlich hatte ich die Ratten erneut mit ihren normalen Gegenstücken verglichen, was möglicherweise ein Fehler war. Ich realisierte, dass es genauso gefährlich sein konnte, zu wenig über das Subjekt zu wissen. Ich hatte mir nicht einmal die Zeit genommen, von Lily etwas über die Teufelsratten in Erfahrung zu bringen, wie ich es sonst gewohnt war. Ich war so zuversichtlich gewesen, zu wissen, was mich erwartete.

Beim dritten Hinterhalt gab es definitiv keinen Zweifel mehr daran, was die Ratten taten. Als wir in weitere Bürokorridore hinaufstiegen, wurden die Angriffe immer häufiger. Das hielt an, bis wir das dritte und vorletzte Stockwerk erreichten.

»Sind wir fertig?«, fragte ich, als wir unseren Rundgang beendeten.

»Das sollte es gewesen sein«, bestätigte Alexa und sie führte uns zurück zu den Treppen.

»Wir wurden nicht angegriffen«, sagte ich und Alexa nickte erneut. Wenn sie uns jetzt nicht attackierten, konnte das eines von zwei Dingen bedeuten: Erstens, wir hatten alle Ratten getötet, die es gab. Die zweite, wahrscheinlichere Option war, dass sie ihre Kräfte aufsparten. »Vielleicht sollten wir darüber reden, wie wir das angehen.«

Alexa hielt inne, die Hand auf das Ausgangsschild gerichtet, bevor sie sich zu mir umdrehte und mir zunickte, dass ich fortfahren solle. Auch wenn die Kämpfe bisher nicht nicht so schwierig gewesen waren, ergab ein wenig Vorsicht Sinn.

***

»Das ist absolut widerwärtig«, sagte ich, als ich meinen Finger in das lauwarme Fleisch einer Teufelsratte steckte. Ich verzog mein Gesicht bei dieser schleimigen Klebrigkeit, die Restwärme schloss sich um meinen Finger. »Ich werde mir dadurch etwas einfangen.«

»Das war deine Idee«, sagte Alexa und warf mir einen letzten angewiderten Blick zu, bevor sie wieder nach Ärger Ausschau hielt.

»Erinnere mich nicht daran«, sagte ich und wurde dann still. Meine Finger schoben und bewegten sich durch den Körper und meine Gedanken streckten sich über vertraute Wege.

Beschwörung Verbinden
75% Synchronität

Beschwörung Vorhersagen
64% Synchronität

Vorhersageverbindung ist hergestellt.

Ich fühlte, wie sich meine Sinne erweiterten, die Verbindung zu jeder Teufelsratte ließ meinen Verstand die arkanen Leitungen entlangströmen. Ich zog beinahe sofort die Augenbrauen zusammen und deutete nach rechts. Ohne ein Zögern zuckte Alexas Speer hervor und schlug durch die Gipswand, wobei er den pelzigen Spion aufspießte und tötete. Für kostbare Sekunden mühte ich mich mit meinem Zauber ab, die geteilte Aufmerksamkeit riss ihn fast auseinander, bis ich es schaffte, die notwendige Kontrolle wiederherzustellen. Hinter meinen Augen explodierte ein pochender Kopfschmerz, eine Art von Schmerz, an die ich mich wenigstens schon gewöhnt hatte.

Erneut eilten meine Gedanken durch die Verbindung. Über uns, auf dem obersten Stockwerk. Verbindungen. So viele Verbindungen. Ich sprang von einer zur anderen und zählte jeden Sprung, der Kopfschmerz pulsierte im Takt. Sekunden schienen wie Minuten. Ich ließ den Zauber los und fiel unbekümmert gegen die dreckige und blutige Wand.

»Bist du in Ordnung?«, fragte Alexa besorgt.

»Mmmmppphhfff«, antwortete ich – oder versuchte es zumindest. Ich ließ den Kopf hängen und blinzelte, als ich bemerkte, wie ein weiterer Tropfen Blut aus meiner Nase tropfte. Scheiße. Ich wischte ihn weg und neigte mich auf die andere Seite.

»Hier«, sagte Alexa und reichte mir ein zerrissenes Taschentuch. Ich nickte dankend, als ich es in meine Nase stopfte und daran dachte, wie albern ich aussah.

»Ich habe nur etwas über zwanzig gezählt, bevor die Verbindung abgerissen ist«, sagte ich Minuten später zu Alexa, als der Kopfschmerz abgeklungen war.

»Bist du denn in der Lage weiterzumachen?«, fragte Alexa besorgt.

»Ja. Wir müssen uns jetzt um diese Dinger kümmern. Ich bin mir ziemlich sicher, dass es dort oben ein großes Nest gibt. Wenn wir das nicht sofort tun, werden sie sich nur noch weiter verbreiten«, sagte ich und drückte mich hoch.

»Zu blöd, dass wir den Ort nicht einfach niederbrennen können«, sagte Alexa und ich schnaubte. Das würde uns garantiert einen Platz auf der schwarzen Liste einbringen. »Ich glaube nicht, dass wir es mit so vielen gleichzeitig aufnehmen können, nicht auf die Art und Weise, wie wir bisher gekämpft haben.«

»Nein. Aber diese Stockwerke sind alle gleich aufgebaut, richtig?« Ich bekam ein Nicken von Alexa. »Okay, dann habe ich einen Plan.«

***

Das Bürogebäude war relativ einfach angelegt – die Haupttreppe war hinter einer Brandschutztür, die zu einem einzigen Korridor führte. Zu beiden Seiten des Korridors befanden sich Türen, die zu kleineren Büroräumen führten. Aus früherer Erfahrung und durch den Vorhersagezauber wussten wir, dass die Büros auf der rechten Seite den Großteil der Ratten beherbergten. Schließlich verliefen die Rohre und Ventilationsschächte entlang dieser Rückwand nach unten, was es den Ratten erlaubte, sich mit Leichtigkeit von Stockwerk zu Stockwerk zu bewegen.

Als Alexa die Tür öffnete, warf ich die Holzblöcke hinein, in die ich vorher Lichtschutzzauber eingeschnitzt und sie aktiviert hatte, bevor wir hineintraten. Die Blöcke glitten und sprangen über den Boden und erleuchteten den Korridor, gerade als Alexa weitere Schutzblöcke vor die Tür stellte. Dann warteten wir und ließen unsere Augen sich an den erhellten Raum anpassen.

285

Als wir unsere Ohren spitzten und durch unseren Mund atmeten, strömten das leichte Zwitschern der Teufelsratten und der beißende Gestank ihres Urins und ihrer Fäkalien auf uns ein. Ich machte eine gedankliche Notiz, nach einem Reinigungszauber zu schauen oder wenigstens nach einem desinfizierenden, wenn ich wieder nach Hause kam. Dann konzentrierte ich mich. Es schien, dass die Ratten sich weigerten herauszukommen, selbst mit der Provokation durch das Licht.

Alexa schritt voraus, ihre Hände fest am Speer, während sie vorsichtig durch den Korridor ging. Ich folgte ihr, mein *Machtschild* war komplett heraufbeschworen und vor mir ausgefahren, als wir den Fußboden beäugten und nach durchnagten Löchern in der Gipswand suchten.

»Da«, zischte Alexa und gestikulierte mit ihrem Speer, als sie das erste Loch entdeckte. Ich nickte grimmig, beugte mich hinunter und bewegte meinen Schild zur Seite, bevor ich einen Schutzblock hineinwarf. Ich ließ recht schnell weitere folgen, jeder barg einen einfachen Zauber der Temperaturveränderung. Jeder Block war schon aktiviert, sodass er die Temperatur um sich herum verringerte. Nach einigen praktischen Experimenten hatte ich herausgefunden, dass ein einziger Block wie dieser die Temperatur meiner Wohnung um gute zehn Grad senken konnte. Vier davon hineinzuwerfen, würde den gesamten Raum gefrieren lassen. Mit der Zeit.

Sobald wir die Blöcke abgesetzt hatten, fielen Alexa und ich zurück hinter unsere vorbereitete Linie von Schutzzaubern und warteten. Und warteten. Und warteten. Hatte ich erwähnt, dass die Zauber, während sie die Temperatur verringerten, das nur von den Blöcken selbst aus taten? Sie verbreiteten den kühlenden Effekt im Wesentlichen von ihren aktuellen Positionen, was in diesem Fall bedeutete, dass der Prozess ziemlich viel Zeit in Anspruch nahm.

Eine halbe Stunde später stürmten die Ratten endlich aus dem Raum, offensichtlich nicht mehr bereit, eingefroren zu werden. Meine einzige Sorge war, dass sich die Monster entschieden, sich weiter zurückzuziehen, anstatt ihre Angriffe frühzeitig zu starten. Feuer wäre sicherer gewesen, aber nochmal, wir wollten das verdammte Gebäude nicht niederbrennen. Also war die Kälte unsere nervende Waffe der Wahl.

Die Ratten stürmten auf uns zu und die erste traf auf die Blöcke, die Alexa abgelegt hatte, was eine simple Aktivierungssequenz auslöste. Wie beim Rest meiner Blöcke waren die Schutzzauber mehr als Experiment platziert, statt für irgendeinen durchdachten Plan.

Nachdem ich aus Versehen einen aktiviert hatte – dieser Prozess zerstörte meinen Toaster – entschied ich mich, dass meine Blöcke nützliche Waffen sein könnten. Es hatte einige Anstrengungen gekostet, diese Schutzzauber richtig hinzubekommen. Den Zauberspruch mit einer Berührungsaktivierung zu verketten war leicht. Der knifflige Teil war das Hinzufügen eines An-/Aus-Schalters, so dass die Schutzzauber nicht die ganze Zeit aktiv waren.

Jetzt, als die Teufelsratte direkt über den Schutzzauber lief, formte sich ein *Machtgeschoss* unter ihr und sprang geradlinig heraus. Die Teufelsratte hinter ihr hatte nicht das Glück, den Schutzzauber überqueren zu können, da sich das *Machtgeschoss* gerade fertig geformt hatte und sie am Hals aufspießte. Das war vielleicht der größte Makel der Schutzzauber – die Dauer, ein Geschoss zu formen. So wie es aussah, gelang es den drei schützenden Glyphen vor uns nur, eine Ratte zu töten und eine andere leicht durcheinanderzubringen.

»Stirb!«, knurrte Alexa, wirbelte ihren Speer herum und schnitt eine Linie vor sich, als uns die erste Teufelsratte erreichte. Die Attacke schlug eine zur Seite und zerfetzte eine weitere. Hinter ihr bewegte ich meinen *Machtschild*, damit er über dem Boden lag, in die Höhe wuchs und eine improvisierte Mauer erzeugte. Die führenden Ratten rammten fauchend und kopfschüttelnd in den *Machtschild* und waren vorübergehend betäubt. Über ihnen fuhr Alexa damit fort, die festsitzenden Ratten gnadenlos zu erstechen.

Die anfängliche Verwirrung und Überraschung dauerte eine knappe Sekunde, genug Zeit für Alexa, ein paar zu töten, bevor die Ratten zurückwichen. Die erste Teufelsratte, die gegen den Schildwall sprang, wurde beiseite geschmettert, die zweite bekam ein *Machtgeschoss* ins Gesicht und dann gab es nur noch eine, die auf uns zustürmte und durch die Luft segelte, um auf Alexa zu landen. Die Novizin warf sich zur Seite, doch die Ratte flog weiter auf sie zu und verletzte Alexa durch ihre Rüstung hindurch. Gerade als die Ratte wieder auf die Beine kam, sprang Alexas Speer hervor. Ich erledigte das letzte lädierte Monster, während Alexa sich um ihres kümmerte, und dann, dann war es vorbei. Ein paar Minuten später waren wir bereit für den nächsten Raum, in dem wir die Kälteblöcke platzierten, nachdem wir sie zurückgeholt hatten. Selbst im Korridor konnte man die Kälte aus dem ersten Raum spüren, die sich langsam verflüchtigte.

Die anschließenden Räume und Kämpfe folgten dem gleichen Muster – viel Warten und ein paar flüchtige Momente des Kampfes. Als meine Kopfschmerzen schlimmer wurden, notierte ich mir in Gedanken, für das nächste Mal einige Machtschildschutzzauber zu erschaffen. Ich gab unseren Attacken schnell eine überraschende Wendung, indem ich aus unserer Sicht einen *Machtschild* direkt vor den Machtgeschossschutzzaubern platzierte. Dies gab den Schutzzaubern genug Zeit, sich zu formen und sich auszulösen, was das Gemetzel noch verstärkte. Im Gegenzug konzentrierte Alexa sich darauf, die Monster zur Seite zu schlagen, während sie sprangen und auf andere Weise probierten, uns anzugreifen.

Als wir endlich das Gebäude freigeräumt hatten, atmete ich krampfhaft durch meine Nase und versuchte, nicht zu würgen. Blut, Eingeweide und andere Unaussprechlichkeiten übersäten den Boden und sogar Alexa blieb nur so lange, bis sicher war, dass keine weiteren Ratten überlebt hatten. Als wir draußen die frische Luft einatmeten, hinterließ ich eine Nachricht an den Gebäudebesitzer über die erfolgreiche Säuberungsaktion. Natürlich waren ein paar der jüngeren

Ratten in die Wand entkommen, aber diesen konnte man mit irdischen Pestiziden und Fallen beikommen.

»Ja, vier Dutzend voll Ausgewachsene. Das ist richtig. Ja. Okay«, sagte Alexa und beendete ihre Konversation auf ihrem Handy, bevor sie sich zu mir umdrehte. Mit ihren grünen, undurchdringlichen Augen starrte die Novizin mich an und gestikulierte in Richtung ihres Autos.

»Können wir die andere Quest morgen erledigen?«, fragte ich, während ich in das Auto stieg, vorsichtig beim Platzieren meiner Füße. Ein weiteres Pochen im Kopf und meine Sicht schränkte sich wieder ein.

»Kopfschmerzen?«, fragte Alexa und ich nickte. Vorsichtig. »Dann morgen.«

»Danke«, flüsterte ich mit geschlossenen Augen, während ich trocken zwei Schmerztabletten schluckte. Definitiv morgen.

***

Der Kopfschmerz von der Übernutzung meiner Magie flaute nach einer Nachtruhe ab. Statt am nächsten Tag in den Unterricht zu gehen, verbrachte ich den Morgen damit, an mehr Schutzblöcken zu arbeiten. Die Blöcke selbst waren einfach zu beschaffen. Ich wusste, dass ich mit besserem Material mächtigere Schutzzauber erzeugen konnte. Trotzdem nahm ich natürliches Hartholz statt Metall oder Stein. Einerseits hatte ich keine Ahnung, wie ich in Metall oder Stein schnitzen konnte. Der Kunstunterricht in der Schule hatte mir zumindest etwas Erfahrung in der Holzschnitzerei verliehen, selbst wenn das Jahre her war. Noch wichtiger war jedoch, dass ich einfach nicht den magischen Pep hatte, um besseres Material überhaupt nutzen zu können.

Schutzzauber waren in der Theorie simpel. Ein Schutzzauber konnte aus allem hergestellt werden, aus Wörtern, Buchstaben, Glyphen oder Runen. So lange wie der Magier sich konzentrierte und die zugrundeliegende magische Struktur des Schutzzaubers bereitstellte, könnte er sogar Strichmännchen dafür nutzen. Natürlich war das Nutzen gewöhnlicher, magischer Varianten leicht, etwa wie einen ausgetretenen Pfad in einem Wald entlangzulaufen, statt selbst einen Weg anzulegen.

Mit Holzschnitzwerkzeugen in den Händen beugte ich mich über den Block und arbeitete langsam am ersten Schritt. Dies war der grundlegende Stärkungszauber, welcher es mir erlaubte, Mana in die gesamte Struktur zu transferieren. In diesem Fall erzeugte ich einen Managefäßzauber, einer der zwei Typen, die ich kannte.

Der andere war ein konstanter, kanalisierender Stärkungszauber, aber in diesem Fall viel weniger nützlich. Es gab andere, kompliziertere Stärkungszauber, einschließlich derer, die es einem erlaubten, passiv Mana anzusammeln, aber ich musste erst noch auf dieses Level aufsteigen.

Sobald dies schließlich in den Holzblock eingeschnitzt war und die magischen Kanäle eingebettet waren, ging ich zum nächsten Schritt über. Dieser erforderte von mir, den Stärkungszauber mit dem zu stärkenden Zauberspruch zu verbinden. Um das zu tun, musste man den Zauber gleichzeitig einschnitzen, was bedeutete, die Parameter des Zaubers in den Schutzzauber selbst einzusetzen. Auf dem einfachsten Level konnte ich den Zauber mit nicht veränderbaren Kanälen versehen, aber es war theoretisch möglich, flexible Schutzzauber zu erzeugen. Viele Schutzanordnungen waren eigentlich flexible Zauber, die in die Schutzzauber eingebaut waren.

Ein Schutzzauber war, so wie er funktionierte, ähnlich wie ein Computerprogramm. Wenn man einen Schutzzauber erzeugte, ›schrieb‹ man das Programm und erlaubte Optionen, während man es schrieb. Schutzzauber waren wie die Zaubersprüche auf vielfältige Weise in meinem Verstand – sie waren festgelegte Konstrukte, die

293

nur einen Anstoß benötigten. Anders als meine Zaubersprüche, die ich verändern konnte, während ich sie wirkte, waren Schutzzauber unveränderlich, außer bei der Wahl ihrer vorgefertigten Optionen. In diesem Fall webte ich einen *Machtschild* auf den Holzblock.

Es war so analog, dass ich glaubte, Lily wolle mich experimentieren lassen. Dazu gezwungen, jeden Teil der Zauber in meinem Verstand und die Art und Weise, wie sie mit meinen Schutzzaubern interagierten, zu berücksichtigen, entwickelte sich gleichzeitig mein Verständnis von Schutzzaubern und meinen Zaubersprüchen.

Nachdem ich den Zauber auf den Schutzzauber gelegt hatte, musste ich die Auslöser einschnitzen. Es war nicht genug, die Schutzzauber einfach zu besitzen. Wenn ich sie nicht alle gleichzeitig aktivieren wollte, musste ich in der Lage sein, zu kontrollieren, wie und wann sie eingeschaltet werden. In diesem Fall war ein simpler An-/Aus-Schalter ausreichend, der durch den Manafluss manipuliert wurde. Nachdem all das geklärt war, nahm es beinahe eine Dreiviertelstunde in Anspruch, nur einen einzigen Schutzzauber zu erzeugen. Während ich Mana durch den gesamten Prozess hindurch kanalisierte, war der Anteil, den ich kanalisieren musste, glücklicherweise ziemlich gering. Ein Zehntel von dem, was das Beschwören des Zaubers eigentlich benötigen würde.

Als ich meine Experimente abgeschlossen hatte, war es fast Zeit, dass Alexa zurückkam. Eine Reihe schützender Blöcke waren auf dem Boden neben mir ausgelegt. Mit einem Hervorschnellen meiner Hand aktivierte ich den ersten und musterte ihn intensiv.

»Nun, das ist ein Fehlschlag«, murmelte ich, als ich gegen den *Machtschild* trat. Während der Schild selbst hielt, trat unglücklicherweise die Physik in Kraft und ließ den Block nach hinten rutschen, bevor er von der Wand abprallte. Der kleine, gebogene Schild flackerte auf, als er das gespeicherte Mana für weitere dreißig Sekunden nutzte, bis er leise erstarb. »Ich muss herausfinden, wie man den Schild und den Block unten befestigt. Aber vielleicht könnte ich auch viele dieser Blöcke herstellen und sie verbinden? Einen portablen Schild erzeugen?«

»Das ist eine wirklich nervige Angewohnheit«, sagte Lily von ihrem Platz aus.

»Hä?« Ich drehte mich finster blickend zu Lily um.

»Du redest wieder mit dir selbst.«

»Ich weiß«, sagte ich und weigerte mich, zu einer Entschuldigung anzusetzen. Zum einen, weil es mein Zuhause war. Und zum anderen, weil mein Murmeln Lily bisweilen ein oder zwei Hinweise lieferte. In diesem Fall erwartete ich keine Hilfe. Ich war mir ziemlich sicher, dass die benötigten Zauberformeln, um den Schild an einem Ort zu befestigen, zu kompliziert für mein aktuelles Level waren, besonders wenn ich sie in einen Schutzzauber transferieren musste.

»Weiter«, sagte ich und griff vorsichtig nach Experiment Nummer zwei. Es enthielt ein verändertes *Machtgeschoss*. Bevor ich es aktivierte, beschwor ich einen *Machtschild* um den Schutzzauber herum und ließ nur einen kleinen Raum für mich, um meine Hand unter ihn zu stecken, so dass ich den Block aktivieren konnte. Kurze Zeit später erbebte der Block und ein kleines *Machtgeschoss* formte sich. Anstatt wie gewollt herauszufliegen, saß es einfach nur da und ragte aus dem Block hervor. Einige Momente später entfernte ich den *Machtschild*, stupste gegen den Block und bemerkte, dass er das gleiche Problem wie der vorherige hatte. Nach kurzer Zeit entschied ich mich, den Block als einen Machtstachelblock zu bezeichnen. Es war ein schwacher Erfolg; ich konnte den Machtstachel erzeugen, aber wie mein Block mit dem *Machtschild* konnte er leicht zur Seite geschlagen werden.

Ich setzte mich wieder und warf einen wütenden Blick auf meine fehlgeschlagenen Experimente. Einige vorher aufgeladene Blöcke herumzutragen, um als *Machtschild* zu fungieren, könnte funktionieren, aber der *Machtschild* war ein solcher Mana-Vielfraß, dass sie nicht sehr lange aktiv wären. Vielleicht könnten sie mit mehr Erfahrung und besseren Materialien nützlich sein. Was die Machtstachel betraf, konnten sie leicht umgehauen werden, was sie nutzlos machte. Vielleicht konnte ich aus ihnen Krähenfüße machen, aber dazu müsste ich entweder das Gefäß anpassen, damit es sich aktivierte und Stacheln überall um den Block herum formte, oder ich müsste vier verschiedene Schutzzauber erzeugen.

Das penetrante Klicken von Maus und Tastatur unterbrach meine Gedanken erneut und ich grummelte. Plötzlich war ich müde. Verdammt, ich wollte mein Zuhause zurück. »Könntest du leise sein?«

»Ich könnte, wenn du mir eine bessere Maus besorgst«, schoss Lily zurück. »Und vielleicht eine neue Tastatur.«

»Geh und kauf dir selbst eine. Ich habe anderes zu tun«, sagte ich und schaute wieder auf meine Schutzzauberblöcke, während das aufdringliche Klicken meine Ohren erreichte. Klick. Klack. Klick.

Oh. Aha. Das würde funktionieren.

***

»Bist du dir sicher, dass das funktionieren wird?«, fragte Alexa später, als wir uns für die nächste Rattenquest bereitmachten. Diesmal hatten wir uns für einen vollkommen anderen Angriffsplan entschieden. Anstatt herumzulaufen und zu versuchen, die Ratten zu finden, wollten wir sie zu uns locken.

»Ich vertraue El«, sagte ich und schubste das Stück Fleisch ein bisschen weiter nach vorne, bevor ich einen Trank öffnete. Er war ein simpler Lockstoff, der auf die Teufelsratten abzielte. Er hatte mehr gekostet, um ihn speziell auf ein Ziel auszurichten, aber da wir nicht wollten, dass zufällige Kreaturen hereinschneiten, hatten wir zuversichtlich für den kostspieligeren Trank gezahlt. Jetzt goss ich die Lösung vorsichtig auf das Fleisch, bevor ich zurückwich und unsere Vorbereitungen begutachtete. Wir hatten uns entschieden, uns mit einer Glastür im Rücken im Eingangsbereich zu postieren, während in einem Halbkreis um uns herum einige meiner neu erschaffenen Machtstachel ausgebreitet waren. Vor ihnen lagen die Kühlblöcke, den Boden und das Wasser kühlend, das wir verspritzt hatten, dünne Schichten von Eis formten sich schon um sie herum. Hoffentlich würde der glatte Fußboden die Ratten lange genug aufhalten und durcheinanderbringen, um uns ausreichend Zeit zu verschaffen.

»Bist du sicher, dass nur ein Dutzend in der Nähe ist?«, fragte Alexa erneut.

»Ja«, antwortete ich mürrisch, während ich dort stand und Ausschau hielt.

»Wenn wir umzingelt werden ...«

»Werden wir nicht«, versicherte ich ihr. Sie mögen schlau genug sein, einen Hinterhalt zu planen, aber sie würden nicht in der Lage sein, der Verlockung des Tranks zu widerstehen – jedenfalls hatte El uns das versprochen.

»Ah«, sagte Alexa plötzlich und ihre Augen fixierten sich auf rote Punkte, die uns aus den Schatten heraus anfunkelten. Statt behutsam heranzurücken, rannten die Ratten auf uns zu, insgesamt ein Dutzend. Innerhalb kurzer Zeit trafen sie auf den eisigen Boden und schlitterten darüber, wobei ihre Füße verzweifelt nach Halt suchten. Ein paar prallten gegen die Holzblöcke und überschlugen sich, während andere durch die Lücken kletterten, um weiter auf uns zuzurasen. Zwei unglückliche Ratten trafen sogar auf die Stachelblöcke, der kleinere und dünnere schoss *Machtpfeile* in ihre Körper, bevor die Pfeile verschwanden.

Alexa ignorierte all das und schwang stattdessen ihren Speer, während die Ratten näherkamen. Im Gegenzug unterstützte ich sie mit geworfenen *Machtgeschossen* und nutzte den Zauber, um die Monster, die auf uns zustürmten, verheerend zu verletzen. Minuten voller Fell, scharfer Zähne und Klauen und dann war der Kampf vorbei, die Ratten lagen in Stücken um uns herum.

»Nun, das war gar nicht so schlecht«, sagte ich, während ich würgte und darauf wartete, dass sich meine Atmung beruhigte.

»Gut. Weil wir das noch einmal machen müssen«, sagte Alexa und richtete ihren Speer auf ein weiteres Paar roter Augen.

»Verdammt.«

***

Kurze Zeit später starrten wir auf die Sauerei im Eingangsbereich und waren insgeheim froh, dass wir nicht diejenigen waren, die zum Reinigen gezwungen werden. Alexa hockte ein kleines Stück entfernt, reinigte einige ihrer Wunden mit Jod und überprüfte, ob sie nicht weitere Verletzungen erlitten hatte. Ich hielt Wache und war wieder dankbar, dass ich der Fernkämpfer geworden war, der ich nun einmal war. Magier waren leicht zu zermalmen – jeder wusste das.

Sobald Alexa fertig war und ihren Speer wieder aufgehoben hatte, beugte ich mich hinunter, streckte die Hände aus und wirkte erneut die Zauber *Verbinden* und *Vorhersagen* in schneller Abfolge. Ein langsamer pochender Kopfschmerz begann sich hinter meinen Augen auszubreiten, bis ich schmallippig den Zauber losließ. Es wurde nicht einfacher, den verdammten Vorhersagezauber zu benutzen.

»Alles sauber«, sagte ich.

»Gut. Ich werde einen Blick hineinwerfen«, sagte Alexa und deutete auf den Einzelhandelskomplex. Ich runzelte die Stirn und neigte meinen Kopf zur Seite.

»Alles sauber«, wiederholte ich.

»Ich weiß. Das ist es nicht«, sagte Alexa. »Ich will mich einfach nur umschauen.«

»Aber ...« Ich schloss meinen Mund, als ich bemerkte, dass Alexa schon hineinlief und vorsichtig ihre Füße zwischen die Lachen voller Blut und Eingeweide setzte. Als ich sie einholte, fragte ich: »Was ist los?«

»Ich bin einfach neugierig.«

»Schwachsinn«, sagte ich. »Du suchst nach etwas.«

Schweigen strafte meine Anschuldigung. Anstatt meine Befragung fortzusetzen, folgte ich ihr und wartete darauf, dass sie mir antwortete. Ich hatte so lange mit zwei Frauen zusammengelebt, dass ich den einen oder anderen Trick gelernt hatte. Wir waren fast fertig mit unserem Rundgang. Alexa machte bei jedem Büro Halt, um mit Licht und ihrem Speer alles abzusuchen, bis sie etwas fragte.

»Was weißt du über Teufelsratten?«

»Groß, hässlich, rot?«, sagte ich und zuckte mit den Schultern. »Außerdem würde ich sie gerne nicht noch einmal bekämpfen. Riechen viel zu schlimm.«

»Teufelsratten sind das Ungeziefer der dämonischen Welt. Sie erscheinen nicht von Natur aus ... meistens. Stattdessen stammen die Dämonen, welche die Ratten befallen, oft aus schlecht beschworenen, dämonischen Ritualen und entkommen durch schlecht erschaffene Schutzzauber«, sagte Alexa. »Drei Verseuchungen nacheinander sind ... ungewöhnlich.«

»Du bist besorgt, dass jemand Dämonen herbeiruft?«, fragte ich und Alexa nickte.

»Aha.« Ich rieb mein Kinn, während ich weiter bohrte. »Also schauen wir nach Anzeichen eines dämonischen Rituals?«

»Ja. Oder eines anderen magischen Rituals«, bestätigte Alexa und ich seufzte. Mist. Als ob die Dinge nicht schon kompliziert genug wären.

***

»Drei Vorkommnisse?«, fragte Caleb am nächsten Morgen, nachdem ich meine Abwesenheit begründet und die Quests erläutert hatte.

»In ungefähr fünf Monaten«, sagte ich. »Ich habe jedoch keine weiteren Ratten aufgespürt. Zumindest nicht in meiner Reichweite.« Ich musste natürlich Caleb nicht darauf hinweisen, wie eingeschränkt meine Reichweite mit meinen Zaubern *Verbinden* und *Vorhersagen* war.

»Und du willst, dass ich mich darum kümmere?«, fragte Caleb und starrte mich herrisch an.

»Du hattest erwähnt, dass das Magierkonzil gebildet wurde, um sich extradimensionale Verstöße vorzunehmen«, sagte ich.

»Ja. Für Dinge auf einer größeren Skala. Der gelegentliche, von einem Zauberer herbeigerufene Dämon ist ...« Caleb zog die Augenbrauen zusammen und zuckte dann mit den Schultern. »Nun, es ist nichts, worum wir uns normalerweise kümmern. Die hiesigen Gruppierungen beschäftigen sich normalerweise mit solchen Angelegenheiten.«

»Ernsthaft!?!« Ich blickte finster und Caleb seufzte.

»Du scheinst unter einer Fehlvorstellung zu leiden. Ich habe dich bereits informiert, dass wir keine Polizisten oder Wächter sind. Das Konzil ähnelt eher einer Gilde. Viele von uns haben bessere Dinge zu tun, als einen unbekannten Zauberer zu jagen.«

Ich schaute Caleb wütend an, absolut nicht glücklich mit seiner Antwort. Der Magier drehte sich weg, lief zum Whiteboard und tippte auf den Tisch.

»Nun, wir erörterten die sechzehn traditionellen Formeln von Kapinsky für die Positionierung eines Zaubers ...«

Kapitel 15

So sehr ich mir auch Sorgen über das Erscheinen von ein oder zwei Dämoneninvasionen gemacht hatte, die nächsten Wochen verliefen ereignislos. Es wurden keine weiteren Teufelsratten gemeldet. Selbst mehrere Vorhersagen und Exkursionen am späten Abend hatten nichts offenbart. Am Ende schien das Auftauchen der Teufelsratten purer Zufall gewesen zu sein. Es war zwar ungewöhnlich, aber nicht unüblich für Dämonen, welche Teufelsratten bewohnten, über Risse in unsere Dimension einzudringen. Sie waren klein genug, um das zu tun, und wenn sie unbehelligt blieben, konnten sie auf lange Sicht die Barrieren niederreißen. Es war möglich, dass ein plötzlicher Riss in der Barriere vielen dieser Dämonen erlaubte hereinzuschleichen. Das einzige, was ich tun konnte: die Augen nach weiteren Problemen offenzuhalten und die Ratten zu töten, sobald sie auftauchten. Weniger Ratten, weniger Schaden an der Barriere.

Während der Flaute hatte ich sogar Zeit, einige schöne Wohnungen zu besichtigen und bei zweien anzufragen. Natürlich konfrontierte mich das mit einem ziemlich prekären Problem – mein Einkommen nachzuweisen. Ich konnte nicht wirklich ›übernatürlicher Problemlöser‹ oder ›Magier in Ausbildung‹ auf das Bewerbungsformular schreiben, und ›Weiterverkäufer von Gebrauchtwaren‹ sah auch nicht viel besser aus. Am Ende zogen wir bei beiden Wohnungen den Kürzeren. Ich konnte nicht mit Sicherheit sagen, ob Alexas beharrliche Versicherungen gegenüber dem Vermieter, dass wir ›in keiner Art und Weise ein Pärchen waren‹, halfen oder nicht, aber ich hatte so meine Vermutung.

Die Ausbildung wurde in dem schwerfälligen Tempo fortgesetzt, zu dem Caleb mich unaufhörlich zwang. Ich konnte nicht wirklich sagen, dass der Magier mit seinen Ausbildungsmethoden falsch lag, da wir immer wieder überraschende Wissenslücken aufdeckten, die als ›fundamentales‹ Wissen aufgefasst werden könnten. Aus diesem Grund waren wir an diesem Morgen bei einer interaktiveren Ausbildung über Kraftlinien und Orte der Macht in der Stadt unterwegs, nachdem ich den gestrigen Morgen damit verbracht hatte, eine akademische Dissertation darüber gepredigt zu bekommen.

»Das ist ein Ort der Macht?«, fragte ich kopfschüttelnd, als ich die Seite eines Gebäudes anstarrte. Das Wandbild einer schwebenden Weltraumkatze mit aus ihren Augen austretenden Laserstrahlen. Sie bekämpfte einen Schwarm grüner Weltraumaliens in Superheldenkostümen, was ziemlich kreativ war, aber nicht gerade das, was mir in den

Sinn gekommen wäre. Blumenkränze und Blumensträuße waren gegen die Wand gelegt, zusammen mit einem einzelnen einsamen Teddybären und dazwischen aufgestellten Kerzen.

»Nicht alle Orte der Macht sind Orte der Huldigung. Einige bilden sich aufgrund der tief empfundenen, emotionalen Bindung, welche die Bevölkerung zu einem Ort hat. Je stärker die Gefühle, desto tiefer die Bindungen.« Caleb beugte sich hinunter und platzierte seinen eigenen Strauß neben den anderen. Er schwenkte seine Hand über die Kerzen und entzündete sie alle mit einer selbstverständlichen Geste der Macht, bevor er aufstand.

»Also, nicht alle sind Orte der Huldigung. Aber ein Wandgemälde?«, fragte ich.

»Nein.« Caleb bewegte einige Blumen, um ein Bild freizulegen. »Ein Ort der Trauer und Reflexion.«

»Ah«, sagte ich. Eine Erinnerung zerrte an mir – ein flüchtig gelesener Artikel über einen aufstrebenden Musiker, seine Fangemeinde und einen tragischen Kampf. Zu jung, zu dumm, um sich zurückzuziehen. Ein Schlag, ein schlimmer Sturz und die Erschaffung einer neuen Legende.

»Nun, entsinnst du dich, warum Orte der Macht wichtig sind?«

»Sie erweitern die Menge an Mana, die man nutzen kann. Je stärker der Ort der Macht, desto mehr Mana ist zur Nutzung vorhanden. Das lässt selbst jemanden mit einer mittelmäßigen Gabe mehr Mana führen. Darum sind einige der mächtigsten Orte – die Pyramiden, die Verbotene Stadt, Mount Rushmore – immer geschützt und bewacht. Man will nicht, dass ein dummer Zauberer einen höheren Dämon herbeiruft«, antwortete ich.

»Gut. Und das ist der Grund, warum ein kompetenter Magier jeden Ort der Macht in seiner Stadt einstudiert. Man weiß nie, wann man möglicherweise einmal einen Machtanstieg benötigt.«

»Wie viele gibt es genau? In der Stadt?«, fragte ich.

»Zwölf auf Stufe drei, dreißig auf Stufe zwei und hundertachtundzwanzig ...« Caleb nickte zum Wandgemälde »... auf Stufe eins.«

»Nichts über Stufe 3?«, fragte ich und Caleb lächelte dünn.

»Nichts, über das du dir Gedanken machen musst.«

Arschloch. Trotzdem schaute ich zu, als Caleb zur Wand hinüberlief und mit dem Platzieren von Schutzzaubern begann. Wir hatten es gestern geübt, aber das Üben und die praktische Anwendung waren zwei verschiedene Paar Schuhe. Der erste Schutzzauber war nicht besonders kompliziert, da er ein Alarmschutzzauber war. Er bestand aus der ursprünglichen Schutzglyphe und zwei Verbindungen. Die erste verband den Schutzzauber mit dem Ort der Macht und die zweite mit dem Brett, das Caleb hielt. Natürlich waren die Auslöser der schwierige Teil. Sie stellten sicher, dass der Alarm sich nicht zufällig selbst oder durch geringe Fluktuationen im Manafluss auslösen würde. Während es in der Theorie einfach war, musste man in der Praxis nicht nur das Machtlevel dieses bestimmten Machtpunktes verstehen, sondern auch seine gängigen Machtfluktuationen und seinen ihn umgebenden Raum. Der Zauber benötigte demnach deutliche Feinabstimmungen, was ihn zur perfekten Übungsmethode für mich machte.

Für den zweiten Schutzzauber, der mächtiger und komplizierter war und den Caleb unmittelbar nach dem ersten beschwor, besaß ich nicht die Fähigkeit, ihn zu wirken. Er versiegelte im Grunde den Ort der Macht und stellte sicher, dass niemand ihn nutzen konnte. Er war deutlich mächtiger und komplizierter. Der erste Schutzzauber hatte Caleb kaum fünf Minuten zum Positionieren abgenötigt. Der zweite beinahe eine Stunde.

309

Die Schutzzauber leuchteten für einen weiteren Moment, sichtbar für jeden, bevor sie aus der irdischen Sicht verblassten. Anders als die Schutzzauber, die ich normalerweise einschnitzte, gab es runische Schutzzauber, die in leuchtender Manaschrift geschrieben waren. Die Schutzzauber zu invertieren und vor der irdischen Sicht zu verstecken, benötigte etwas mehr Kraft, aber es machte die Sache natürlich leichter.

»Hast du zugeschaut?«, fragte Caleb schließlich, als er sich zu mir umdrehte, Müdigkeit lag auf seinem Gesicht.

»Der erste, klar. Der zweite ...« Ich verstummte kopfschüttelnd.

»Augenscheinlich«, schnaubte Caleb. »Komm, wir werden dich am nächsten Abschnitt üben lassen. Und danach wirst du es als eine deiner Quests annehmen. Ja?«

»Ja«, stimmte ich zu. Es war etwas, das wir schon besprochen hatten – eine simple Quest, die von Lily abgesegnet werden konnte und durch das Magierkonzil bezahlt werden würde. Es funktionierte für uns alle; ich wurde bezahlt und konnte einen Zauberspruch üben, und das Magierkonzil bekam Zugriff auf die Orte der Macht, für die sie nicht mit dem Abstellen eigener Leute zum Schutz behelligt werden wollten. Alles in allem klappte es ziemlich gut. Ich war mir nicht komplett sicher, warum sie sich darum bemühten, Orte wie diesen zu schützen, wenn sie nicht mehr taten, als ein Auge darauf zu haben. Als ich aber nachfragte, so ging mich das nichts an. Eigentlich wusste ich, dass Caleb diesen Ort der Macht normalerweise nicht versiegelt hätte, aber Tatsache blieb, dass er hier war.

Als wir in Richtung des Autos liefen, um zu unserem nächsten Ziel zu fahren, schielte ich zu Caleb hinüber, Neugierde kämpfte mit meinem üblichen, sozialen Unbehagen. Am Ende gewann die Neugier. »Warum tust du das?«

»Hmmm? Ich bin mir sicher, dass wir das besprochen haben.«

»Nicht der Schutz. Der Unterricht«, stellte ich klar.

»Ah.« Caleb hielt nachdenklich inne. »Es ist nicht so, dass uns dein Wunsch eine große Wahl ließe.«

»Aber warum du?«, fragte ich.

»Meine ursprüngliche Aufgabe wurde nicht erfüllt. Bis der Ring zum Konzil zurückgekehrt ist, werde ich keine weitere erhalten«, sagte Caleb.

»Das erklärt nicht das Unterrichten«, sagte ich.

»Dich zu unterrichten und dein ›Level‹ zu steigern ist der optimalste Weg. Sobald wir nicht länger durch deinen möglichen Tod eingeschränkt sind, werde ich mir diesen Ring aneignen«, meinte Caleb lediglich.

»Aneignen. Indem du mich tötest«, sagte ich und schaute auf das teilnahmslose Gesicht des Magiers. Er nickte leicht und schien unbekümmert darüber. »Und du bist damit einverstanden.«

»Viele von uns haben fragwürdige Entscheidungen getroffen, um die Macht zu erlangen, die wir nun besitzen«, sagte Caleb nach langem Schweigen. Seine Stimme war ruhig, als er fortfuhr zu erzählen: »Dass deine Macht deine Gegner eingeschränkt hat, erst zu einem späteren Zeitpunkt handeln zu können, ist beinahe bewundernswert.«

»Aha.« Ich lehnte mich kopfschüttelnd zurück. Ich schätzte, ich hatte irgendwie eine andere Vorstellung davon, wie eine Lehrer-Schüler-Beziehung sein sollte. Sein könnte. Aber meine Erziehung und meine Kultur legten eine größere Bedeutung auf diese Beziehung und gelegentlich kam sie nahezu einer familiären Beziehung gleich. Für Caleb war dies jedoch ein Weg, mich auf Trab zu halten, sodass er seine Aufgabe schneller abschließen konnte.

Und natürlich würde er, wenn er mich unterrichtete, alle meine Tricks kennen, was den Umgang mit mir erleichterte. Immerhin war es schwer, jemanden zu überraschen, der dich gelehrt hat. Ich schauderte, als ich diese Tatsache verstand. Trotzdem erklärte es zumindest die Distanz, die ich im Umgang mit Caleb immer gefühlt hatte.

***

»Du bringst ein Mädchen zu den schönsten Orten«, sagte Alexa, als sie eine leere Bierdose den Betonweg hinunter kickte. Ich schaute von dem Schutzzauber auf, den ich gerade platzierte, und betrachtete den verwahrlosten Skatepark, der mit leeren Bierdosen, weggeworfenen Injektionsnadeln und anderem Müll übersät war, und musste ihr zustimmen. Das war ein Drecksloch und nicht einmal das schlimmste, das wir gesehen hatten. Immerhin wurden Orte, die derzeit bewohnt waren, oft schon geschützt – durch ansässige, übernatürliche Organisationen oder durch die Stadt. Zwar würden die Schutzzauber, die eine Moschee oder eine Kirche benutzen mochten, anders als meine sein, aber sie waren nicht weniger effektiv. Eigentlich wären die meisten deutlich komplexer. Daher war es keine Überraschung, dass meine Quests oft den Umgang mit solchen Orten umfassten – Orten, die verlassen worden waren.

»Du hättest nicht mitkommen müssen«, sagte ich.

»Das musste ich durchaus.« Alexa fuhr damit fort, im Kreis um mich herumzulaufen. »Mein Job ist es buchstäblich, dich zu babysitten.«

»Hab dich nicht danach gefragt«, meckerte ich. Selbst als ich sprach, tanzten meine Finger, während sie am Gefüge der Realität zerrten und es dehnten, und ein Teil meines Verstandes webte den Schutzzauber. Die Tage des Übens, die ich bekommen hatte, hatten mir einiges an Selbstvertrauen verliehen, diesen Zauber zu wirken.

»Nein. Es wurde mir befohlen.« Alexa schüttelte ihren Kopf. »Kind des Schicksals und all das.«

»Kind des Schicksals?« Ich zog die Augenbrauen zusammen und schaute Alexa an. »Sag mir das immer wieder und ich werde mir etwas darauf einbilden.«

»Nicht du, Idiot«, sagte Alexa mit einem Augenrollen. »Ich. Obwohl ich keine Ahnung habe, warum ich für die nächste Zeit an dich gebunden worden bin.«

Ich arbeitete stillschweigend einige Zeit, weil der nächste Teil ziemlich heikel war. Ich hatte von Lily keine vorbereitete Abkürzung dafür bekommen, also musste ich den Zauberspruch genau genommen manuell beschwören.

Obwohl er sich nicht extrem vom Zauber *Verbinden* unterschied – und tatsächlich erachtete ich ihn in vielerlei Hinsicht als unterlegen – hatte er eine viel größere Reichweite. Bis ich das abgeschlossen hatte, waren weitere zwanzig Minuten vergangen und ich hatte zu schwitzen begonnen. Nachdem ich aufstand und den Schweiß wegwischte, sah ich die Novizin an, während ich mich ein bisschen ausruhte. Der kommende Teil würde noch schwieriger sein.

»Möchtest du das erklären?«

»Das Kind des Schicksals? Das ist eine Bezeichnung, welche die Kirche nutzt, um Leute zu definieren, deren Anwesenheit oder Fehlen den Kurs der Zukunft verändern wird«, sagte Alexa. »Die Zukunft vorherzusagen ist kompliziert. Meistens können Seher nur die bedeutendsten Ereignisse im Leben einer Person sehen – die den größten Einfluss auf andere haben, und Orte, an denen zahlreiche Individuen durch ein Ereignis beeinflusst werden. Ein Kind des Schicksals ist jemand, dessen Präsenz zahlreiche Male in ihren Visionen auftritt und dessen Existenz dann diese Zukünfte beeinflusst.«

»Aha. Also bist du nicht notwendigerweise die wirkende Kraft, sondern eher ein Katalysator? Oder möglicherweise beides?«

»Ja. Eigentlich sollte ich gar nichts davon wissen. Es war nur ein glücklicher Zufall, dass ich als Jugendliche die Äbtissin belauscht habe, wie sie mit den Rittern darüber stritt. Meine Wahl, eine Heilerin zu werden, wurde nicht gut aufgenommen.«

»Zufall oder Schicksal?«, sagte ich mit einem leichten Lächeln auf meinem Gesicht.

Alexa schnaubte, korrigierte mich aber nicht. Wer wusste das überhaupt? In jedem Fall war ich irgendwie froh, dass Alexa sich entschieden hatte, einige Heilkünste zu erlernen. Es ließ mich tatsächlich sicherer fühlen, mit ihr zusammen zu sein, als wenn sie ein typischer Ritter gewesen wäre.

»Zeit, damit weiterzumachen«, sagte ich. Innerhalb kurzer Zeit hatte ich die verzauberten Stäbe herausgezogen und um den Machtpunkt herum platziert. Danach begann ich den langsamen Prozess des Verbindens und Aktivierens jedes Stabes. Sobald die Stäbe schließlich verbunden waren, aktivierte sich die Verzauberung und ich fuhr mit dem Positionieren des Versiegelungszaubers fort. Dies war der schwierige Teil, weil die Stäbe eine externe Energiequelle benötigten — nämlich mich. Ich knurrte, als ich fühlte, wie die Stäbe an meiner Gabe zapften und Mana in einem beständigen Fluss aus mir herauszogen.

Eine Stunde später seufzte ich schließlich und konnte mich entspannen, als sich die Stäbe deaktivierten, denn der Ort der Macht war endlich versiegelt.

Das Zusammenpacken danach war eine simple Angelegenheit und als ich fertig war, staubte ich meine Hände ab und wartete auf Alexa, damit sie mit mir Schritt halten konnte. Als wir gingen, sagte ich: »Ich habe mich gefragt – was ist das mit dem Speer? Warum keine Schusswaffe?«

»Ein paar Gründe. Als Erstes die Legalität.« Alexa lächelte leicht. »Du kannst nicht überall mit einer Schusswaffe herumlaufen. So kann ich einfach sagen, dass wir Teil einer mitteralterlichen Renaissance-Gruppe sind.«

»Aber er ist scharf!«

»Ist er?« Alexa bot mir die Speerspitze dar. Ich runzelte die Stirn und starrte ihn an, dann bemerkte ich, dass ein leichter Schimmer auf dem Speerkopf lag. Ich stellte meine Augen unscharf und sah ihn tatsächlich abgestumpft und bedeckt unter dem *Glamour*. Aha. Clever.

»Du hast ein paar Gründe erwähnt?«, fragte ich jetzt noch neugieriger.

»Effektivität. Kugeln behalten Segnungen oder Verzauberungen nicht lange«, sagte Alexa. Wenn du Werwölfe, Untote oder Vampire bekämpfst, willst du deine Waffen richtig segnen lassen. Du kannst nicht einmal eine echte Silberlegierung verwenden. Das enthaltene Silber ist so gering, dass es nicht wirklich funktioniert.«

»Und Schwerter?«

»Novizen wird das Schwert nicht gelehrt, bis sie formell als Lehrlinge akzeptiert wurden«, sagte Alexa. »Nun, jedenfalls nicht vollständig. Uns werden die Grundlagen beigebracht, aber der Großteil unserer Konzentration liegt bis dahin auf dem Speer.«

Jetzt, da Alexa redete, erkannte ich die Chance, sie ein bisschen mehr über ihr Leben auszufragen, das sie führte, bevor wir uns getroffen hatten. Ich erfuhr bald, dass Alexa in einem der vielen Waisenhäuser aufgewachsen war, die von den Templern unterstützt wurden. Diese Waisenhäuser waren gleichzeitig Stätten der Barmherzigkeit als auch der Rekrutierung, in denen begabte Kinder in die Herde aufgenommen wurden. Sobald sie begann, in Erinnerungen über ihre Zeit in den Waisenhäusern zu schwelgen, sprudelte die normalerweise ruhige Blondine über und war zufrieden, glücklichere Erinnerungen im Geiste noch einmal zu durchleben.

Bald wandelte sich unsere Konversation eher zu einem Austausch. Alexa war wirklich neugierig auf mein Leben als Einzelkind in der äußeren Welt.

»Danach waren Tiere aus unserem Haus verbannt«, sagte ich und beendete meine Geschichte über den armen Tut, die Schildkröte. Ich war so viele Jahre später noch immer sauer. Wir waren an unserem nächsten und letzten Ziel für heute angekommen. Bislang konnte ich bestenfalls drei an einem Tag abschließen, oft weniger. »Also, was ist deine Vermutung?«

Alexa zog die Augenbrauen zusammen, als sie den leeren Parkplatz beäugte, ein alleinstehendes Auto war unsere einzige Gesellschaft. Ein kurzes Stück entfernt war ein 24-Stunden-Minimarkt, ein einsames Geschäft in der Einkaufsstraße. Einmal mehr schaute Alexa sich um und versuchte, einen Hinweis zu erkennen, warum hier ein Ort der Macht gelegen sein sollte. Jedoch gab der leere Parkplatz nur wenige Anhaltspunkte.

»Muss so ein Kraftlinien-Ding sein«, sagte Alexa schließlich.

»Mmm ...«, war meine karge Antwort. Ich runzelte die Stirn und fokussierte meinen Blick. Mit der Zeit hatte ich gelernt, dass ich sogar meine mystische Sicht verschärfen konnte, die mir erlaubte, mehr von der übernatürlichen Welt zu ›sehen‹. Seelen, Geister, Kraftlinien – sie alle erschienen. Natürlich verlangte das einen Preis. Innerhalb von Sekunden begrüßte mich ein pochender Kopfschmerz, aber ich war in der Lage, Alexas Vermutung zu bestätigen. Die Kraftlinie war seltsam und schwebte etwas mehr als drei Meter über dem Boden, bevor sie in die Erde eintauchte und sich mit dem Ort der Macht vereinte, bis sie wieder nach oben fegte. Ihre schimmernde Illumination war eine Erinnerung an Bilder der Aurora Borealis. Als ich überlegte, wie ich diesen ziemlich großen Ort der Macht am besten schützen könnte, unterbrach ein Schrei meine Gedanken.

»Hey, du! Was tust du hier?«

Der Sprecher war ziemlich groß, ein rundlicher Gentleman, gekleidet in ein T-Shirt, das eine Fledermaus abbildete, die sich aus Ketten frei riss und vor Blut triefte. Ich war nicht in der Lage, den stilisierten Namen auf der Vorderseite zu lesen, aber ich hatte keinen Zweifel daran, dass es irgendeine Heavy-Metal-Band war. Ein schlaksiger Mann, der dringend seine fettigen, langen Haare waschen musste, flankierte seine linke Seite, während auf der rechten ein kleiner Südasiate mit Brille lief.

»Ähh ...«, sagte ich und fühlte mich bei der plötzlichen Frage ertappt.

»Was geht euch das an?«, entgegnete Alexa, drehte sich ihnen zu und streckte ihr Kinn angriffslustig heraus.

»Das ist unser Platz«, sagte der ursprüngliche Sprecher, während er weiter auf uns zulief. Als er sich näherte, blickte sein bebrillter Landsmann plötzlich finster drein, zupfte an seinem Arm und hielt ihn auf, um etwas in sein Ohr zu flüstern. Kurze Zeit später warf mir der Anführer einen wütenden Blick zu.

Seltsam. Ich hatte nichts getan, um seine Aufmerksamkeit zu erregen. Neben mir schaute Alexa verärgert auf ihren Arm, auf dem ein goldenes Band ruhte. Es war die jüngste Ergänzung ihres Arsenals, ein verzaubertes Armband. Als ich darauf blickte, bemerkte ich, dass sich das Glühen um die Verzauberung herum erhöhte, nachdem sie sich aktiviert hatte. Instinktiv konzentrierte ich mich auf die Gruppe und schärfte meine Sicht.

Blass, so blass, dass ich es am Anfang übersehen hatte, umhüllte ein schwaches Leuchten der Macht jedes der auf uns zulaufenden Individuen. Ich kannte dieses Leuchten. Es war das gleiche, das ich wie ein Leuchtfeuer ausstrahlte. Die Ausbildung von Caleb hatte das Leuchten etwas verringert, aber trotzdem war meine Macht noch gewaltiger als meine Kontrolle darüber. Diese Typen litten nicht an dem gleichen Problem: Ihre Macht war nur eine blasse Spur in der Luft. Anders als bei Caleb musste ich feststellen, dass es hier ein Mangel an Macht statt großer Kontrolle war. Ich war nicht besonders überrascht, dass das Leuchten alle drei umfasste. Diejenigen mit Macht, ganz gleich wie gering, hatten eine Tendenz, sich zusammenzurotten. In einer so großen Stadt wie unserer hatten Leute mit Spuren von Magie einen Hang dazu, sich gegenseitig zu finden, und manchmal schafften sie es sogar, ihre eigenen, kleinen Kulte zu bilden. Caleb hätte gesagt, keiner von ihnen hatte wahrscheinlich genug Macht, um mehr zu tun als Kerzen anzuzünden, aber es machte das Täuschen von Irdischen leichter. Ich erinnerte mich an den Blick, den Brille mir zugeworfen hatte, und fügte gedanklich ›die Sicht‹ zu ihren Fähigkeiten hinzu.

»Wirklich? Euer Parkplatz? Ich hatte nicht gewusst, dass Lumin Parking Jugendliche angeheuert hat«, sagte Alexa.

»Du ...« Der Anführer hielt inne, schaute auf die Tasche, die ich über meiner Schulter trug und dann zurück zu Alexa. »Ihr seid diejenigen, welche die Orte versiegeln, oder nicht?«

»Was geht es euch an?«, fragte ich.

»Letzte Warnung. Haut verdammt nochmal ab«, sagte Fetthaar, als die Gruppe kaum drei Meter von uns entfernt stoppte.

Alexa sah weiter gelangweilt aus, jedoch bemerkte ich, wie sie eine Hand bewegte, um den verborgenen Schlagstock in ihrer hinteren Tasche zu greifen.

»Oder was?«, fragte ich.

Ohne ein weiteres Wort platzierten die beiden ihre Hände auf den Schultern des Rundlichen. Innerhalb von Sekunden hatte ihr Anführer mit einem Sprechgesang und dem Bewegen seiner Finger angefangen, und schon schwebte vor ihm zwischen seinen Händen ein kleiner erblühter Feuerball. Ich musste zugeben, dass ich ein bisschen neidisch war. Ich hatte keinen Feuerballzauber. Andererseits benötigte er die vereinte Stärke aller drei, um ihn zu beschwören.

»Ernsthaft?«, murmelte ich und hob meine Hand. Ich rief mir den Zauber *Temperatur verändern* ins Gedächtnis, schätzte schnell die Entfernung zu ihnen ein und beschwor ihn dann herauf.

Beschwörung Temperatur verändern
Synchronität 83%

In einer Sphäre, die perfekt ihren Feuerball umschloss, formte sich mein Zauber *Temperatur verändern* und ich begann, die Temperatur gewaltsam zu senken. Ich sah zu, wie das Trio die Zähne zusammenbiss und gegen meinen Zauber ankämpfte, aber wie ich schon gemerkt hatte, besaßen sie nur sehr wenig unmittelbare Kraft. Zur Hölle, ich bezweifelte, dass sie auf Lilys Skala der Manakontrolle überhaupt individuell registriert werden könnten. Innerhalb von Sekunden zischte es, ihr Feuerball erlosch und die drei wichen als Einheit zurück, als ihr Zauber auseinanderbrach. Da ich selbst schon beim Zauberwirken versagt hatte, wusste ich, wie sehr so etwas schmerzte.

»Netter Party-Trick. Jetzt verzieht euch!«, sagte ich. Meine Finger schnellten hervor, drehten sich und ein *Machtpfeil* formte sich in meiner Hand, blaue und weiße Streifen der Macht rannen über seine Ränder. Das war natürlich eine reine Show, da ein echter, beschworener *Machtpfeil* eigentlich fast transparent war.

»Das ist noch nicht vorbei!«, rief der Anführer, als seine Freunde zurückwichen und mich misstrauisch ansahen.

Ich fixierte die Gruppe, warf dann beiläufig den *Machtpfeil* auf sie und lenkte ihn zum Einschlag auf den

Boden neben ihre zurückweichenden Füße. Dies war Grund genug, dass das Trio wegkroch, und ich seufzte kopfschüttelnd. »Idioten.«

»Ja. Also denkst du, sie sind hierhergekommen, um niederträchtige Handlungen auszuüben?«, fragte Alexa, ein Lächeln tanzte auf ihren Lippen. »Vielleicht einige schwarzmagische Rituale, um die Mädchen zu beeindrucken?«

»Wenn sie irgendwelche kennen würden, klar«, sagte ich schmunzelnd. »Hältst du die Augen offen? Ich werde diesen Ort schützen und versiegeln, und dann können wir nach Hause gehen.«

»Natürlich«, antwortete Alexa, als sie sich hinsetzte, um Wache zu halten.

»Sushi zum Abendessen?«

»Klingt herrlich. Ich werde dort anrufen.«

Kapitel 16

In den nächsten acht Tagen fuhren wir fort, die Questziele zu erfüllen. Wir benutzten eine simple Stadtkarte, arbeiteten uns von den Grenzen der Stadt bis in die Stadtmitte vor und nahmen die abgeschiedeneren Orte der Macht in Angriff. Wir hatten gerade über zwanzig Orte geschafft, da entdeckten wir unsere jugendlichen Stalker ein zweites Mal. Da sie uns nur noch aus der Ferne beobachteten, unternahmen wir nichts mehr. Natürlich berichteten wir Caleb von ihrer Anwesenheit, nachdem wir sie ein zweites Mal gesehen hatten. Wenig überraschend wurde der Magier sie ebenso schnell los, wie wir es getan hatten. Es mag arrogant klingen, aber wenn wir uns mit Ungeziefer wie diesem herumgeschlagen hätten, wären wir nie fertig geworden.

Als wir vom heutigen ersten Machtpunkt zu unserem Auto zurückliefen, stellten wir fest, dass diese Schädlinge extrem lästig sein konnten. Alexa knurrte, als sie die aufgeschlitzten Reifen ihres Autos betrachtete, sie schwang Müllsäcke voll gesammelter Abfälle in ihren Händen. »Was zum Teufel?«

Ich lief zur Windschutzscheibe und pflückte die Notiz hervor, die unter dem Scheibenwischer hinterlassen worden war.

Das ist unsere letzte Warnung. Lasst die Drachennester in Ruhe oder stellt euch den Konsequenzen!

»Drachennester?«, fragte ich, als ich Alexa die Notiz aushändigte.

»Eine andere Bezeichnung für Orte der Macht. Kraftlinienknoten, Orte der Macht, Drachennester, alles das Gleiche«, sagte Alexa, als sie das Papier zusammenknüllte. Sie wollte es wegwerfen, änderte dann aber plötzlich ihre Meinung und stopfte es stattdessen in ihre Tasche. Die Novizin öffnete schnell den Kofferraum und deponierte dort den gesammelten Müll, bevor sie einen Anruf tätigte, um ihr Auto abschleppen zu lassen. »Das nächste Mal, wenn ich sie sehe, werde ich ihnen eine Lektion erteilen.«

»Einverstanden«, sagte ich. Wenn diese Kinder dachten, aufgeschlitzte Reifen wären eine ausreichende Abschreckung, bildeten sie sich etwas ein. Immerhin wurden uns fünfhundert Dollar für jeden Ort der Macht gezahlt, den wir versiegelten. Selbst wenn wir nun Taxis von Ort zu Ort nehmen müssten, war das immer noch ein lohnenswertes Geschäft.

Später an diesem Abend lag ich im Bett und hörte untätig dem *Tap-Tap* der Tastatur zu, während ich meinen Charakterbogen ansah.

Klasse: Magier

Level 15 (13% Erfahrung)

Bekannte Zauber: Lichtsphäre, Machtspeer, Machtschild, Machtfinger, Temperatur verändern, Gong, Windstoß, Heilen, Verbinden, Verfolgen, Vorhersagen, Ausbessern, Schutz, Glamour, Illusion, Magie erkennen

Magische Fähigkeiten

Manafluss: 3/10

Umwandlung Mana in Energie: 2/10

Zaubergefäß: 3/10

räumliche Lage: 3/10

räumliche Bewegung: 2/10

Energiemanipulation: 2/10

Biologische Manipulation: 1/10

Manipulation der Materie: 0/10

Dauer: 2/10

Wie versprochen hatte Lily meinen Levelaufstieg ein wenig abgeschwächt. Ich hoffte, dass ich mein Level bald in einer ordentlichen Geschwindigkeit steigern konnte, aber es war nicht wie in einem Videospiel, wo alles aus einer Reihe Tabellen gezogen wird. Das meiste meiner ›Erfahrung‹ wurde von Lily mithilfe einer Faustregel berechnet, wie fast alles im System. Es war für das Kind in mir, welches einfach das Spielsystem absolvieren wollte, äußerst frustrierend. Trotzdem hatte mir das konstante Kanalisieren auf die verzauberten Stäbe mehr als genug Praxis verschafft, so dass ich ein paar Punkte in Manafluss und Dauer erlangt hatte. Selbst ich konnte nun sagen, dass mein Körper begonnen hatte, sich an die Manamenge anzupassen, die ich verwenden konnte. Die abendlichen Kopfschmerzen hatten sich deutlich reduziert. Immer und immer wieder das Gleiche zu tun, half unglücklicherweise nicht dabei, meine Zauberbeschwörungsfähigkeiten zu entwickeln, aber das war eine andere Angelegenheit.

»Hey, Lily, wann werde ich mehr Manipulationszauber für Materie bekommen?«, fragte ich und nahm meine größte Schwäche aufs Korn.

»Wenn du bereit bist. Du hast in der letzten Woche nicht einmal *Ausbessern* gewirkt«, antwortete Lily augenblicklich. »Du musst erst die Grundlagen auf die Reihe bekommen.«

»Oh, komm schon. Ich könnte einfach den Zauber bekommen und ihn lernen, während ich ihn beschwöre. Vielleicht ein Zauber wie ›Erschaffe Wasser‹ oder vielleicht den Zauber ›Schlammloch‹.

»Schlammloch?«, fragte Lily mit einem Lachen in ihrer Stimme.

»Oder wie auch immer du ihn nennen willst. Ein Sumpfzauber, etwas, um Leute zu verlangsamen«, stellte ich klar.

»Mmm ... vielleicht.« Lily blies eine Haarsträhne aus ihrem Mund. »Ich denke noch immer, dass du erst üben musst, was du schon kennst, anstatt noch mehr Zaubersprüche zu bekommen.«

»Aber ...«

»Hast du kürzlich die Questliste gesehen?«, fuhr Lily fort, meinen Protest ignorierend.

»Nein. Ich dachte, wir würden diese Quest für die nächsten paar Wochen machen, also habe ich nicht nachgeschaut«, antwortete ich. »Alexa wird mir schon mitteilen, falls es irgendwas Interessantes gibt.

»Falls sie nachgeschaut hat«, antwortete Lily. Die besagte Novizin war gegangen, um den Schaden an ihrem Auto zu melden, und hatte Lily und mich allein in der

Wohnung zurückgelassen. »Könnte vielleicht etwas Interessantes dabei sein.«

Ich verstand den Hinweis und lief hinüber, um einen schnellen Blick darauf zu werfen. Ich hielt inne, sah die Blätter kurz durch und schaute auf, die Augenbrauen voll Sorge herabgezogen. »Mehr Teufelsratten?«

»Ja.«

»Aha.« Ich runzelte die Stirn und dachte über die Information nach. Nach kurzer Zeit zog ich die Stadtkarte heraus, die wir genutzt hatten, und breitete sie über dem Esstisch aus. Ich zeichnete schnell die Informationen über die neuen Rattenausbrüche neben denen der alten Rattenquests auf und sah mir das Ergebnis an. »Verdammt. Ich denke, ich muss mit Alexa reden.«

»Mit mir über was reden?«, fragte Alexa, während sie durch die Eingangstür trat.

»Teufelsratten.«

»Das ist ... interessant«, sagte Alexa nach einem Moment, als sie die Karte studiert hatte. Da wir nur eine einzige Karte der Stadt besaßen, hatten wir zuvor die Orte der Macht darauf markiert und sie durchgestrichen, sobald wir sie gesichert hatten. Kombiniert mit dem Auftauchen der Teufelsratten konnte man sagen, dass jeder Ausbruch nahe einem Ort der Macht lag. »Also kein gewöhnliches Auftreten.«

»Nein. Jemand hat Portale geöffnet«, sagte ich und tippte auf die Karte. »Was ich nicht kapiere ist, warum.«

»Natürlich um einen Dämon zu beschwören«, sagte Alexa.

»Außer, dass wir nie irgendwas davon gespürt haben.« Ich deutete auf zwei Orte der Macht, die wir versiegelt hatten und die nahe der letzten Rattenplage lagen. »Und ich bin mir ziemlich sicher, dass ich das gespürt hätte. Ich spürte den Kobold deutlich, bevor ich das Restaurant betreten hatte, und er besaß ziemlich wenig Macht. Ich bin mir sicher, dass das Beschwören von etwas Mächtigerem Spuren hinterlassen würde.«

»Korrekt«, sagte Alexa. »Sofern es nicht verborgen wurde.«

»Punkt für dich.« Ich verzog mein Gesicht. »Was tun wir jetzt? Ich bin nicht wirklich begeistert von der Idee, etwas Mächtigeres als einen Kobold zu bekämpfen. Selbst wenn wir geschützt sind ...«

»Wir tun nichts«, sagte Alexa nach einem Moment. Sie holte ihr Handy heraus und machte schnell ein Foto der Karte, bevor sie für kurze Zeit wild etwas schrieb. »Fertig. Ich habe es in der Befehlskette nach oben gereicht.«

»So leicht?«, fragte ich.

»Was? Willst du, dass ich eine Brieftaube schicke?«

»Das war nicht, was ich meinte«, sagte ich. Doch gab es beim Senden solcher Informationen über das Internet nicht Probleme mit der Sicherheit? Andererseits nutzte sie vielleicht eine verschlüsselte Anwendung. Gab es verschlüsselte Anwendungen? »Sorry.«

»Genau so tun wir das, Henry«, sagte Alexa. »Jedenfalls bekommen wir wegen des Rings, der hier nur herumliegt, ein paar Ritter auf höherem Level gesandt, die Bedarf an etwas ernsthafterer Arbeit in der Stadt haben.«

»Oh.« Ich rief mir die Leute, mit denen Alexa sich getroffen hatte, und ihr fortgesetztes Training am Morgen ins Gedächtnis, dann nickte ich. Ich schätzte, dass die Ressourcen, die wir hatten, auf die Weise gut verwendet wurden. Immerhin ergab es nur wenig Sinn, dass sie uns folgten, weil der Wunsch die meisten Angriffe blockierte. Ich warf einen letzten Blick auf die Karte, bis ich mich umdrehte, um Lilys neuesten Fortschritt im Spiel zu überprüfen, und war insgeheim froh, dass dies nicht mein Problem war.

***

»Ich danke Ihnen, Sir!«, sagte Alexa und platzierte einen schnellen Kuss auf der Wange des Schrottplatzbesitzers, bevor sie sich wieder auf ihre Fersen senkte. »Wir werden nicht lange brauchen!«

»Gern geschehen, Miss. Ich bin einfach froh, dass Sie gefragt haben. Nicht wie diese anderen Studenten.« Der Schrottplatzbesitzer schnaubte und spuckte zur Seite. »Kommen immer rein und machen ihre Fotos ohne Erlaubnis.«

»Ich danke Ihnen noch einmal!« Alexa winkte zum Abschied und wies mit ihrem Kopf zur Mitte des Schrottplatzes. Ich ächzte und folgte der Blondine. Weil Caleb unser morgendliches Treffen abgesagt hatte, war das heute schon unser fünfter Ort der Macht und selbst unter meiner Sonnenbrille brannte das grelle Licht in meinen Augen.

»Also, was hast du ihm erzählt?«, fragte ich neugierig.

»Die Wahrheit. Uns wurde ein Auftrag durch unseren Lehrer erteilt, ein paar Orte in der Stadt zu überprüfen«, sagte Alexa.

»Und das hat den Griesgram dazu gebracht, uns hereinzulassen?«, fragte ich ungläubig und rief mir in Erinnerung, wie mürrisch der Besitzer gewesen war, als wir vorgefahren waren.

»Manchmal muss man einfach fragen. Er wollte nur, dass wir seine Rechte anerkennen«, antwortete Alexa heiter.

Schweigend machten wir uns an die Aufgabe, das Zentrum des Ortes der Macht zu bestimmen. Die gewundenen Pfade dieses ausladenden Platzes brachten uns schließlich zu unserem Ziel. Ich lächelte schief, als ich die Zerkleinerungsmaschine erblickte, die genau in der Mitte stand. Ich schätzte, das ergab Sinn. Glücklicherweise lief sie in dieser Sekunde nicht. Zahllose Fahrzeuge und andere Andenken waren durch diesen Schredder zerstört worden. All die Erinnerungen, all der rohe, emotionale Ballast, zerstört und konzentriert in dieser Maschine, immer und immer wieder. Selbst wenn es nur ein kleiner Teil war, Jahre der Nutzung hatten ihn angehäuft.

Ich verengte meine Augen und beobachtete den langsamen Machtwirbel um den Ort der Macht herum, während ich abschätzte, wie viel Anstrengung nötig war. Nach einiger Zeit nickte ich mir selbst langsam zu und lief vorwärts. Aus dem Augenwinkel bemerkte ich, dass Alexa gelangweilt begonnen hatte, die Haufen zu durchwühlen.

Zehn Minuten später wischte ich mit der Hand über mein Gesicht und schlug dabei meine Sonnenbrille leicht beiseite. Ich brachte sie wieder in Ordnung und schaute dann auf, um meine Partnerin zu rufen. »Hey, ich bin fertig mit dem ersten Teil. Kannst du ... Alexa?«

Ich runzelte die Stirn und schaute mich um. Nach einem Moment zuckte ich mit den Schultern und fand eine komfortable Sitzgelegenheit im Schatten, um meine Augen auszuruhen. Ich nahm an, dass die Blondine mich finden würde, wenn sie fertig geworden war. Ich holte zwei Schmerztabletten heraus, schluckte die gelierten Pillen trocken hinunter und verfluchte Alexa leise, weil sie das Wasser mitgenommen hatte. Danach schloss ich die Augen, um mich auszuruhen, während ich darauf wartete, dass die Medizin wirkte.

»Wahrscheinlich hätte ich heute nicht auf fünf solcher Orte drängen sollen«, murmelte ich schließlich vor mich hin. Das sanfte Knirschen bloßer Erde ließ mich meine Augen halb öffnen und aufschauen, als ich begann, die Frau zu schelten. »Weißt du, für eine ... was bist du ...?«

»Nachti, Nacht«, sagte der dünne Jugendliche mit einem breiten Grinsen in seinem Gesicht, während er das Brecheisen gegen meinen Kopf schwang und mich unterbrach. Ich drehte mich zu spät zur Seite, der Schlag landete direkt auf meinem Kopf und sandte einen explodierenden Schmerz durch ihn. Gerade als ich in Qual aufschrie, traf mich ein zweiter Schlag und sandte mich in die friedliche Dunkelheit.

Kapitel 17

»Du musst nach ihm sehen. Das ist nicht wie im Film. Er könnte dort drüben sterben!« Alexas Stimme erreichte mich, während ich aufwachte, ein ungewöhnlicher Anflug von Sorge lief durch ihre Stimme. Ich ächzte, als mein Bewusstsein wiederkehrte, zusammen mit rasenden Schmerzen in meinem Schädel und einer leichten Benommenheit. Als ich meinen Mund öffnete, fühlte ich ein schwaches Zerren an meiner Kopfhaut, dann das Knacken von getrocknetem Blut neben einem frischen, schmerzvollen Stoß.

»Siehste, er ist wach. Er ist okay«, sagte eine vertraute Stimme. »Ihr Übernatürlichen seid alle geschützt, richtig? Habt bestimmt einen Heilungsfaktor am Start?«

»Das stimmt überhaupt nicht! Und erst recht nicht, wenn du ihn an den Kopf schlägst. Besonders nicht zweimal. Was hast du dir dabei gedacht?«, fauchte Alexa.

»Ich dachte, er würde einfach nur, du weißt schon, in Ohnmacht fallen«, murmelte die andere Stimme. Ich rief mir ihren Klang ins Gedächtnis und die aufkeimende Wut half, etwas von der Benommenheit meines Verstandes abzulegen.

Während ich mich aufrichtete, fand ich heraus, dass ich mich kaum rühren konnte, meine Arme, Beine und mein Körper waren an einen Stuhl gefesselt. Mit Mühe öffnete ich meine Augen und bereute diesen Schritt sofort, weil gefühlt Eispickel in meinen Kopf getrieben wurden. Meine Augen wurden feucht und ich zuckte zusammen, während sie sich aus Reflex wieder schlossen.

»Scheiße, ich glaube, er hat eine Gehirnerschütterung«, sagte Alexa. »Henry. Schlaf nicht wieder ein. Hörst du mich? Schlaf nicht ein. Du könntest sterben.«

»Eigentlich stimmt das nicht«, sagte eine dritte, nasale Stimme. »Die jüngsten Empfehlungen lauten, dass eine Person mit einer leichten Erschütterung schlafen sollte, um die Heilungsgeschwindigkeit zu erhöhen.«

»Welcher Teil des Zerberstens seines Schädels soll leicht sein?!«, fragte Alexa mit erhobener Stimme heftig. »Wenn ihr in meine Tasche schaut, die blaue Wasserflasche ist ein Heilungstrank. Sobald ihr ihm diesen einflößt, wird es ihm besser gehen.«

»Oooh, lasst uns dem Zauberer einen Trank einflößen, den wir nicht kennen. Wie dumm denkst du sind wir, Lady?«

»Dann probiert zuerst selbst etwas davon!«, sagte Alexa.

Ich versuchte ihrer Konversation weiter zuzuhören, aber der Schmerz in meinem Kopf drückte auf mein Bewusstsein und ich wurde erneut ohnmächtig. Als nächstes bekam ich mit, dass jemand eine Flüssigkeit in meinen Mund tröpfelte. Nachdem ich etwas davon ausgespuckt hatte, schluckte ich das Getränk schließlich hinunter, anstatt daran zu ersticken. Man sollte denken, ein Heiltrank würde gut schmecken, aber eigentlich schmeckte er wie Batteriesäure. Glücklicherweise wirkte der Trank augenblicklich, entfernte etwas von dem Brei in meinem Gehirn und verringerte meinen Schmerz.

»Mann, ich hätte davon etwas trinken sollen. Schaut, wie die Kopfhaut sich ...«

»Jetzt lasst uns gehen. Wenn ihr das nicht ...«, sagte Alexa mit erhobener Stimme.

»Oh Gott, drohst du uns jetzt? Ich denke, du verstehst die Situation nicht, in der ihr euch befindet«, sagte die Stimme des Anführers.

»Bitte«, stöhnte ich. »Bitte ...«

»Red weiter, Henry«, sagte Alexa ermutigend.

»Seid still!«, sagte ich. Jedes geäußerte Wort war ein Schlag auf meine armen Sinne. Fassungsloses Schweigen erfüllte den Raum, bevor Gelächter und Kichern um mich herum explodierten.

»Du ...« Alexa wurde still. Außerhalb des gelegentlichen, prustenden Lachens entsprachen unsere Entführer und Alexa glücklicherweise meiner Bitte.

Nicht länger durch den Lärm beeinträchtigt, konzentrierte ich mich auf die Benachrichtigungen, die ich hinter meinen Augenlidern sah.

Henry Tsien erhält 29 Schadenspunkte durch den Möchtegernzauberer.

Henry Tsien erhält 43 Schadenspunkte durch den Möchtegernzauberer.

Henry Tsien hat 24 Lebenspunkte durch Ausruhen erhalten.

Henry Tsien hat 25 Lebenspunkte durch einen geringen Heiltrank erhalten.

Wieder einmal war ich dankbar für die erhöhte Heilungsgeschwindigkeit, die das Ausruhen und das System mir gewährt hatten. Garantiert war es eine Gehirnerschütterung, da ich mehr als die Hälfte meines Gesundheitsvorrates durch Schläge auf den Kopf verloren hatte. Verdammt, die Art, wie meine Gedanken abdrifteten, und der pochende Schmerz bedeuteten, dass ich wirklich eine hatte und dass sie sich durch den Trank abschwächte. Trotzdem, wenn wir entführt worden waren

– und das musste ich annehmen – war es wohl nicht die beste Option zur Heilung, sich während des Auftrags auszuruhen.

Ich konzentrierte mich und nutzte mein Mana, während ich meinen Heilzauber hervorrief. Es war ein Ringen – der Schmerz und die Tatsache, dass meine Arme gefesselt waren, halfen dabei nicht. Ich sang die Worte atemlos und versagte, als ein unerwartetes Pochen meine Konzentration durchbrach. Ich versuchte es erneut und scheiterte. Erst beim vierten Versuch erzielte ich endlich das Ergebnis, das ich begehrte.

Beschwörung Heilen
24% Synchronität

Ohne die Hilfe des Systems hätte ich den Zauber wahrscheinlich nicht ins Leben rufen können. Ich stöhnte leicht, als ich spürte, wie das Mana den Heilungsprozess in meinem Körper beschleunigte, wie geringfügige Schnitte und Blutergüsse sich selbst heilten und wie die Wunde in meinem Kopf sich langsam schloss.

»He! Was tust du da?«, fragte der Anführer der Jugendlichen und ließ einen Tritt folgen.

Ich ächzte, meine Konzentration war gebrochen und der Zauber löste sich auf. Die Gegenreaktion war so schmerzvoll, dass ich für eine Sekunde ohnmächtig wurde.

»Gupta. Ich dachte, du beobachtest ihn.«

»Sorry. Hab was zu trinken geholt«, rief Gupta. Ich wies gedanklich die Stimme dem Südasiaten zu.

Ich war es leid, nichts sehen zu können, also startete ich den mühsamen Prozess, meine Augen zu öffnen. Ich sperrte sie zu einem Schlitz auf und ließ sie sich kurz anpassen, bevor ich mich im Raum umsah. Ich zuckte zusammen und musste innehalten, als ich meinen Kopf drehte, weil ich mich wieder zu schnell bewegt hatte. Wenig überraschend waren die jugendlichen Idioten unsere Entführer, der Anführer der Gruppe schaute mich direkt an. Der Raum, in dem wir uns befanden, war langweilig grau, aus Beton, ohne Fenster, nur erleuchtet durch schroffe, weiß strahlende Lampen.

»Bist du okay, Henry?«, fragte Alexa mich mit leiser Stimme. Ich drehte meinen Kopf in Richtung ihrer Stimme und reckte den Hals zur Seite, um die Novizin zu erblicken, die neben mir gefesselt war.

»Was ... was ist passiert?«, lallte ich leicht mit trockener Kehle.

»Ich hatte etwas hinter einer Ecke gehört und als ich hinging, um nachzuschauen, verleiteten sie mich zu einer kleinen Verfolgungsjagd. Als ich zurückkam, hatten sie dich. Sie drohten, dich zu töten, wenn ich nicht auch aufgeben würde«, sagte Alexa.

»Du hast ihnen geglaubt?«, fragte ich und starrte die drei Jugendlichen an, die sich weggedreht hatten und vor unseren Ohren stritten. Nach allem, was ich aufschnappen konnte, diskutierten sie über den Wachdienst. Wenn ich an ihre Drohung dachte, konnte ich diese kaum ernst nehmen. Sicher, sie hatten mich verprügelt, aber mich töten? Was auch immer Filme zeigten, es machte einen großen Unterschied, jemanden zusammenzuschlagen oder ihn tatsächlich zu töten. Und diese drei ...

»Nein. Aber ich hatte Angst, sie würden dich fallenlassen und somit ernsthaft verletzen. Ich hatte gedacht, ich hätte eine Chance, später den Spieß umzudrehen«, fuhr Alexa flüsternd fort.

»Ich nehme an, dass auch das gescheitert ist.«

»Sie sind überraschend gut im Knüpfen von Knoten«, murrte Alexa und zerrte erneut an den Armfesseln, um es mir zu demonstrieren. »Und sie hatten uns ziemlich gut im Auge. Aber ich werde uns bald befreien.«

345

»Großartig. Dann gehe ich schlafen. Weck mich, wenn du soweit bist«, sagte ich.

Alexa öffnete ihren Mund, um noch mehr zu sagen, aber die Gruppe verteilte sich und Gupta kam zurück, um uns zu beobachten. Ich schloss meine Augen, statt ihn anzuschauen, und vertraute auf Alexa, dass sie es schaffen würde. In jedem Fall war ich in dem Zustand, in dem ich mich befand, niemandem nützlich.

****

»Henry. Wach auf. Wach. Auf«, sagte Alexa halb flüsternd, halb zischend und zog mich aus der komfortablen Dunkelheit der Bewusstlosigkeit in die schmerzvolle Realität des Lebens.

Henry Tsien hat 17 Lebenspunkte durch Ausruhen erhalten.

Nicht viel Veränderung, aber zumindest etwas. Ich schaute Alexa an, als ich meine Augen öffnete, folgte dann dem beharrlichen Zucken ihres Kopfes und schaute nach vorn. Gupta war durch Hoch-und-Dünn ausgetauscht worden, welcher jetzt mit einer Graphic Novel in den Händen auf einem Stuhl saß und uns gelegentlich beobachtete. Ein sehr verzierter, magischer Kreis war auf den blanken Betonboden gezeichnet worden. Er sah unfassbar mystisch aus, aber mit dem Wissen, das Lily in meinen Kopf gepflanzt hatte, wirkte er auch sehr übertrieben. Sicherlich würde er funktionieren – genauso wie ein Auto in den 1900ern lief. Wo auch immer die anderen zwei waren, ich konnte sie mit meiner eingeschränkten Sicht nicht entdecken.

»Ist jetzt die Zeit gekommen, in der sie uns töten?«, fragte ich Alexa.

»Niemand tötet irgendjemanden«, sagte Hoch-und-Dünn. »Wir sind keine Mörder.«

»Aber meine Gehirnerschütterung sagt mir etwas anderes.«

»Wir haben dich geheilt«, sagte Hoch-und-Dünn.

»Und wir sind euch dankbar, Ozzie«, mischte sich Alexa ein. »Stimmt's, Henry?«

Ich starrte Alexa an, während sie mit ihrem Kopf in Richtung Ozzie wies und mir mit ihren Augen etwas zu sagen versuchte. Nach einer Weile seufzte ich und nickte zustimmend.

»Wenn ihr uns nicht tötet, was ist dann der Plan? Uns festzuhalten und dabei zuschauen lassen, wie ihr Typen Magie mies ausführt?«, fragte ich.

»Oh, nein. Ihr seid sehr wichtig für all das. Nun, euer Blut«, sagte der jugendliche Anführer hinter uns. Er lief um unsere Stühle herum und unterbrach die Konversation, um uns anzugrinsen. Ich wollte ihn jetzt wirklich, wirklich verdreschen.

»Solltest du das nicht mit einem Lispeln und falschen Fangzähnen sagen?«, fragte ich. »Oder seid ihr Typen nur Lakaien?«

»Keins von beiden«, knurrte der Anführer und trat gegen meinen Fuß.

Ich zuckte zusammen und er starrte mich an.

»Wir sind gezwungen, das deinetwegen zu tun. Wenn du auf unsere Warnungen gehört hättest, hätten wir euch das viel einfacher machen können.«

»Zac, du fängst gleich mit einem Monolog an«, sagte Ozzie und ließ eine Hand auf Zacs Schulter fallen.

»Natürlich mache ich das. Das ist es, was Bösewichte tun!«, sagte Zac und grinste.

»Ja, aber ...«

»Entspann dich. Wir haben sie gefesselt. Ich habe es dir gesagt. Wenn sie irgendwelche wahre Macht hätten, dann hätten sie sich längst um uns gekümmert«, sagte Zac und stierte Ozzie an, bis er seine Hand zurückzog. Zac drehte sich zu uns um und lächelte. »Dass die Barriere sich etwas weiter senkt, war alles, was wir brauchten, damit wir die Beschwörung erfolgreich beenden konnten. Aber nein, ihr musstet ja unsere Teufelsratten töten. Und dann habt ihr auch noch damit angefangen, alle Orte der Macht zu versiegeln. Also sind wir jetzt hier.«

»Ihr seid die Idioten, welche die Teufelsratten beschworen haben?«, fragte ich. Plötzlich fügte sich jedes Teil in das Puzzle ein. Durch ihre bloße Anwesenheit schädigten außerweltliche Wesen die Grenzen unserer Realität. Kreaturen wie die Teufelsratten mochten vielleicht nur wenig Schaden anrichten, aber bekäme man genug von ihnen zusammen, würden die Barrieren fallen. Diese Typen hatten nicht viel Macht, aber verstärkt durch einen Ort der Macht und eine geschwächte Barriere waren sie vielleicht tatsächlich in der Lage, etwas zu beschwören. Als ich Ozzie ansah, überkam mich ein bohrendes Gefühl zusammen mit der Erinnerung, ihn irgendwo zuvor schon einmal gesehen zu haben. Der Kobold.

»Seid ihr verrückt?«, raunzte Alexa. »Sagt mir nicht, dass ihr einen Dämon beschwören wollt, um Typen zu quälen, die euch einmal verprügelt haben?«

»Schnauze«, sagte Zac und starrte die Blondine an. »Niemand hat mich in der Schule gemobbt.« Vielleicht nicht Zac, aber ich bemerkte, wie sowohl Ozzie als auch Gupta sich bei Alexas Worten leicht rührten.

»Wenn du sagst, dass ihr einen Teufel beschwört, um eure Seele gegen Macht einzutauschen, kann ich euch den Ärger ersparen. Denn dieser Handel wird niemals auf die Art und Weise funktionieren, wie ihr es euch vorstellt.« Ich beobachtete, wie Ozzie und Gupta leicht zusammenzuckten, und ich seufzte, während Zac erst mich und dann seine Freunde zornig anschaute.

»Wir schaffen das. Mein Vater hat mir bei der Ausarbeitung des Vertrags geholfen«, blaffte Zac.

»Dein Vater?«, schrie ich ungläubig. »Was ist er, ein Dämonenanwalt? Warte, gibt es Dämonenanwälte?«, fragte ich Alexa.

»Gibt es, aber ...« Alexa hielt inne und schüttelte nach einem Moment den Kopf. »Sein Vater kann auf keinen Fall einer sein. Wir wüssten es, wenn er einer wäre.«

»Mein Vater ist der beste Firmenanwalt im Staat!«, blaffte Zac, während die beiden hinter ihm auf das Zwischenspiel zwischen Alexa und mir glotzten. »Ich habe ihm gesagt, ich bräuchte den Vertrag für meine Rollenspielgruppe und er half mir, ihn aufzusetzen.«

»Du hast deinen Vater, einen menschlichen Anwalt, dazu bekommen, einen Vertrag aufzusetzen, um dich innerhalb deiner Rollenspielgruppe einem Dämon zu verpflichten.« Ich formulierte die Worte langsam und hoffte darauf, dass Zac hören konnte, wie dumm es klang. Andererseits war dieser Halbstarke gründlich in die Irre geleitet. Ich bräuchte vielleicht ein Megafon und auch ein paar Blinklichter.

»Es wird funktionieren. Im schlimmsten Fall schicken wir ihn einfach zurück«, sagte Zac.

»Ihr zwei scheint ein bisschen vernünftiger zu sein. Ihr versteht, wie verkorkst das ist, richtig?« Ich schaute hinter Zac und fixierte meinen Blick auf die zwei anderen Jugendlichen. Zac knurrte und schlug mich mit der Rückhand, was meinen Kopfschmerz erneut explodieren und Sterne vor meinen Augen tanzen ließ. Als ich mich davon erholt hatte, war ich geknebelt. Ich reckte meinen Hals zur Seite und bemerkte, dass Gupta auch gerade Alexas Knebel fertigstellte.

»Das ist besser. Ihr werdet es sehen. Ihr habt einen Platz in der ersten Reihe.« Zac griff hinter sich, zog ein Messer heraus und zeigte es mir. Als ich instinktiv in meinen Stuhl nach hinten schreckte, kicherte Zac. »Halt ihn fest.«

Ozzie kam vor und griff fest nach meinem Arm, bevor Zac das Messer darin versenkte und meinen Arm aufschnitt. Eine kurze Sekunde spürte ich die Klinge in mein Fleisch beißen, gefolgt von der Wärme meines Blutes, das herausschwappte. Statt nur einen einzigen Schnitt zu hinterlassen, fühlte ich, wie Zac die Klinge wieder hineinstieß und drehte, was meine Wunde öffnete und einen gedämpften Schrei aus meiner Kehle zwang. Mein Arm zuckte reflexartig und Ozzie musste sein ganzes Gewicht darauf legen, um ihn ruhig zu halten, während das Blut in den Eiseneimer lief.

»Das hättest du nicht tun müssen, Zac«, sagte Gupta, seine Stimme war mit Sorge gefüllt. »Du könntest ihn ernsthaft verletzen.«

»Scheiß auf ihn. Er ist nur ein weiterer verdammter Zauberer. Das Mädchen wird ihm später sowieso einen weiteren Trank geben, um ihn zu heilen«, sagte Zac. »Jetzt weiß er, dass man mich nicht auslacht.«

Ich starrte Zac an und machte mir in Gedanken die Anmerkung, ihm ein paar Mal in die Eier zu treten, wenn ich wieder frei wäre. Neben mir hatte Alexa kurz gekämpft, als sie das Messer sah, war jetzt aber seltsamerweise in Schweigen verfallen. Ich betete, dass sie daran arbeitete, uns hier herauszubekommen, und raunte Zac an, um seine Aufmerksamkeit auf mir zu halten, was ihn nur grinsen ließ.

»Das ist genug«, sagte Ozzie schließlich und brach das Schweigen, das über die Gruppe gefallen war.

Gupta war etwas blass geworden, nachdem er zu ihrem magischen Kreis zurückgekehrt war, um ihn im Detail zu studieren. Zac grinste mich weiterhin an und beobachtete den Blutfluss mit einem zunehmend wahnsinnigen Gesichtsausdruck.

»Nur noch ein bisschen mehr«, summte Zac zu Ozzie.

»Nein. Das ist genug«, sagte Ozzie, drehte sich dann zu mir um und traf meinen Blick, bevor er fortfuhr. »Wenn du versprichst, nichts Dummes zu tun, werde ich die Bandagen holen und dich verbinden.«

»Mmmphhfff«, murmelte ich. Dies als Einwilligung nehmend, bewegte sich Ozzie fort und kam dann zurück, um erleichtert festzustellen, dass ich nichts versucht hatte. Nach einigen Sekunden hatte er ziemlich fachmännisch meine Wunde verbunden und mich dann mit den verbliebenen Verbänden wieder an den Stuhl gefesselt. Offensichtlich hatte der Kleine Unterricht in erster Hilfe genommen.

»Gut. Jetzt komm schon. Wir können das Blut nicht zu kalt werden lassen«, sagte Zac, als er den Eimer zum Kreis zerrte. Ich knurrte und schaute zu, wie die Gruppe sich Tassen nahm und sie in den Eimer tunkte. Sie holten sich

Farbpinsel heraus und drehten sich mit meinem frischen Blut zum Kreis um.

Wäre es nicht mein Blut gewesen, hätte ich über ihre lächerliche Inkompetenz gelacht. Man braucht nicht so viel Blut für einen Zauber oder verdammt nochmal für den Kreis selbst. Man braucht es nur während der Opfergabe. Das Ziel war die Verbindung, welche ebenso symbolisch wie physisch war. Sicherlich war mehr auch besser, aber die Menge, die sie von mir abgezapft hatten, war einfach nur lächerlich.

»Hör auf zu kichern!«, blaffte Zac mich an, als er aufschaute, und ich blinzelte.

Ich kicherte nicht. Ich war nicht ... stimmt. Das war ich gewesen. Ich hielt inne und zwang mich, wieder zu fokussieren, als ich realisierte, was passiert war. Der Blutverlust traf mich wirklich schwer. Oder war es die Gehirnerschütterung? Vielleicht ein bisschen von beidem und die Tatsache, dass ich möglicherweise tatsächlich hier sterben würde.

Heilen.

Ich musste mich selbst heilen. Ich konzentrierte mich auf diesen Gedanken, schob alles andere beiseite und begann meinen Zauberspruch. Glücklicherweise schien der Blutverlust weniger schwächend zu sein als die kürzlich erlittene Gehirnerschütterung. Der Zauber funktionierte beim ersten Mal, lief durch meinen Körper und schloss die Gerinnung der Wunde ab, bevor er den Prozess der Wiederherstellung begann.

Meine Entführer waren jetzt zu konzentriert auf ihre eigene Aufgabe, Gupta stand mit dem Rücken zu mir, während Zac und Ozzie ihre Stationen auf den anderen Ecken des Dreiecks in ihrem frisch gemalten Blutkreis einnahmen. Ich schaute zu, wie sie das Ritual begannen und zusammen etwas von den Blättern sangen, die sie in den Händen hielten. Nach ein paar Sekunden hörte ich auf zuzuhören und konzentrierte mich auf meinen Zauber, unfähig, das Ritual zu begreifen.

Das hatte nur wenig mit seiner Komplexität oder meinem Mangel an Wissen zu tun, jedoch war ich mir sicher, dass es auf jeden Fall etwas mit dem Ritual zu tun hatte. Aber genau wie ihr Ritualkreis war vieles, was sie sangen, völliger Blödsinn, erfundene Wörter und zusätzlicher Müll, die nichts bewirkten, außer Zeit und Kraft zu verschwenden. Jedenfalls hatte ich bessere Dinge mit meiner Zeit anzufangen. Wie *Heilen*.

Ich drehte den Kopf langsam zur Seite, vorsichtig, um mich nicht zu schnell zu bewegen oder den Zauber zu stören, den ich beschwor. Alexa erwiderte meinen Blick, als ich in ihre Augen schaute, Wut strahlte von ihrem Körper aus, während sie in ihrem Stuhl saß. Eine leichte Bewegung ließ mich hinunterschauen, und das war der Augenblick, als ich bemerkte, wie sich ihre Hand bewegte – ganz sanft, hin und her. Meine Augen weiteten sich und ich schaute zurück auf das Idiotentrio, froh zu sehen, dass sie mit ihrem Ritual beschäftigt waren.

Erleichtert fixierte ich mich auf unsere Entführer und mein Zauber schürte stattdessen meine Konzentration mit dem Versprechen einer kommenden Rache. Denn was ich gesehen hatte, waren die langsam ausfransenden Ränder des Seils, während Alexa sich ihren Weg hinausschnitt.

Kapitel 18

»*Ilarx Jaa Ba*!«, sang das Trio erneut. Es war das dritte Mal, dass sie das sangen, und anders als das meiste ihres Rituals ließen mich diese drei Worte meine Wirbelsäule strecken und ich bekam Gänsehaut. Ein Teil von mir wusste, warum – diese Worte waren der wahre Name der Kreatur. Es war der elementarste Weg, einen Dämon über die Barriere hinweg zu rufen und erklärte auch, warum das Trio dachte, sie könnten es sogar mit ihrem niedrigen Machtlevel schaffen. Das Idiotentrio musste himmelstrotzendes Glück gehabt haben, den wahren Namen eines Dämons zu erfahren.

Natürlich waren sie gleichermaßen Narren. Der wahre Name eines Dämons war nichts, was man andere einfach wissen ließ. Er war eines dieser streng gehüteten Geheimnisse von Magiern auf der ganzen Welt und das Trio hatte sich entschieden, ihn zu singen, während die Novizin und ich im selben Raum waren.

Bevor ich erneut mit den Augen rollen konnte, erhoben sich die Stimmen unserer Entführer im Gleichklang und deuteten das Ende des Rituals an. Ich blickte auf die Benachrichtigungen in der Ecke meines Sichtfelds, meine Lippen verzogen sich hinter dem Knebel.

Henry Tsien hat 9 Lebenspunkte durch Heilung erhalten.

Nicht genug Zeit, verdammt. Ich hatte keine Chance, weil jetzt, da das Ritual vorbei war, der beißende Geruch von Schwefel den Raum füllte und aus dem Kreis herausfloss. Innerhalb von Sekundenbruchteilen war ein Dämon erschienen. Überraschenderweise war er nur 1,50 Meter groß und sein humanoider Körper war mit hellroten Schuppen über blasserer pinker Haut bedeckt. In seinem Mund hing eine Zigarre, dort gehalten durch einen peitschendünnen Schwanz.

»Habt ihr mich gerufen?«, fragte der Dämon.

»Wir haben dich beschworen, Ilarx Jaa Ba, um einen Handel abzuschließen!«, intonierte Zac sofort.

»Wow, du kannst mit dem Theater aufhören. Ich bin schon da. Und du kannst mich einfach Il nennen«, sagte Il und winkte mit einer Hand, als er sich umdrehte und das Trio musterte. Er schenkte ihnen kaum einen Blick, bevor seine Augen an uns beiden hängenblieben und sich verengten.

»Wir sind hier ... Il ... um dir einen Handel anzubieten. Einen Vertrag«, sagte Zac, seine Stimme verlor einiges an Selbstvertrauen.

»Gegen eure Seelen, richtig?« Il unterbrach ihn, der gehörnte Teufel schüttelte den Kopf. »Eure drei – wofür, Reichtum und Frauen?«

»Was wir benötigen, steht geschrieben in dem Dokument zu deinen Füßen«, antwortete Zac und deutete auf das Bündel Papier.

Il streckte sich danach und tippte das Dokument mit seinem Fuß an. Für eine Sekunde glühte es und dann ging das gesamte Dokument in Flammen auf. »Nicht interessiert.«

»Was? Wir bieten dir ...«

»Eure Seelen nach eurem Tod. Was bestenfalls in tausend Jahren sein wird. Nicht interessiert«, sagte Il mit einem Schnauben. »Jedenfalls ist der Markt mit gewöhnlichen Seelen wie euren zwanzig Jahre zuvor abgestürzt und hat sich nicht wieder erholt. Zu viele verdammte garantierte Seelenverpflichtungen, die aber nicht ordnungsgemäß abgesichert waren.«

»Aber ...« Zac sah verloren aus und ich schnaubte durch meinen Knebel hindurch. Ich blickte Alexa an, die steif in ihrem Stuhl saß und den Dämon in der Mitte anstarrte.

»Jetzt zu diesen zwei ...«, sagte der Dämon und feixte.

359

»Diese zwei?«, fragte Zac, drehte sich um und starrte uns an. »Ich ... wir...«

»Komm schon. Sie sind offensichtlich dein Notfallplan. Und es wäre nicht deine Seele«, sagte Il und grinste Zac anzüglich an.

»Zac, das dürfen wir nicht«, sagte Gupta und blickte hinunter auf das verbrannte Papier und dann auf uns. »Das haben wir nicht vereinbart.«

Zac stand regungslos da und antwortete seinem Freund nicht. Ozzie starrte Zac an, einen unlesbaren Ausdruck auf seinem Gesicht, während der Dämon leise raunte: »Frauen. Reichtum. Was begehrt ihr sonst noch? Für diese zwei ...«

Ein Zerreißen von Stoff war neben mir zu hören, zu leise, um dieses Geräusch zu erfassen, wenn ich nicht schon minutenlang darauf gewartet hätte. Ich bemerkte eine schnelle Bewegung und plötzlich spürte ich das kalte Gefühl von Eisen an meinem Arm. Ich drehte den Kopf, um zu sehen, wie Alexa dabei war, an meinen Fesseln zu sägen. Ja, es war eindeutig Zeit zu gehen.

»Ich kann nicht ...«, sagte Zac, sein Mund bewegte sich und dann straffte er seinen Rücken. »Nein.«

»Scheiß drauf«, fauchte Ozzie plötzlich. »Ich brauche das Geld für meine Mama. Du hast einen Deal, Il.«

»Dann bring sie zu mir«, sagte Il grinsend, während er auf uns zeigte. »Bevor unsere Beute flieht.«

Endlich frei, hob ich meine Hand und beschwor einen schwachen *Machtspeer*. Ich hielt ihn empor und ließ sie alle die wirbelnde Macht sehen, eine unausgesprochene Bedrohung. Ich sah Ozzie zögern, während Gupta Il seine Verweigerung zurief und Zac versuchte, vernünftig auf Ozzie einzureden.

»Dann befreie mich und ich werde sie selbst einsammeln«, sagte Il zu Ozzie. »Befreie mich und unser Deal ist vollendet. Du hast mein Wort.«

»Das kannst du nicht tun, Oz«, sagte Zac. Von einem Gedanken getroffen, wirbelte Zac zu Il herum und fing wieder an, Kauderwelsch zu sprechen.

»Zac. Hör auf, wag es nicht, ihn zu verbannen. Nicht! Ich sage dir ...«, fauchte Ozzie, schaute dann Il an und nickte entschieden. »Abgemacht.«

Meine Füße waren frei und Alexa arbeitete an der letzten Fessel an meiner linken Hand. Ich hatte nicht gewagt, meinen Speer zu werfen; ich wusste nicht, ob Ozzie zu verletzen den Bannkreis unterbrechen würde. Als ich ihn allerdings sprechen hörte, warf ich den Speer nach ihm. Unglücklicherweise hatte mein *Machtspeer* einige

Meter zu überbrücken, sein Fuß dagegen nur 30 Zentimeter.

Ozzies Fuß rieb an dem Kreis und schmierte getrocknetes Blut über den Boden.

»Ich danke dir«, sagte Il zu Ozzie, als der Dämon aus dem durchbrochenen Kreis herausstieg, er grinste leicht und tat nichts, um meinen *Machtspeer* aufzuhalten. Der *Machtspeer* hob Ozzie hoch und warf ihn zurück, sein Körper flog wie eine Dummy-Puppe zur Seite, als mein Zauber kollabierte. Ich hatte den Speer absichtlich abgestumpft, als ich ihn beschworen hatte, da ich nicht bereit war, jetzt schon zu töten.

»Nun lasst uns das beenden«, sagte Il, während er nach vorne ging.

Schnell stand ich auf, riss die letzte meiner provisorischen Verbandsfesseln vom Stuhl und zuckte vor Schmerz zusammen. Alexa drehte sich um, trat seitwärts vor mich, ihren winzigen Dolch vor sich haltend, tief in der Hocke.

»Geh, Henry«, blaffte Alexa, nachdem sie den Knebel aus ihrem Mund gezogen hatte.

»Mmmpff ... ich schaff das«, sagte ich, sobald es mir gelungen war, den Knebel herauszuziehen.

»Wirklich?« Il lachte höhnisch, als er sich uns näherte. Hinter ihm konnte ich Gupta bei Ozzie sehen, er sah nach ihm, während Zac starr an seinem Platz stand. Als Alexa plötzlich in einen Ausfallschritt nach vorn fiel, bewegte Il sich beiläufig, um die Attacke abzublocken. Plötzlich standen beide nur noch da und starrten sich schockiert an.

»Ich habe dir gesagt, dass Lily das schafft«, äußerte ich und schaute auf die Information, die gerade aufgetaucht war.

Fehler: Dein Gruppenmitglied (Alexa) hat versucht, einen Gegner außerhalb deines Levels anzugreifen.

»Was für eine Magie ist das?«, grollte Il. Der Dämon bewegte sich rasch, versuchte Alexa am Hals zu greifen und wurde abermals Zentimeter vor der erwarteten Berührung aufgehalten. »Du bist nicht so mächtig, Zauberer!«

»Nicht ich«, sagte ich, stand langsam auf und lächelte den Dämon leicht an. Hinter ihm konnte ich Zacs schockiertes Gesicht sehen. »Nur eine Freundin. Ich denke, dass es jetzt Zeit für dich ist, nach Hause zu gehen, oder nicht?«

Statt mir zu antworten, sah ich, wie Il sich konzentrierte. Seine hellrote Haut wurde dunkler, als er seine Hand ballte und sich der Geruch von Schwefel intensivierte. Aufgrund dieser Anstrengungen gab er die Versuche auf, Alexa zu verletzen. Im Gegenzug senkte Alexa ihre Hand und konzentrierte sich auf Zac und die anderen. Gupta hatte es endlich geschafft, Ozzie hochzuhieven und versuchte zu türmen.

»Gut«, sagte Il schließlich, als er beiseite trat. »Diesmal gewinnst du, Zauberer. Aber ich werde nicht mit leeren Händen zurückkehren.« Sobald er das gesagt hatte, ging Il auf Ozzie und Gupta zu.

»Henry«, sagte Alexa, ihre Augen huschten zwischen dem Dämon, dem Trio und mir hin und her. Ein Zwiespalt wütete auf ihrem Gesicht, hin und hergerissen zwischen ihren Verpflichtungen, mich zu verteidigen und andere zu beschützen.

»Oh, zur Hölle«, sagte ich. Wortspiel beabsichtigt. Mein Verstand wirbelte umher, während ich versuchte herauszufinden, was wir tun könnten. Ich schaute erneut auf die Informationen über Il.

Ilarx Jaa Ba (Dämon Level 40)
LP: ?/?

Überhaupt kein mächtiger Dämon. Aber er war trotzdem auf einem mehr als doppelt so hohen Level wie ich. Selbst wenn wir ihn irgendwie aufhalten könnten, diese drei zu greifen, würde Il einfach abhauen und jemand anderen finden, den er mit zurücknahm. Obwohl die Beschwörung des Dämons erbärmlich gewesen war, hatte Il trotzdem mehr als genug Kraft, echten Schaden anzurichten, bis er endlich seine körperliche Form verlieren würde.

»Halte ihn hin«, murmelte ich Alexa zu, während ich zu Zac eilte. Il warf mir einen Blick zu und seine Lippen verzogen sich leicht vor Belustigung, er machte aber keine Anstalten, mich aufzuhalten. Alexa raste vorwärts und stellte sich zwischen Il und seine Beute.

»Wie lange würde es dauern, ihn zu verbannen?«, fragte ich Zac und beäugte die paar Seiten, die er immer noch in seiner Hand hielt.

»Ähh ... ein paar Minuten vielleicht«, antwortete Zac, seine Stimme zitterte vor Angst. »Aber er muss im Kreis sein.«

Ich fluchte lautlos und wusste, dass Zac recht hatte. Selbst durchbrochen hatte der Kreis noch immer die Macht, den Dämon zu verbannen. Außerhalb würde es deutlich mehr Kraft erfordern. Vielleicht könnte ich ihn selbst mit dem Ritual verbannen, aber ich war mir nicht sicher. Die Verbannung würde vielleicht nur durch die funktionieren, die ursprünglich an der Beschwörung teilgenommen hatten.

Momentan blickte der Dämon wütend auf Alexa, die ihren Körper nutzte, ihn daran zu hindern, näher an die beiden heranzukommen. Ihre Augen verengten sich, während sie versuchte, die Absichten des Dämons vorherzusagen. Es war jedoch ein aussichtsloses Unterfangen, denn der Dämon war schneller als meine Freundin.

»Dann mach dich bereit.« Ich schritt selbst in den Kreis, beschwor einen *Machtpfeil* und kühlte dann die Luft in seinem Umkreis ab. Sobald er kalt genug war, lupfte ich ihn auf Il. Der *Machtpfeil* löste sich sofort auf, als er die unsichtbare Barriere um den Dämon herum traf, nur die Spuren gekühlter Luft verblieben. Trotzdem reichte es, die Aufmerksamkeit des Dämons auf mich zu ziehen.

Fehler: Du versuchst, einen Gegner außerhalb deines Levels anzugreifen.

»Du greifst mich an?«, fragte Il, haarlose Brauen zogen sich nach oben, als er mich verdutzt anstarrte. Als Antwort formte ich einen weiteren *Machtpfeil* und warf ihn auf den Dämon. Als er sah, wie der Angriff sich auflöste, lachte der Dämon. »Es sieht so aus, als ob dein Schutz sich auch auf mich erstreckt.«

Fehler: Du versuchst, einen Gegner außerhalb deines Levels anzugreifen.

»Tut er«, stimmte ich zu, als ich einen weiteren *Machtpfeil* formte und warf. Il starrte mich an, offensichtlich neugierig, was ich zu tun gedachte. Er war nicht der Einzige, auch Alexa warf mir einen finsteren Blick zu.

Fehler: Du versuchst, einen Gegner außerhalb deines Levels anzugreifen.
Hör damit auf. Wenn du damit weitermachst, wirst du deinen Schutz verlieren.

Endlich. Ich formte einen weiteren *Machtpfeil* und schoss ihn auf Il ab, der sich umgedreht hatte, um sich wieder um die zwei Jugendlichen zu kümmern, die sich wegschleichen wollten. Dieser *Machtpfeil* glühte, als er durch die Barriere ging, bevor er in den Rücken des Dämons schlug und ihn durch die unerwartete Kraft vorwärts warf.

Der Machtpfeil erzeugt 4 Schadenspunkte an Il.
Die Limitation der Levelgrenzen wurde aufgehoben.
Du weißt besser, was du tust, Henry.

»Danke, Lily«, flüsterte ich, während die Informationen erschienen.

Il wirbelte herum, seine roten Augen glühten wütend und er durchquerte den Raum, um nach mir zu greifen. Seine Hand versuchte, sich um meine Kehle zu schließen, hielt aber inne, diesmal aufgrund meines *Machtschildes*. Ich hoffte nur, dass Zac seinen Job tat.

»Ihr Menschen seid so berechenbar. Ich konnte sehen, dass du einer dieser idiotischen Helden bist, schon in dem Moment, als ich euch beide sah«, sagte Il und seine Hand begann zuzudrücken. Ich ächzte und spürte, wie der *Machtschild* zu reißen begann, selbst als Il sich bewusst Zeit nahm, ihn zu zerbrechen. »Hast du gedacht, du könntest mich besiegen, Zauberer? Ich kann deine Kraft sehen.«

»Fick. Dich«, ächzte ich gerade, während mein Kopfschmerz sich intensivierte. Ich spürte, wie sich etwas löste, ein scharfer Schmerz, und leichte Wärme rann meine Lippen hinunter, als Blut aus meiner Nase sprudelte.

»Erbärmlich«, sagte Il, während er fester drückte.

Mein *Machtschild* zerschellte, der Rückstoß ließ mich taumeln. Bevor seine Hand meine Kehle zerdrücken konnte, schrie Il auf, als Alexa ihr Messer in seinen Rücken stach, es schnitt durch seinen Körper wie durch Butter. Il brüllte und schlug Alexa ins Gesicht, was sie zu Boden gehen ließ. Als er nach hinten griff, um das dampfende, gesegnete Messer herauszuziehen, das noch in seinem Körper steckte, hob ich meine Hand, um einen weiteren Zauber zu beschwören.

Beschwörung Gong
84% Synchronität

Der Zauberspruch wurde um den Kopf des Dämons herum konzentriert und kanalisiert. Er war so laut, dass selbst meine Ohren noch einige Meter von ihm entfernt wehtaten. Und beim Dämon?

369

Der Gong erzeugt 7 Schadenspunkte an Il.
Debuff Betäubt hinzugefügt.
Debuff Taub hinzugefügt.

Richtig. Das sollte es für den Dämon unmöglich gemacht haben, Zac bei der Arbeit zu hören. Il wandte seine Aufmerksamkeit wieder mir zu und stieß eine Hand nach vorn, auf mein Herz zielend. Ich trat schnell zurück und wich der greifenden Hand aus, während ich meinen nächsten Zauberspruch sang. Einen Moment später erwachte ein *Lichtball* vor Ils Augen zum Leben, der ihn und mich blendete. In diesem Moment ließ ich meine Beine unter mir einknicken, zog meine Fersen vom Boden und ließ die Schwerkraft übernehmen. Keinen Moment zu früh, weil die Hand des erblindeten Dämons dort durch die Luft schwang, wo sich eine Sekunde zuvor meine Brust befunden hatte.

Auf Händen und Füßen bewegte ich mich um den Kreis herum, der begonnen hatte zu leuchten. Ich knallte meinen verletzten Arm hinunter zur durchbrochenen Stelle, mein frisches Blut und hinzugefügte Energie schlossen den Kreis erneut und verstärkten den Verbannungszauber, während ich meine eigene Kraft in den Kreis zwang. Ich spannte diesen geheimnisvollen

Muskel an, der meinen Manafluss kontrollierte, und schob mit all meiner Stärke mehr Mana in den Kreis, während ich versuchte, die Kontrolle zu behalten. Mein Kopf pochte immer weiter, schwarze Punkte tanzten vor meinen Augen.

Als ich überlegte, was ich als Nächstes tun sollte, spürte ich, wie mein Fuß von hinten gepackt wurde. Meinen Fuß vom Boden abgehoben, konnte ich kaum entkommen, da mein Kopf auf den Boden aufschlug und der 1,50 Meter große Dämon mich mit einer Hand hochhielt. Zu meinem Glück war er zu klein für das, was er tun wollte, also griff er nach dem Oberschenkel des anderen Beines.

»Lass mich gehen«, knurrte ich, während ich einen *Machtspeer* in meiner Hand formte. Ich schickte ihn in Ils Körper, indem ich ihn aufwärts schwang. Der *Machtspeer* grub sich tief in sein helles, geschupptes Fleisch und fraß sich weiter hinein. Schadensbenachrichtigungen flackerten über meine Augen, aber ich ignorierte sie. Il grunzte nur und schlug meine Hand weg. Innerhalb einer Sekunde zersetzte sich der *Machtspeer*.

»Du bist lästig, Zauberer«, sagte Il, die Lider verengend, während er mich durch halbblinde Augen

371

wütend anschaute. »Ich werde es genießen, dir weh zu tun.«

Der Dämon unterstrich seine Worte durch das Versenken seiner Klauenfinger in meinen Oberkörper, dort schlossen sie sich um meine Gedärme. Ich schrie und der Zauber, den zu beschwören ich begonnen hatte, löste sich wieder auf. Bevor Il seinen Angriff fortsetzen konnte, stach Alexa, die zu uns herübergekrochen war, das zuvor weggeworfene Messer in seine Achillessehne, zerrte daran und zerschnitt sie.

Unfähig, sich selbst abzustützen, brach der Dämon zusammen, seine Finger waren noch immer in meinem Körper. Ich fühlte so viel Schmerz, selbst wenn mein Fall und seine in meinem Bauch wühlenden Finger nur wenig zur Misere beitrugen, in der ich mich befand. Ich konnte nicht einmal einen Zauber formen, weil die Schmerzen so groß waren.

Henry Tsien erhält 6 Schadenspunkte durch Fallen.

Debuff Blutend erhalten, -4 LP pro Minute.

Warnung: Deine Gesundheit ist im kritischen Bereich!

»Du«, grollte der Dämon. Seine Wunde heilte bereits, selbst um das dampfende Fleisch herum, in dem noch immer das gesegnete Messer steckte. Er trat nach Alexa, die es schaffte, die Hand rechtzeitig zu heben, um ihren Kopf abzuschirmen. Der Tritt erwischte sie kräftig, hob sie hoch und sandte sie wirbelnd durch die Luft aus dem Kreis hinaus. Das dumpfe Knallen ihres landenden Körpers ließ mich zusammenzucken. »Ihr geht mir wirklich auf die Nerven. Das hat jetzt ein Ende.«

»Ja, hat es«, sagte Gupta, als er vorwärts hinkte und seine Hände mit Ozzies verschränkte. Zusammen vollzogen die beiden eine Wurfbewegung mit ihren Händen. Eine winzige Flamme schwebte nach vorne, um gegen Il zu züngeln, der sie ungläubig anstarrte.

»Ihr habt Feuer benutzt? Gegen mich, einen Dämon?«, kochte Il.

»Wir haben dich abgelenkt«, sagte Ozzie und spuckte zur Seite. »Jetzt fahr zur Hölle.«

»Was?«, fragte Il und wirbelte herum, sich endlich an Zac erinnernd.

Der Anführer des Trios hockte am Boden und las die Gesänge vor. Il knurrte und stürzte zu Zac, kam aber zum Stillstand, als eine Barriere ihn festhielt. Er schlug immer und immer wieder dagegen und der schon einmal durchbrochene Bannkreis begann wieder zu versagen. Den Kopf in den Blättern versunken, beendete Zac endlich die Verbannung, warf seine Hand am Ende nach vorne und ein kleiner, schwarzer Wirbel formte sich im Zentrum des Kreises. Er zog Il rückwärts hinein und riss seinen materiellen Körper auseinander. »Nein! Ihr Menschen ...«

»Erwischt.« Ich keuchte und umklammerte meinen Bauch, während ich zusah, wie der Dämon sich in Luft auflöste. Für eine weitere Sekunde starrte ich auf die leere Stelle, wo sich das Monster zuvor befunden hatte, bevor ich wieder einmal bewusstlos wurde.

Kapitel 19

»Ich muss damit aufhören«, murmelte ich zu mir selbst, als ich wieder aufwachte. Meine letzte Erinnerung: Ich war erneut bewusstlos geworden. Überraschenderweise war ich nicht verletzt, was eine extrem angenehme Erfahrung war. Die Tatsache, dass ich keine bleibenden Nebeneffekte zu haben schien, obwohl ich so oft herumgeschleudert worden war, war erstaunlich. Eine weitere Überraschung: Ich lag nicht auf dem Betonboden, sondern in meinem eigenen Bett. Während ich mich aufsetzte, sah ich Lily auf den Laptops tippend, konnte aber kein Anzeichen für die Anwesenheit der Novizin finden.

»Sie ist nicht hier«, sagte Lily zu meiner ungestellten Frage. »Sie wird noch immer getadelt, weil du fast getötet worden bist.«

»Apropos ...« Ich runzelte die Stirn und berührte meinen Bauch, während ich mich lebhaft erinnerte, wie mein Lebenselxier aus mir herausgeflossen war.

»Alexas Leute sind dort erschienen, bevor du komplett ausgeblutet warst. Wenn Alexa nicht ihre Ausbildung in Medizin und ihre Fähigkeit der Glaubensheilung gehabt hätte ...«, sagte Lily allmählich verstummend, während ihre Finger aufhörten zu klicken. Ich schaute auf und traf ihren Blick, bevor ich gezwungen war, mich abzuwenden.

»Es war ziemlich dumm, oder nicht?«

»Es war sehr dumm. Aber ...« Lily hielt inne und schüttelte dann den Kopf. Im nächsten Moment erschien ohne Aufforderung mein Statusbildschirm vor meinen Augen.

Klasse: Magier

Level 18 (48% Erfahrung)

Bekannte Zauber: Lichtsphäre, Machtspeer, Machtschild, Machtfinger, Temperatur verändern, Gong, Windstoß, Heilen, Verbinden, Verfolgen, Vorhersagen, Ausbessern, Schutz, Glamour, Illusion, Magie erkennen, Herbeirufen, Eisball, Feuerball

Magische Fähigkeiten

Manafluss: 4/10

Umwandlung Mana in Energie: 3/10

Zaubergefäß: 3/10

räumliche Lage: 3/10

räumliche Bewegung: 3/10

Energiemanipulation: 3/10

Biologische Manipulation: 2/10

Manipulation der Materie: 0/10

Beschwörung: 0/10

Dauer: 4/10

»Wow.« Ich blinzelte und untersuchte den Bildschirm nach Änderungen – ein paar Level, einige neue Zaubersprüche, mehr Manafluss, Kontrolle, Dauer und das biologische Verständnis. »Du hast mein Level gesteigert.«

»Du hast dein Level selbst gesteigert. Die Zahlen sind nur die Reflexion der Realität. Nun, größtenteils – du hast dich und deine Fähigkeiten genug angeschubst, so dass ich die Dinge ein wenig ausgeglichener gestalten konnte. Der Kampf um dein Leben hatte diese Auswirkungen«, sagte Lily.

»Ich schätze, jemanden beim Beschwören zu beobachten ist nicht genug, um die Grundlagen zu erlernen, richtig?«, fragte ich und meine Lippen verzogen sich ironisch.

»Das wirst du auch nicht.« Calebs Stimme schnitt in die Konversation, während er die Wohnung betrat. Ich zog die Augenbrauen zusammen, als ich ihn dabei beobachtete, wie er seine Schlüssel in die Tasche steckte, während er hereinkam. »Das ist Wissen, das du weder benötigen wirst, noch bereit bist anzuwenden.«

»Caleb«, sagte ich und nickte zur Begrüßung des Magiers. »Du bist zurück.«

»Ja. Da bin ich für ein paar Tage nicht da und finde dich bei meiner Rückkehr halb tot vor«, entgegnete Caleb mit kalter Stimme. »Versuchst du, dein eigenes Versprechen zu brechen? Bist du so zum Tode entschlossen, um sicherzustellen, dass niemand von uns den Ring erlangt?«

»Zum Tode entschlossen ...« Lily kicherte.

»So war es nicht«, protestierte ich und ignorierte den Dschinn. »Wenn du aber schon hier bist, was ist mit dem Idiotentrio passiert?«

»Um das Idiotentrio, wie du sie nennst, wurde sich gekümmert. Das Konzil hat mit ihnen gesprochen und Schritte wurden eingeleitet, die gewährleisten, dass sie nicht in der Lage sein werden, ihre Aktionen zu wiederholen. Jedoch glaube ich, dass sie sich niemals wieder an einer Beschwörung versuchen werden«, sagte Caleb.

»Und Ozzies Mutter?«, fragte ich, das Motiv des Jungen in Erinnerung rufend.

»Stirbt durch eine Krankheit. Ich habe vergessen, welche«, antwortete Caleb.

»Und ihr werdet ihr helfen?«, fragte ich mit verengten Augen und Caleb schnaubte.

»Noch einmal, wir sind keine Wohltätigkeitsorganisation. So wie es aussieht, hat er Glück, dass wir ihn leben lassen. Einen Dämon zu beschwören, selbst einen schwachen, ist eine gefährliche Tat.«

Ich murrte und hielt meinen Mund. Als ich vom Thema Wohltätigkeitsorganisationen hörte, nahm ich mir in Gedanken vor, mit Alexa darüber zu reden.

»Weißt du, dieser ganze Vorfall war interessant«, sagte Caleb, während er zu mir kam. Seine Augen waren leicht unfokussiert, als er meine Aura las. »Du hast dein und Alexas Leben für eine Gruppe von Fremden riskiert.«

»Das ist ... nun ...« *Was Helden tun.* Aber das konnte ich nicht laut sagen. Ich wäre vor Verlegenheit gestorben.

»Ja, extrem schwachsinnig. Selbst aufopfernd. Und doch hast du keinen einzigen Gedanken an deine Freundin verschwendet.«

»Alexa? Sie selbst wollte weitermachen und es sowieso versuchen«, sagte ich.

»Der Dschinn wird noch immer nicht erwähnt. Man könnte fast denken, sie wäre nicht in Gefahr, durch deinen Tod für alle Ewigkeit verloren zu gehen«, sagte Caleb. Mein Gesichtsausdruck blieb neutral, während er das sagte, jedoch warf ich einen Blick auf den besagten

Dschinn. Zumindest sie konzentrierte sich weiterhin auf ihr Spiel.

»Nun, sie ließ mich gewähren«, sagte ich schließlich.

»Trotzdem. Interessant, oder nicht?« Caleb lächelte mich an. »Ich erwarte dich morgen zurück im Unterricht.« Nach der letzten Ankündigung lief der Magier aus dem Raum. Wir beide blieben zurück, uns gegenseitig schweigend musternd.

Am Ende ließ ich mich mit einem leichten Stöhnen wieder auf mein Bett fallen.

***

Alexa kehrte später am Abend zurück und sah sehr lädiert aus. Die normalerweise energiegeladene Blondine wirkte depressiv, ihre Energie verbraucht durch die Forderungen ihrer Vorgesetzten. Trotzdem schenkte sie mir ein Lächeln, während sie mich in der Küche munter herumrennen sah, wo ich eine Lasagne zubereitete.

»Irgendein bleibender Schaden?«, fragte Alexa, als sie sich an meine Seite stellte.

»Keiner«, erzählte ich ihr. »Nur eine Sekunde.« Ich platzierte die Lasagne im vorgeheizten Ofen und stellte den Wecker ein, bevor ich die Novizin ansah. »Ich danke dir. Für die Unterstützung.«

»Danke, dass ich etwas tun durfte«, sagte Alexa. »Ich weiß, dass es keine leichte Entscheidung war.«

»Eigentlich war es nicht so schwer«, gab ich nach einem Moment zu. Ich schaute die Blondine leicht lächelnd an. »Ich konnte einen Dämon nicht wirklich frei herumlaufen lassen. Wer würde das?«

»Du wärst überrascht«, sagte Alexa und verzog das Gesicht. Beinahe hätte ich nachgehakt, ob ihre Leute es bevorzugt hätten, wenn ich mich selbst zurückhielte. Einige Dinge wurden lieber nicht angesprochen. »Weißt du, ich habe mich gefragt, warum Gott solch ein mächtiges Objekt in so unausgebildete und unerprobte Hände fallen lassen würde. Jetzt verstehe ich vielleicht, warum.«

»Ähhh ... danke?«, sagte ich und schaute weg. »Also ... Knoblauchbrot?«

Alexa starrte mich für einen Moment an, bis sie das Thema fallenließ und lief hinüber zur Brotbox. »Ja, ich werde es holen.«

Ich atmete erleichtert auf und beobachtete meine Partnerin, meine Freundin, wie sie beim Abendessen half.

Später an diesem Abend lag ich auf dem Fußboden und starrte die Decke an, während der Schlaf sich mir entzog. Ich war zur Magie gekommen, weil sie cool war, weil es mein lebenslanger Traum war, Zaubersprüche zu beschwören und ein Magier zu sein. Die Realität war genauso cool, wie ich es mir vorgestellt hatte, aber Zauber zu schleudern, Schutzzauber zu erzeugen und Monster zu töten waren nur die Spitze des Eisbergs. Die übernatürliche Welt war sowohl komplexer, als ich mir jemals vorgestellt hatte, als auch irdischer.

Menschen blieben Menschen. Es herrschten Egoismus, Gier und Eifersucht. Wir mochten Macht jenseits des Normalen haben, aber alle waren noch immer darauf bedacht, was am besten für sie selbst und ihre Gruppierungen war. Nun. Fast alle.

Ich hatte Quests erledigt, weil dies der beste Weg war, Geld zu verdienen und mein Level zu steigern. Aber ich hatte nie wirklich darüber nachgedacht, warum ich mich damit plagte und warum ich all das tat. Verdammt, ich hatte sogar begonnen, mich wie Caleb zu benehmen, das Idiotentrio auszulachen und zu verspotten, weil sie nicht so gut Magie ausüben konnten wie ich. Aber am Ende hatten sie sich trotz all ihrer eigenen Begierden aufgerappelt und halfen, den Dämon zurück in die Hölle zu stoßen.

Das war eine Tatsache, Macht um der Macht willen war Selbstgefälligkeit. Meine beste Zeit war, als meine

Quests tatsächlich eine Bedeutung hatten, als ich anderen half.

Vielleicht, nur vielleicht, war es Zeit für mich, weniger wie ein Gamer zu denken und mehr wie ein Mensch.

###

DAS ENDE

Hinweis des Autors

Damit ist der erste Eines Gamers Wunsch.

Ich möchte erneut erwähnen, dass ich für die Unterstützung dankbar bin, die ich von allen erhalten habe.

Wenn Ihnen dieses Buch gefallen hat, dann bewerten Sie es bitte und schreiben Sie eine Rezension. Es hilft meinen Verkaufszahlen – und, ja, das ist der Grund dafür, dass ich Bücher schreibe!

Erlebe die weiteren Abenteuer von Henry:
- Eines Knappen Wunsch
  https://books2read.com/eines-knappen-wunsch

Bitte schaue dir auch meine anderen Serien an, die System-Apokalypse (ein post-apokalyptisches LitRPG) und Verborgene Wünsche (eine Urban-Fantasy-GameLit-Serie):

- Das Leben im Norden (Die System-Apokalypse Buch 1)

https://books2read.com/das-leben-im-norden

- Das Geschenk eines Heilers (Abenteuer in Brad Buch 1)

https://books2read.com/das-geschenk-eines-heilers

- Ein Tausend Li: Der Erste Schritt (Ein Tausend Li Buch 1)

https://books2read.com/der-erste-schritt

Bitte schau dir auch andere Serien/Bücher an, an denen ich mitgeschrieben habe:

- Leveled up Love! von Tao Wong & A. G. Marshall

https://books2read.com/leveled-up-love

- A Fist Full of Credits von Tao Wong & Craig Hamilton (System Apocalypse: Relentless Buch 1)

https://readerlinks.com/l/2202673

- Town Under von Tao Wong & K.T. Hanna (System Apocalypse: Australia Buch 1)

https://readerlinks.com/l/2202672

Weitere tolle Informationen über LitRPG-Serien findest du in den Facebook-Gruppen:

- Deutschsprachige LitRPG

https://www.facebook.com/groups/deutsche.litrpg

- Progression Fantasy-, Kultivations- und LitRPG-Romane auf Deutsch

https://www.facebook.com/groups/
kultivationsundlitrpgromane

Über den Autor

Tao Wong ist ein begeisterter Leser von Fantasy und Science Fiction, der im Norden Kanadas wohnt und dort schreibt. Er hat viel zu viele Jahre mit dem Training aller möglichen Kampfsportarten verbracht. Da er sich dabei zu oft verletzt hat, verbringt er seine Zeit nun mit der Erschaffung von Fantasy-Welten.

Informationen über diese Serie und weitere Bücher von Tao Wong (sowie besondere Kurzgeschichten) finden Sie auf der Website des Autors:

     http://www.mylifemytao.com

Weitere Bücher von Tao Wong auf Deutsch:

     https://www.mylifemytao.com/foreign-language-editions/german/

Abonnenten von Taos Mailingliste erhalten exklusiven Zugriff auf Kurzgeschichten in den fiktionalen Universen von Thousand Li und der System-Apokalypse:

     https://www.subscribepage.com/taowong

Oder besuchen Sie seine Facebook-Seite:

     https://www.facebook.com/taowongauthor/

Über den Verlag

Tao Wong ist der alleinige Eigentümer und Betreiber von Starlit Publishing. Dieser Verlag für Science Fiction und Fantasy konzentriert sich auf die Genres LitRPG & „Cultivation". Er will neue, vielversprechende Autoren in diesen Genres fördern, deren Texte die existierenden Stereotypen herausfordern, dabei aber dennoch ein fantastisches Lesevergnügen bieten.

Weitere Informationen über Starlit Publishing finden Sie auf unserer Website: https://www.starlitpublishing.com/

Sie können sich auch bei der Mailingliste von Starlit Publishing anmelden, um über neue, aufregende Autoren und Bücher informiert zu werden.